Né à Joal, au Sénégal, le 9 octobre 1906, Léopold Sédar Senghor vient à Paris terminer ses études, au lycée Louis-le-Grand et à la Sorbonne. Agrégé de grammaire en 1935, il enseigne à Tours puis à Saint-Maur-des-Fossés. Mobilisé en 1939, il est fait prisonnier en juin 1940, réformé pour maladie en janvier 1942, et participe à la Résistance dans le Front national universitaire. De 1944 jusqu'à l'indépendance du Sénégal, il occupe la chaire de langues et civilisation négro-africaines à l'École nationale de la France d'outre-mer.

L'année 1945 marque le début de sa carrière politique. Élu député du Sénégal à plusieurs reprises, membre de l'assemblée consultative du Conseil de l'Europe, il est, en outre, plusieurs fois délégué de la France à la conférence de l'UNESCO et à l'assemblée générale de l'ONU. Secrétaire d'État à la présidence du Conseil, il devient maire de Thiès au Sénégal, en novembre 1956. Ministre-conseiller du gouvernement de la République française en juillet 1959, il est élu premier Président de la République du Sénégal, le 5 septembre 1960. Il sera réélu à cette fonction en 1963, 1968, 1973, 1978, avant de se démettre de ses fonctions le 31 décembre 1980. Il se retire alors de la vie politique et s'installe en Normandie.

Considéré comme le plus grand poète noir d'expression française, chantre de la négritude et très proche d'Aimé Césaire, Léopold Sédar Senghor a reçu de très nombreuses distinctions et plusieurs prix littéraires, parmi lesquels le grand prix international de poésie de la Société des poètes et artistes de France de langue française (1963) ; le prix littéraire de l'Académie internationale des arts et lettres de Rome (1969) ; le prix Guillaume Apollinaire (1974) ; le prix Cino del Duca (1978) ; le prix Alfred de Vigny (1981) et le prix international du Lion d'or, à Venise (1986). Il fut docteur *honoris causa* de trente-sept universités, élu à l'Académie française le 2 juin 1983 et continua à publier des poèmes et à développer sa pensée sur la Négritude et le métissage culturel, jusqu'à sa mort le 20 décembre 2001, à Verson.

Léopold Sédar Senghor

ŒUVRE POÉTIQUE

POÉSIE

Éditions du Seuil

TEXTE INTÉGRAL

ISBN 978-2-7578-8407-2
(ISBN 2-02-006757-9, 1re publication relié
ISBN 2-02-001717-2, 1re publication broché
ISBN 2-02-012106-9, 1re publication poche)

INTRODUCTION

Voici la version définitive de mes poèmes. Elle se compose essentiellement de six recueils et de *Poèmes divers* – complétés par « Chant pour Jackie Thompson » et « Les Djerbiennes » – auxquels j'ai ajouté un septième recueil, que j'ai intitulé *Poèmes perdus*.

Ce recueil est constitué par les premiers poèmes que j'ai écrits, et que je voulais déchirer, les trouvant encore imparfaits. Je les avais mis de côté, puis donnés à ma femme Colette qui allait m'inspirer, plus tard, les *Lettres d'hivernage*.

Ma femme avait conservé ces poèmes, pensant qu'ils étaient une référence, un témoin de l'évolution de ma poésie, ce qui ne manquait pas d'intérêt à ses yeux. Elle me les a fait relire.

Après les *Élégies majeures*, on retrouvera donc ces *Poèmes perdus*, comme un souffle de jeunesse.

CHANTS D'OMBRE

IN MEMORIAM

C'est Dimanche.
J'ai peur de la foule de mes semblables au visage de pierre.
De ma tour de verre qu'habitent les migraines, les Ancêtres impatients
Je contemple toits et collines dans la brume
Dans la paix – les cheminées sont graves et nues.
À leurs pieds dorment mes morts, tous mes rêves faits poussière
Tous mes rêves, le sang gratuit répandu le long des rues, mêlé au sang des boucheries.
Et maintenant, de cet observatoire comme de banlieue
Je contemple mes rêves distraits le long des rues, couchés au pied des collines
Comme les conducteurs de ma race sur les rives de la Gambie et du Saloum
De la Seine maintenant, au pied des collines.
Laissez-moi penser à mes morts !
C'était hier la Toussaint, l'anniversaire solennel du Soleil
Et nul souvenir dans aucun cimetière.

Ô Morts, qui avez toujours refusé de mourir, qui avez su résister à la Mort
Jusqu'en Sine jusqu'en Seine, et dans mes veines fragiles, mon sang irréductible
Protégez mes rêves comme vous avez fait vos fils, les migrateurs aux jambes minces.
Ô Morts ! défendez les toits de Paris dans la brume dominicale
Les toits qui protègent mes morts.
Que de ma tour dangereusement sûre, je descende dans la rue
Avec mes frères aux yeux bleus
Aux mains dures.

PORTE DORÉE

J'ai choisi ma demeure près des remparts rebâtis de ma mémoire, à la hauteur des remparts
Me souvenant de Joal l'Ombreuse, du visage de la terre de mon sang.
Je l'ai choisie entre la Ville et la plaine, là où
S'ouvre la Ville à la fraîcheur première des bois et des rivières.
Mes regrets, ce sont les toits qui saignent au bord des eaux, bercés par l'intimité des bosquets
Moi dont le plus modeste taxi roule et chavire le cœur sur les hautes vagues de l'Atlantique
Qu'une seule cigarette fait tituber comme le marin à l'escale sur le chemin du port
Qui dis toujours aussi mal que le lointain écolier de brousse
« Bonjour, Mademoiselle... Comment allez-vous ? »

L'OURAGAN

L'ouragan arrache tout autour de moi
Et l'ouragan arrache en moi feuilles et paroles futiles.
Des tourbillons de passion sifflent en silence
Mais paix sur la tornade sèche, sur la fuite de l'hivernage !

Toi Vent ardent Vent pur, Vent-de-belle-saison, brûle toute fleur toute pensée vaine
Quand retombe le sable sur les dunes du cœur.
Servante, suspends ton geste de statue et vous, enfants, vos jeux et vos rires d'ivoire.
Toi, qu'elle consume ta voix avec ton corps, qu'elle sèche le parfum de ta chair
La flamme qui illumine ma nuit, comme une colonne et comme une palme.
Embrase mes lèvres de sang, Esprit, souffle sur les cordes de ma kôra
Que s'élève mon chant, aussi pur que l'or de Galam.

LETTRE À UN POÈTE

À AIMÉ CÉSAIRE

Au Frère aimé et à l'ami, mon salut abrupt et fraternel !
Les goélands noirs, les piroguiers au long cours m'ont fait goûter de tes nouvelles
Mêlées aux épices, aux bruits odorants des Rivières du Sud et des Îles.

Ils m'ont dit ton crédit, l'éminence de ton front et la fleur de tes lèvres subtiles
Qu'ils te font, tes disciples, ruche de silence, une roue de paon
Que jusqu'au lever de la lune, tu tiens leur zèle altéré et haletant.
Est-ce ton parfum de fruits fabuleux ou ton sillage de lumière en plein midi ?
Que de femmes à peau de sapotille dans le harem de ton esprit !

Me charme par-delà les années, sous la cendre de tes paupières
La braise ardente, ta musique vers quoi nous tendions nos mains et nos cœurs d'hier.
Aurais-tu oublié ta noblesse, qui est de chanter
Les Ancêtres les Princes et les Dieux, qui ne sont fleurs ni gouttes de rosée ?
Tu devais offrir aux Esprits les fruits blancs de ton jardin
– Tu ne mangeais que la fleur, récoltée dans l'année même, du mil fin
Et ne pas dérober un seul pétale pour en parfumer ta bouche.
Au fond du puits de ma mémoire, je touche
Ton visage où je puise l'eau qui rafraîchit mon long regret.
Tu t'allonges royal, accoudé au coussin d'une colline claire,
Ta couche presse la terre qui doucement peine
Les tamtams, dans les plaines noyées, rythment ton chant, et ton vers est la respiration de la nuit et de la mer lointaine.
Tu chantais les Ancêtres et les princes légitimes
Tu cueillais une étoile au firmament pour la rime

Rythmique à contretemps ; et les pauvres à tes pieds nus jetaient les nattes de leur gain d'une année
Et les femmes à tes pieds nus leur cœur d'ambre et la danse de leur âme arrachée.

Mon ami mon ami – ô ! tu reviendras tu reviendras !
Je t'attendrai – message confié au patron du cotre – sous le kaïcédrat.
Tu reviendras au festin des prémices. Quand fume sur les toits la douceur du soir au soleil déclive
Et que promènent les athlètes leur jeunesse, parés comme des fiancés, il sied que tu arrives.

TOUT LE LONG DU JOUR...

Tout le long du jour, sur les longs rails étroits
Volonté inflexible sur la langueur des sables
À travers Cayor et Baol de sécheresse où se tordent les bras les baobabs d'angoisse
Tout le long du jour, tout le long de la ligne
Par les petites gares uniformes, jacassantes petites négresses à la sortie de l'École et de la volière
Tout le long du jour, durement secoué sur les bancs du train de ferraille et poussif et poussiéreux
Me voici cherchant l'oubli de l'Europe au cœur pastoral du Sine.

NUIT DE SINE

Femme, pose sur mon front tes mains balsamiques, tes mains douces plus que fourrure.
Là-haut les palmes balancées qui bruissent dans la haute brise nocturne
À peine. Pas même la chanson de nourrice.
Qu'il nous berce, le silence rythmé.
Écoutons son chant, écoutons battre notre sang sombre, écoutons
Battre le pouls profond de l'Afrique dans la brume des villages perdus.

Voici que décline la lune lasse vers son lit de mer étale
Voici que s'assoupissent les éclats de rire, que les conteurs eux-mêmes
Dodelinent de la tête comme l'enfant sur le dos de sa mère
Voici que les pieds des danseurs s'alourdissent, que s'alourdit la langue des chœurs alternés.

C'est l'heure des étoiles et de la Nuit qui songe
S'accoude à cette colline de nuages, drapée dans son long pagne de lait.
Les toits des cases luisent tendrement. Que disent-ils, si confidentiels, aux étoiles ?
Dedans, le foyer s'éteint dans l'intimité d'odeurs âcres et douces.

Femme, allume la lampe au beurre clair, que causent autour les Ancêtres comme les parents, les enfants au lit.

Écoutons la voix des Anciens d'Élissa. Comme nous exilés
Ils n'ont pas voulu mourir, que se perdît par les sables leur torrent séminal.
Que j'écoute, dans la case enfumée que visite un reflet d'âmes propices
Ma tête sur ton sein chaud comme un dang au sortir du feu et fumant
Que je respire l'odeur de nos Morts, que je recueille et redise leur voix vivante, que j'apprenne à
Vivre avant de descendre, au-delà du plongeur, dans les hautes profondeurs du sommeil.

JOAL

Joal !
Je me rappelle.

Je me rappelle les signares à l'ombre verte des vérandas
Les signares aux yeux surréels comme un clair de lune sur la grève.

Je me rappelle les fastes du Couchant
Où Koumba N'Dofène voulait faire tailler son manteau royal.

Je me rappelle les festins funèbres fumant du sang des troupeaux égorgés
Du bruit des querelles, des rhapsodies des griots.

Je me rappelle les voix païennes rythmant le *Tantum Ergo*

Et les processions et les palmes et les arcs de triomphe.
Je me rappelle la danse des filles nubiles
Les chœurs de lutte – oh ! la danse finale des jeunes hommes, buste
Penché élancé, et le pur cri d'amour des femmes – *Kor Siga !*

Je me rappelle, je me rappelle...
Ma tête rythmant
Quelle marche lasse le long des jours d'Europe où parfois
Apparaît un jazz orphelin qui sanglote sanglote sanglote.

FEMME NOIRE

Femme nue, femme noire
Vêtue de ta couleur qui est vie, de ta forme qui est beauté !
J'ai grandi à ton ombre ; la douceur de tes mains bandait mes yeux.
Et voilà qu'au cœur de l'Été et de Midi, je te découvre, Terre promise, du haut d'un haut col calciné
Et ta beauté me foudroie en plein cœur, comme l'éclair d'un aigle.

Femme nue, femme obscure
Fruit mûr à la chair ferme, sombres extases du vin noir, bouche qui fais lyrique ma bouche
Savane aux horizons purs, savane qui frémis aux caresses ferventes du Vent d'Est

Tamtam sculpté, tamtam tendu qui grondes sous les doigts du vainqueur
Ta voix grave de contralto est le chant spirituel de l'Aimée.

Femme nue, femme obscure
Huile que ne ride nul souffle, huile calme aux flancs de l'athlète, aux flancs des princes du Mali
Gazelle aux attaches célestes, les perles sont étoiles sur la nuit de ta peau
Délices des jeux de l'esprit, les reflets de l'or rouge sur ta peau qui se moire
À l'ombre de ta chevelure, s'éclaire mon angoisse aux soleils prochains de tes yeux.

Femme nue, femme noire
Je chante ta beauté qui passe, forme que je fixe dans l'Éternel
Avant que le Destin jaloux ne te réduise en cendres pour nourrir les racines de la vie.

MASQUE NÈGRE

À PABLO PICASSO

Elle dort et repose sur la candeur du sable.
Koumba Tam dort. Une palme verte voile la fièvre des cheveux, cuivre le front courbe
Les paupières closes, coupe double et sources scellées.
Ce fin croissant, cette lèvre plus noire et lourde à peine – où le sourire de la femme complice ?

Les patènes des joues, le dessin du menton chantent
  l'accord muet.
Visage de masque fermé à l'éphémère, sans yeux sans
  matière
Tête de bronze parfaite et sa patine de temps
Que ne souillent fards ni rougeur ni rides, ni traces de
  larmes ni de baisers
Ô visage tel que Dieu t'a créé avant la mémoire même
  des âges
Visage de l'aube du monde, ne t'ouvre pas comme un
  col tendre pour émouvoir ma chair.
Je t'adore, ô Beauté, de mon œil monocorde !

LE MESSAGE

Ils m'ont dépêché un courrier rapide.
Et il a traversé la violence des fleuves ; dans les rizières
  basses, il enfonçait jusqu'au nombril.
C'est dire que leur message était urgent.
J'ai laissé le repas fumant et le soin de nombreux
  litiges.
Un pagne, je n'ai rien emporté pour les matins de rosée.
Pour viatique, des paroles de paix, blanches à m'ouvrir
  toute route.
J'ai traversé, moi aussi, des fleuves et des forêts
  d'embûches vierges
D'où pendaient des lianes plus perfides que serpents
J'ai traversé des peuples qui vous décochaient un salut
  empoisonné.
Mais je ne perdais pas le signe de reconnaissance
Et veillaient les Esprits sur la vie de mes narines.

J'ai reconnu les cendres des anciens bivacs et les hôtes héréditaires.
Nous avons échangé de longs discours sous les kaïcédrats
Nous avons échangé les présents rituels.
Et j'arrivai à Élissa, nid de faucons défiant la superbe des Conquérants.
J'ai revu l'antique demeure sur la colline, un village aux longs cils baissés.
Au Gardien du Sang j'ai récité le long message
Les épizooties le commerce ruiné, les chasses quadrillées la décence bourgeoise
Et les mépris sans graisse dont se gonflent les ventres des captifs.

Le Prince a répondu. Voici l'empreinte exacte de son discours
« Enfants à tête courte, que vous ont chanté les kôras ?
« Vous déclinez la rose, m'a-t-on dit, et vos Ancêtres les Gaulois.
« Vous êtes docteurs en Sorbonne, bedonnants de diplômes.
« Vous amassez des feuilles de papier – si seulement des louis d'or à compter sous la lampe, comme feu ton père aux doigts tenaces !
« Vos filles, m'a-t-on dit, se peignent le visage comme des courtisanes
« Elles se casquent pour l'union libre et éclaircir la race !
« Êtes-vous plus heureux ? Quelque trompette à wa-wa-wâ
« Et vous pleurez aux soirs là-bas de grands feux et de sang.
« Faut-il vous dérouler l'ancien drame et l'épopée ?

« Allez à Mbissel à Fa'oy ; récitez le chapelet de sanctuaires qui ont jalonné la Grande Voie
« Refaites la Route Royale et méditez ce chemin de croix et de gloire.
« Vos Grands Prêtres vous répondront : Voix du Sang !
« Plus beaux que des rôniers sont les Morts d'Élissa ; minces étaient les désirs de leur ventre.
« Leur bouclier d'honneur ne les quittait jamais ni leur lance loyale.
« Ils n'amassaient pas de chiffons, pas même de guinées à parer leurs poupées.
« Leurs troupeaux recouvraient leurs terres, telles leurs demeures à l'ombre divine des ficus
« Et craquaient leurs greniers de grains serrés d'enfants.
« Voix du Sang ! Pensées à remâcher !
« Les Conquérants salueront votre démarche, vos enfants seront la couronne blanche de votre tête. »

J'ai entendu la Parole du Prince.
Héraut de la Bonne Nouvelle, voici sa récade d'ivoire.

POUR EMMA PAYELLEVILLE L'INFIRMIÈRE

EMMA PAYELLEVILLE
Ton nom brisera les images poudreuses des gouverneurs.
Toi la si faible et frêle jeune fille

Tu rompis les remparts décrétés entre toi et nous, les faubourgs indigènes.
Ignorante de la technique des bureaux, sans livre sans dictionnaire
Sans interprète aigu, tes yeux surent percer l'épaisseur des remparts
Tes yeux le mystère lourd des corps noirs
Tes yeux pour leurs seuls yeux transparents de pure eau
Tes mains, sous la douceur charnelle des corps noirs
Fraternelle douceur pour toi seule
Tes mains découvrir, tes mains extirper les nœuds de leurs misères
Que des génies hostiles séculairement n'avaient pu faire si durs.
Toi couleur de lait et d'enfant
Ton nom brisera les bronzes poudreux des gouverneurs
Sous ton visage lumineux, au carrefour des cœurs noirs
Gardé jalousement par les ténèbres fidèles de leur mémoire noire.

NEIGE SUR PARIS

Seigneur, vous avez visité Paris par ce jour de votre naissance
Parce qu'il devenait mesquin et mauvais
Vous l'avez purifié par le froid incorruptible
Par la mort blanche.
Ce matin, jusqu'aux cheminées d'usine qui chantent à l'unisson

Arborant des draps blancs
– « Paix aux Hommes de bonne volonté ! »
Seigneur, vous avez proposé la neige de votre Paix au monde divisé à l'Europe divisée
À l'Espagne déchirée
Et le Rebelle juif et catholique a tiré ses mille quatre cents canons contre les montagnes de votre Paix.
Seigneur, j'ai accepté votre froid blanc qui brûle plus que le sel.
Voici que mon cœur fond comme neige sous le soleil.
J'oublie
Les mains blanches qui tirèrent les coups de fusils qui croulèrent les empires
Les mains qui flagellèrent les esclaves, qui vous flagellèrent
Les mains blanches poudreuses qui vous giflèrent, les mains peintes poudrées qui m'ont giflé
Les mains sûres qui m'ont livré à la solitude à la haine
Les mains blanches qui abattirent la forêt de rôniers qui dominait l'Afrique, au centre de l'Afrique
Droits et durs, les Saras beaux comme les premiers hommes qui sortirent de vos mains brunes.
Elles abattirent la forêt noire pour en faire des traverses de chemin de fer
Elles abattirent les forêts d'Afrique pour sauver la Civilisation, parce qu'on manquait de matière première humaine.

Seigneur, je ne sortirai pas ma réserve de haine, je le sais, pour les diplomates qui montrent leurs canines longues
Et qui demain troqueront la chair noire.
Mon cœur, Seigneur, s'est fondu comme neige sur les toits de Paris
Au soleil de votre douceur.

Il est doux à mes ennemis, à mes frères aux mains blanches sans neige
À cause aussi des mains de rosée, le soir, le long de mes joues brûlantes.

PRIÈRE AUX MASQUES

Masques ! Ô Masques !
Masque noir masque rouge, vous masques blanc-et-noir
Masques aux quatre points d'où souffle l'Esprit
Je vous salue dans le silence !
Et pas toi le dernier, Ancêtre à tête de lion.
Vous gardez ce lieu forclos à tout rire de femme, à tout sourire qui se fane
Vous distillez cet air d'éternité où je respire l'air de mes Pères.
Masques aux visages sans masque, dépouillés de toute fossette comme de toute ride
Qui avez composé ce portrait, ce visage mien penché sur l'autel de papier blanc
À votre image, écoutez-moi !
Voici que meurt l'Afrique des empires – c'est l'agonie d'une princesse pitoyable
Et aussi l'Europe à qui nous sommes liés par le nombril.
Fixez vos yeux immuables sur vos enfants que l'on commande
Qui donnent leur vie comme le pauvre son dernier vêtement.
Que nous répondions présents à la renaissance du Monde

Ainsi le levain qui est nécessaire à la farine blanche.
Car qui apprendrait le rythme au monde défunt des machines et des canons ?
Qui pousserait le cri de joie pour réveiller morts et orphelins à l'aurore ?
Dites, qui rendrait la mémoire de vie à l'homme aux espoirs éventrés ?
Ils nous disent les hommes du coton du café de l'huile
Ils nous disent les hommes de la mort.
Nous sommes les hommes de la danse, dont les pieds reprennent vigueur en frappant le sol dur.

LE TOTEM

Il me faut le cacher au plus intime de mes veines
L'Ancêtre à la peau d'orage sillonnée d'éclairs et de foudre
Mon animal gardien, il me faut le cacher
Que je ne rompe le barrage des scandales.
Il est mon sang fidèle qui requiert fidélité
Protégeant mon orgueil nu contre
Moi-même et la superbe des races heureuses...

NDÉSSÉ OU « BLUES »

Le Printemps charriait des glaçons sur tous mes torrents débandés
Ma jeune sève jaillissait aux premières caresses sur l'écorce tendre.

Voilà cependant qu'au cœur de Juillet, je suis plus aveugle qu'Hiver au pôle.
Mes ailes battent et se blessent aux barreaux du ciel bas
Nul rayon ne traverse cette voûte sourde de mon ennui.
Quel signe retrouver ? Quelle clef de coups frapper ?
Et comment atteindre le dieu aux javelines lointaines ?
Été royal du Sud là-bas, tu arriveras oui trop tard en un Septembre agonisant !
Dans quel livre trouver la ferveur de ta réverbération ?
Et sur les pages de quel livre, de quelles lèvres impossibles ton amour délirant ?
Me lasse mon impatiente attente. Oh ! le bruit de la pluie sur les feuilles monotones !
Joue-moi la seule « Solitude », Duke, que je pleure jusqu'au sommeil.

À LA MORT

Tu m'as assailli encore cette nuit
Cette nuit sans clair de lune au bord de la mare perfide, panthère
Décochée de l'arc d'une branche.
Ah ! le feu de tes griffes dans mes reins et l'angoisse
Qui fait crier à minuit jusqu'aux doigts de mes pieds tremblants prisonniers.
Ô Mort jamais familière, trois fois visiteuse, je me rappelle
Ma course après la vie comme après un lourd fruit qui roule sous un rônier l'enfant
– Un second régime soudain sur le dos l'aplatit au sol.

Mort redoutable, qui fais fuir plus vite que le guerrier sept fois autour de la Ville aux sept portes
Vois-moi dans la force de l'âge et du désir et du vouloir
Quand voici déjà l'hiver, les pluies rhumatismales et tes griffes profondes.
N'as-tu pas senti la force de mes reins, de mon vouloir musculeux ?
Je sais que l'Hiver s'illuminera d'un long jour printanier
Que l'odeur de la terre montera m'enivrer plus fort que le parfum des fleurs
Que la Terre tendra ses seins durs pour frémir sous les caresses du Vainqueur
Que je bondirai comme l'Annonciateur, que je manifesterai l'Afrique comme le sculpteur de masques au regard intense
Que reviendra sur l'herbe, mêlant sa voix grave au chœur de l'aube
La femme visage noir et tête fauve, qui partit sans un mot ébauché ni d'elle ni de moi
Un jour d'hiver lumineux en Île-de-France.

LIBÉRATION

Les torrents de mon sang sifflaient le long des berges de ma cellule.
C'était pendant des nuits et des jours plus solitaires que la nuit.
Sous les coups de bélier, tenaces étaient les digues et les murs d'un poids perfide.

J'étais là, me cognant la tête comme le désespoir d'un enfant nerveux.
J'ai dit paix à mon âme sur un signe de l'Ange mon guide
Mais quelle lutte sans masseur, dont j'ai tout le corps moulu !
Avec une patience paysanne, j'ai travaillé à la lime des dix-sept heures d'été
Quand il faut serrer la récolte et que menace le temps grondant.
L'autre matin – j'ai perdu la mémoire des jours et des sous-préfectures
J'ai senti sur ma joue le lait frais de la vérité.
Il faisait encore nuit dehors, et pas une étoile à la ferme la plus perdue.
Me baignaient l'aube peu à peu et le vert tendre du gazon mouillé d'une douceur point menteuse.
Levant mon regard au-delà du soleil, à l'Est
Je vis poindre les étoiles et entendis le cantique de paix.
Et libéré de ma prison, je regrettais déjà le pain bis et le bas-flanc des insomnies.

QUE M'ACCOMPAGNENT KÔRAS ET BALAFONG

(guimm pour trois kôras et un balafong)

À RENÉ MARAN

Eléyâi bisimlâi ! mângi dêti woy Yâram bi.
Biram Dégén-ô ! ndendâ'k tamâ'k sabar-ê !

Eléyâye bisimlâye ! De nouveau je chante le Noble.
Ô Biram Déguen ! Que m'accompagnent ndeundeus, tamas [et sabars !

POÈME WOLOF

Au détour du chemin la rivière, bleue par les prés frais de Septembre.
Un paradis que garde des fièvres une enfant aux yeux clairs comme deux épées
Paradis mon enfance africaine, qui gardait l'innocence de l'Europe.
Quels mois alors ? Quelle année ? Je me rappelle sa douceur fuyante au crépuscule
Que mouraient au loin les hommes comme aujourd'hui, que fraîche était, comme un limon, l'ombre des tamariniers.
Reposoirs opposés au bord de la plaine dure salée, de la grande voie étincelante des Esprits
Enclos méridien du côté des tombes !
Et toi Fontaine de Kam-Dyamé, quand à midi je buvais ton eau mystique au creux de mes mains

Entouré de mes compagnons lisses et nus et parés des fleurs de la brousse !
La flûte du pâtre modulait la lenteur des troupeaux
Et quand sur son ombre elle se taisait, résonnait le tam-tam des tanns obsédés
Qui rythmait la théorie en fête des Morts.
Des tirailleurs jetaient leurs chéchias dans le cercle avec des cris aphones, et dansaient en flammes hautes mes sœurs
Téning-Ndyaré et Tyagoum-Ndyaré, plus claires maintenant que le cuivre d'outre-mer.

II

Fontaines plus tard, à l'ombre étroite des Muses latines que l'on proclamait mes anges protecteurs
Puits de pierre, *Ngas-o-bil !* vous n'apaisâtes pas mes soifs.
Mais après les pistaches grillées et salées, après l'ivresse des Vêpres et de midi
Je me réfugiais vers toi, Fontaine-des-Éléphants à la bonne eau balbutiante
Vers vous, mes Anciens, aux yeux graves qui approfondissent toutes choses.
Et me guidait par épines et signes Verdun oui Verdun, le chien qui gardait l'innocence de l'Europe.
De tes rires de tes jeux de tes chansons, de tes fables qu'effeuille ma mémoire
Je ne garde que le curé noir dansant
Et sautant comme le Psalmiste devant l'Arche de Dieu, comme l'Ancêtre à la tête bien jointe
Au rythme de nos mains : « Ndyaga-bâss ! Ndyaga-rîti ! »

III

Entendez tambour qui bat !
Maman qui m'appelle.
Elle m'a dit Toubab !
D'embrasser la plus belle.

Elle m'a dit « Seigneur » !
Choisir ! et délicieusement écartelé entre ces deux mains amies
– Un baiser de toi Soukeïna ! – ces deux mondes antagonistes
Quand douloureusement – ah ! je ne sais plus qui est ma sœur et qui ma sœur de lait
De celles qui bercèrent mes nuits de leur tendresse rêvée, de leurs mains mêlées
Quand douloureusement – un baiser de toi Isabelle ! – entre ces deux mains
Que je voudrais unir dans ma main chaude de nouveau.
Mais s'il faut choisir à l'heure de l'épreuve
J'ai choisi le verset des fleuves, des vents et des forêts
L'assonance des plaines et des rivières, choisi le rythme de sang de mon corps dépouillé
Choisi la trémulsion des balafongs et l'accord des cordes et des cuivres qui semble faux, choisi le
Swing le swing oui le swing !
Et la lointaine trompette bouchée, comme une plainte de nébuleuse en dérive dans la nuit
Comme l'appel du Jugement, trompette éclatante sur les charniers neigeux d'Europe.
J'ai choisi mon peuple noir peinant, mon peuple paysan, toute la race paysanne par le monde.
« Et tes frères se sont irrités contre toi, ils t'ont mis à bêcher la terre. »
Pour être ta trompette !

IV

Mes agneaux, vous ma dilection avec ces yeux qui ne verront pas ma vieillesse
Je ne fus pas toujours pasteur de têtes blondes sur les plaines arides de vos livres
Pas toujours bon fonctionnaire, déférent envers ses supérieurs
Bon collègue poli élégant – et les gants ? – souriant riant rarement
Vieille France vieille Université, et tout le chapelet déroulé.
Mon enfance, mes agneaux, est vieille comme le monde et je suis jeune comme l'aurore éternellement jeune du monde.
Les poétesses du sanctuaire m'ont nourri
Les griots du Roi m'ont chanté la légende véridique de ma race aux sons des hautes kôras.

V

Quels mois ? quelle année ?
Koumba Ndofène Dyouf régnait à Dyakhâw, superbe vassal
Et gouvernait l'Administrateur du Sine-Saloum.
Le bruit de ses aïeux et des dyoung-dyoungs le précédait.
Le pèlerin royal parcourait ses provinces, écoutant dans le bois la complainte murmurée
Et les oiseaux qui babillaient, et le soleil sur leurs plumes était prodigue
Écoutant la conque éloquente parmi les tombes sages.
Il appelait mon père « Tokor » ; ils échangeaient des énigmes que portaient des lévriers à grelots d'or

Pacifiques cousins, ils échangeaient des cadeaux sur les bords du Saloum
Des peaux précieuses des barres de sel, de l'or du Bouré de l'or du Boundou
Et de hauts conseils comme des chevaux du Fleuve.
L'Homme pleurait au soir, et dans l'ombre violette se lamentaient les khalams.

VI

J'étais moi-même le grand-père de mon grand-père
J'étais son âme et son ascendance, le chef de la maison d'Élissa du Gâbou
Droit dressé ; en face, le Fouta-Djallong et l'Almamy du Fouta.
« On nous tue, Almamy ! on ne nous déshonore pas. »
Ni ses montagnes ne purent nous dominer ni ses cavaliers nous encercler ni sa peau claire nous séduire
Ni nous abâtardir ses prophètes.
Ma sève païenne est un vin vieux qui ne s'aigrit, pas le vin de palme d'un jour.
Et seize ans de guerre ! seize ans le battement des tabalas de guerre des tabalas des balles !
Seize ans les nuages de poudre ! seize ans de tornade sans un beau jour un seul
– Et chante vers les fontaines la théorie des jeunes filles aux seins triomphants comme des tours dans le soleil
Seize ans le crépuscule ! et les femmes autour des sources étendent des pagnes rouges
Seize ans autour du marigot d'Élissa, que fleurissent les lances bruissantes.
« On nous tue, Almamy ! » Sur ce haut bûcher, j'ai jeté

Toutes mes richesses poudreuses : mes trésors d'ambre gris et de cauris
Les captifs colonnes de ma maison, les épouses mères de mes fils
Les objets du sanctuaire, les masques graves et les robes solennelles
Mon parasol mon bâton de commandement, qui est de trois kintars d'ivoire
Et ma vieille peau.
Dormez, les héros, en ce soir accoucheur de vie, en cette nuit grave de grandeur.
Mais sauvée la Chantante, ma sève païenne qui monte et qui piaffe et qui danse
Mes deux filles aux chevilles délicates, les princesses cerclées de lourds bracelets de peine
Comme des paysannes. Des paysans les escortent pour être leurs seigneurs et leurs sujets
Et parmi elles, la mère de Sîra-Badral, fondatrice de royaumes
Qui sera le sel des Sérères, qui seront le sel des peuples salés.

VII

Élé-yâye ! De nouveau je chante un noble sujet ; que m'accompagnent kôras et balafong !
Princesse, pour toi ce chant d'or, plus haut que les abois des pédants !
Tu n'es pas plante parasite sur l'abondance rameuse de ton peuple.
Ils mentent ; tu n'es pas tyran, tu ne te nourris pas de sa graisse.
Tu es l'organe riche de réserves, les greniers qui craquent pour les jours d'épreuve
– Ils nourrissent fourmis et colombes oisives.

Voilà, tu es, pour écarter au loin l'ennemi, debout, le tata
Je ne dis pas le silo, mais le chef qui organise la force qui forge
Le bras ; mais la tête tata qui reçoit coups et boulets.
Et ton peuple s'honore en toi. Louange à ton peuple en toi !
Princesse de quatre coudées ! au visage d'ombre autour de ta bouche de lumière
Comme le soleil sur la plage de galets noirs
Tu es ton peuple.
La terre sombre de ta peau et féconde, généreusement il l'arrose de la tornade séminale.
Tu es son épouse, tu as reçu le sang sérère et le tribut de sang peul.
Ô sangs mêlés dans mes veines, seulement le battement nu des mains !
Que j'entende le chœur des voix vermeilles des sang-mêlé !
Que j'entende le chant de l'Afrique future !

VIII

Ah ! me soutient l'espoir qu'un jour je coure devant toi, Princesse, porteur de ta récade à l'assemblée des peuples.
C'est un cortège plus de grandeur que celui même de l'Empereur Gongo-Moussa en marche vers l'Orient étincelant.
Ô désert sans ombre désert, terre austère terre de pureté, de toutes mes petitesses
Lave-moi, de toutes mes contagions de civilisé.

Que me lave la face ta lumière qui n'est point subtile, que ta violence sèche me baigne dans une tornade de sable
Et tel le blanc méhari de race, que mes lèvres de neuf jours en neuf jours soient chastes de toute eau terrestre, et silencieuses.
Je marcherai par la terre nord-orientale, par l'Égypte des temples et des pyramides
Mais je vous laisse Pharaon qui m'a assis à sa droite et mon arrière-grand-père aux oreilles rouges.
Vos savants sauront prouver qu'ils étaient hyperboréens ainsi que toutes mes grandeurs ensevelies.
Cette colonne solennelle, ce ne sont plus quatre mille esclaves portant chacun cinq mithkals d'or
Ce sont sept mille nègres nouveaux, sept mille soldats sept mille paysans humbles et fiers
Qui portent les richesses de ma race sur leurs épaules musicales.
Ses richesses authentiques. Non plus l'or ni l'ambre ni l'ivoire, mais les produits d'authentiques paysans et de travailleurs à vingt centimes l'heure
Mais toutes les ruines pendant la traite européenne des nègres
Mais toutes les larmes par les trois continents, toutes les sueurs noires qui engraissèrent les champs de canne et de coton
Mais tous les hymnes chantés, toutes les mélopées déchirées par la trompette bouchée
Toutes les joies dansées oh ! toute l'exultation criée.
Ce sont sept mille nègres nouveaux, sept mille soldats sept mille paysans humbles et fiers
Qui portent les richesses de ma race sur leurs épaules d'amphore
La Force la Noblesse la Candeur
Et comme d'une femme, l'abandonnement ravie à la

grande force cosmique, à l'Amour qui meut les mondes chantants.

IX

Dans l'espoir de ce jour – voici que la Somme et la Seine et le Rhin et les sauvages fleuves slaves sont rouges sous l'épée de l'Archange
Et mon cœur va défaillant à l'odeur vineuse du sang, mais j'ai des consignes et le devoir de tenir
Qu'au moins me console, chaque soir, l'humeur voyageuse de mon double.
Tokô'Waly mon oncle, te souviens-tu des nuits de jadis quand s'appesantissait ma tête sur ton dos de patience ?
Ou que me tenant par la main, ta main me guidait par ténèbres et signes ?
Les champs sont fleurs de vers luisants ; les étoiles se posent sur les herbes sur les arbres.
C'est le silence alentour.
Seuls bourdonnent les parfums de brousse, ruches d'abeilles rousses qui dominent la vibration grêle des grillons
Et tam-tam voilé, la respiration au loin de la Nuit.
Toi Tokô'Waly, tu écoutes l'inaudible
Et tu m'expliques les signes que disent les Ancêtres dans la sérénité marine des constellations
Le Taureau le Scorpion le Léopard, l'Éléphant les Poissons familiers
Et la pompe lactée des Esprits par le tann céleste qui ne finit point.
Mais voici l'intelligence de la déesse Lune et que tombent les voiles des ténèbres.

Nuit d'Afrique ma nuit noire, mystique et claire noire et brillante
Tu reposes accordée à la terre, tu es la Terre et les collines harmonieuses.
Ô Beauté classique qui n'es point angle, mais ligne élastique élégante élancée !
Ô visage classique ! depuis le front bombé sous la forêt de senteurs et les yeux larges obliques jusqu'à la baie gracieuse du menton et
L'élan fougueux des collines jumelles ! Ô courbes de douceur visage mélodique !
Ô ma Lionne ma Beauté noire, ma Nuit noire ma Noire ma Nue !
Ah ! que de fois as-tu fait battre mon cœur comme le léopard indompté dans sa cage étroite.
Nuit qui me délivres des raisons des salons des sophismes, des pirouettes des prétextes, des haines calculées des carnages humanisés
Nuit qui fonds toutes mes contradictions, toutes contradictions dans l'unité première de ta négritude
Reçois l'enfant toujours enfant, que douze ans d'errances n'ont pas vieilli.
Je n'amène d'Europe que cette enfant amie, la clarté de ses yeux parmi les brumes bretonnes.

Château-Gontier, octobre-décembre 1939.

PAR-DELÀ ÉROS

Kâ na Mâyâi féla-x-am :
Kaso faé nyapógma dyègânum
Oui, tout ce qui est de Mâyaï me plaît
La prison que je recherchais, je l'ai.

POÈME SÉRÈRE

C'EST LE TEMPS DE PARTIR

C'est le temps de partir, que je n'enfonce plus avant mes racines de ficus dans cette terre grasse et molle.
J'entends le bruit picotant des termites qui vident mes jambes de leur jeunesse.
C'est le temps de partir, d'affronter l'angoisse des gares, le vent courbe qui rase les trottoirs dans les gares de Province ouvertes
L'angoisse des départs sans main chaude dans la main.
J'ai soif j'ai soif d'espaces et d'eaux nouvelles, et de boire à l'urne d'un visage nouveau dans le soleil
Et ne m'écartent pas les chambres d'hôtel ni la solitude retentissante des grandes cités.

Est-ce le Printemps – partir ! – cette première sueur
nocturne, le réveil dans l'ivresse... l'attente...
J'écoute aérienne – plus bas la batterie des roues sur
les rails – la longue trompette qui interroge le ciel.
Ou n'est-ce que le hennissement sifflant de mon sang
qui se souvient
Tel un poulain qui se cabre et rue dans l'aurore de Mars
ultime ?
C'est le temps de partir.

Voilà bien ton message.
Était-ce au bal du Printemps que tes yeux ouverts te
précédaient ?
Toi si semblable à celle de jadis, avec ton visage
sarrasin et ta tête noire qui flamboie comme le
sommet de l'Estérel.
Tes compagnes s'écartaient, jours laiteux d'hiver ou
colombes sous les flèches d'une déesse.
Ma main reconnut ta main mon genou ton genou, et
nous retrouvâmes le rythme premier
Et tu partis. C'est le temps de partir !

DÉPART

Je cherche au fond de tes yeux troubles – c'est l'Étang
de Berre sous les coups du Mistral
Tes yeux troubles – et j'y distingue, à travers la vitre
embuée, le paysage d'outre-océan de nos hiers.
La pente est molle ; alentour la tendresse des prés.
Quand nous glissons, un bras amical nous retient au
bord de l'eau.

Ta voix frêle, dans l'air lent de nos cœurs, tisse de capricieuses dentelles.
Tu es sur la rive adverse hirondelle ; l'eau est peu profonde et proches les îlets d'or.
Je préfère le bond souple du félin.
La rivière de verre le ciel couleur d'yeux bleus – tu disais pervenche – les parfums d'un vert enfantin.
Toutes ces heures claires vertes bleues, vertes claires bleues !
Si légers les nuages aéroplanes, qui sont les poissons sous l'eau sans bruit
Si souvent sifflaient, avec un bruit métallique qui me secouait jusqu'à la racine des entrailles
Les rapides pour les ports atlantiques, les mondes ressuscités de nos mémoires.

Je ne pouvais garder dans mes mains ta tête, tes yeux d'antilope comme mes yeux aimantés
Mes yeux fixes devant toi.
Si légers les aéroplanes blancs
Si souvent sifflaient les rapides sur les ponts aériens !
Et puis un jour, étrangers dans ce paysage trop connu
Sans au revoir nous sommes partis, partis un jour sans couleur et sans bruit.

CHANT D'OMBRE

L'aigle blanc des mers, l'aigle du Temps me ravit au-delà du continent.
Je me réveille je m'interroge, comme l'enfant dans les bras de Kouss que tu nommes Pan.

C'est le cri sauvage du Soleil levant qui fait tressaillir la terre
Ta tête noblesse nue de la pierre, ta tête au-dessus des monts le Lion au-dessus des animaux de l'étable
Tête debout, qui me perce de ses yeux aigus.
Et je renais à la terre qui fut ma mère.

Voici le Temps et l'Espace, entre nous précipice et altitude
Que se dresse ton orgueil porte-neige jadis couleur humaine
– J'y disparaissais, laboureur couché dans l'ivresse de la moisson mûre.
Je glisse le long de tes parois, visage escarpé.
Le meilleur grimpeur s'est perdu. Vois le sang de mes mains et de mes genoux
Comme une libation le sang de mon orgueil antagoniste, déesse au visage de masque.

Me faudra-t-il lâcher les tempêtes de toutes les cavernes magiques du désert ?
Rassembler les sables aux quatre coins du ciel vide, en une ferveur immense de sauterelles ?
Puis dans un silence immémorial, le travail du froid apocalyptique ?
Glissent déjà tes paroles confuses de femme, comme des plaintes d'heureuse détresse, on ne sait
Et les pierres, brusque et faible chute, vont prendre le fracas des cataractes.

Toute victoire dure l'instant d'un battement de cils qui proclame l'irréparable doublement.
Tu fus africaine dans ma mémoire ancienne, comme moi comme les neiges de l'Atlas.
Mânes ô Mânes de mes Pères

Contemplez son front casqué et la candeur de sa bouche parée de colombes sans taches
Comparez sa beauté et celle de vos filles
Ses paupières comme le crépuscule rapide et ses yeux vastes qui s'emplissent de nuit.
Oui c'est bien l'aïeule noire, la Claire aux yeux violets sous ses paupières de nuit.
« Mon amie, sous le sombre des pagnes bleus
« Les étoiles effeuillent les fleurs d'ouate de leurs capsules éclatées.
« Le Seigneur de la brousse s'est tu, qui a fait taire la révolte des bruits sourds.
« Vois ! le brouillard doucement s'est égoutté en claires gouttelettes de lait frais. »
Écoute ma voix singulière qui te chante dans l'ombre
Ce chant constellé de l'éclatement des comètes chantantes.
Je te chante ce chant d'ombre d'une voix nouvelle
Avec la vieille voix de la jeunesse des mondes.

VACANCES

Cette absence longue à mon cœur
Cette vacance de trois mois comme ce sombre couloir de trois semestres captifs.
J'avais perdu mémoire des couleurs
Jusqu'à ton visage que je recomposais en vain, avec les yeux battus de mon esprit.
Et ton silence distant comme une mémoire qui s'oublie !
Restait l'odeur de tes cheveux, si chauds de soleil

– Rien que la caresse de mon col haut et souple sur ma joue
Restait la splendeur de ta tête !
Comment oublier l'éclat du soleil, et le rythme du monde – la nuit le jour
Et le tam-tam fou de mon cœur qui me tenait éveillé de longues nuits
Et les battements de ton cœur qui à contretemps l'accompagnaient
Et les chants alternés. Toi la flûte lointaine qui répond dans la nuit
De l'autre rive de la Mer intérieure qui unit les terres opposées
Les sœurs complémentaires : l'une est couleur de flamme et l'autre, sombre, couleur de bois précieux.
Ton visage !
Sans doute est-ce lui, non la ténèbre de ma prison non l'humidité de ma vie
Qui efface toute couleur et tout dessin, tel le soleil triomphant à l'entrée de l'hivernage
Lorsque n'est pas tombée la goutte d'eau première
Que les pays sont blancs et les sables illimités.
Je sais le Paradis perdu – je n'ai pas perdu souvenir du jardin d'enfance où fleurissent les oiseaux
Que viendra la moisson après l'hivernage pénible, et tu reviendras mon Aimée.
Tu seras dans mes bras comme une gerbe lourde et brune
Ou le sik triomphal qu'agite l'athlète vainqueur, et il se sent un dieu.

PAR-DELÀ ÉROS

Je les réciterais, ces mains qui bandent le regard de mon cœur.
C'est bien la lenteur de tes mains et la douceur galbée de ta caresse qui ne bouge
Égyptienne ! Comment ne serait-elle pas mon guide, ton haleine longue
Tes senteurs de soleil feux de brousse !
Tu es descendue de ce mur où t'avait accrochée la ruse des Anciens.
Admise dans le cercle à toute faiblesse fermée
Tu es le fruit suspendu à l'arbre de mon désir – soif éternelle de mon sang dans son désert de désirs !

Je sais mes Pères, vous avez jeté ce filet sur ma vacance vigilante
Pour attraper l'Enfant prodigue, cette fosse à lions.
Je sais que la fierté de ces collines appelle mon orgueil.
Debout sur l'âpreté de leurs sommets couronnés de gommiers odorants
Je saisis l'écho du nombril qui rythme leur chant
– Un lac aux eaux graves dort dans son cratère qui veille.
Seule, je sais, cette riche plaine à la peau noire
Convient au soc et au fleuve profonds de mon élan viril.

Mais quoi d'un corps sans tête ? Et quoi de bras sans âme ?
Le chant du poème domine haut la passion des talmbatts mbalakhs et tamas.
Qu'au moins dansent mes doigts sur les cordes des kôras.

Mais ce corps dans mes mains, comme un fin navire
d'acier !...
Ne soyez pas des dieux jaloux, mes Pères.
Laissez tonner Dzeus-Upsibrémétès, que Jéhovah
embrase la superbe des villes blanches.
N'énervez pas ma jeunesse aux jeux de la maison
Mes griffes de panthère au pagne amical de mes sœurs.

Mon âme aspire à la conquête du monde innombrable
et déploie ses ailes, noir et rouge
Noir et rouge, couleurs de vos étendards !
Ma tâche est de reconquérir le lointain des terres qui
bornaient l'Empire du Sang
Où jamais la nuit ne recouvrait la vie de ses cendres,
de son chant de silence
Ma tâche, de reconquérir les perles extrêmes de votre
sang jusqu'au fond des océans glacés
Et des âmes. Entendez le chant de son âme sous son
toit de paupières sarrasines.
Candides ses yeux comme ceux de l'antilope kôba,
ouverts étonnés sur la beauté du monde.
Ah ! laissez-moi l'arracher, son âme, dans un baiser
comme le Vent d'Est destructeur
Pour la déposer à vos pieds, avec les richesses fabu-
leuses de l'esprit et des terres nouvelles.

VISITE

Je songe dans la pénombre étroite d'un après-midi.
Me visitent les fatigues de la journée
Les défunts de l'année, les souvenirs de la décade

Comme la procession des morts du village à l'horizon des tanns.
C'est le même soleil mouillé de mirages
Le même ciel qu'énervent les présences cachées
Le même ciel redouté de ceux qui ont des comptes avec les morts.
Voici que s'avancent mes mortes à moi...

LE RETOUR DE L'ENFANT PRODIGUE

(guimm pour une kôra)

À JACQUES MAGUILEN SENGHOR,
MON NEVEU

Et mon cœur de nouveau sur la marche de pierre, sous la porte haute d'honneur.
Et tressaillent les cendres tièdes de l'Homme aux yeux de foudre, mon père.
Sur ma faim, la poussière de seize années d'errance, et l'inquiétude de toutes les routes d'Europe
Et la rumeur des villes vastes ; et les cités battues de vagues de mille passions dans ma tête.
Mon cœur est resté pur comme Vent d'Est au mois de Mars.

II

Je récuse mon sang en la tête vide d'idées, en ce ventre qu'ont déserté les muscles du courage.
Me conduise la note d'or de la flûte du silence, me conduise le pâtre mon frère de rêve jadis
Nu sous sa ceinture de lait, la fleur du flamboyant au front.
Et perce pâtre, mais perce d'une longue note surréelle cette villa branlante, dont fenêtres et habitants sont minés des termites.

Et mon cœur de nouveau sous la haute demeure qu'a édifiée l'orgueil de l'Homme
Et mon cœur de nouveau sur la tombe où pieusement il a couché sa longue généalogie.
Il n'a pas besoin de papier ; seulement la feuille sonore du dyâli et le stylet d'or rouge de sa langue.

III

Que vaste que vide la cour à l'odeur de néant
Comme la plaine en saison sèche qui tremble de son vide
Mais quel orage bûcheron abattit l'arbre séculaire ?
Et tout un peuple se nourrissait de son ombre sur la terrasse circulaire
Et toute une maison avec ses palefreniers, bergers domestiques et artisans
Sur la terrasse rouge qui défendait la mer houleuse des troupeaux aux grands jours de feu et de sang.
Ou est-ce un quartier foudroyé par les aigles quadrimoteurs
Et par les lions des bombes aux bonds puissants ?

IV

Et mon cœur de nouveau sur les marches de la haute demeure.
Je m'allonge à terre à vos pieds, dans la poussière de mes respects
À vos pieds, Ancêtres présents, qui dominez fiers la grand-salle de tous vos masques qui défient le Temps.

Servante fidèle de mon enfance, voici mes pieds où colle la boue de la Civilisation.
L'eau pure sur mes pieds, servante, et seules leurs blanches semelles sur les nattes de silence.
Paix paix et paix, mes Pères, sur le front de l'Enfant prodigue.

V

Toi entre tous Éléphant de Mbissel, qui parait d'amitié ton poète dyâli
Et il partageait avec toi les plats d'honneur, la graisse qui fleurit les lèvres
Et les chevaux du Fleuve, cadeaux des rois de Sine, maîtres du mil maîtres des palmes
Des rois de Sine qui avaient planté à Diakhâw la force droite de leur lance.
Et parmi tous, ce Mbogou couleur de désert ; et les Guelwars avaient versé des libations de larmes à son départ
Pluie pure de rosée quand saigne la mort du Soleil sur la plaine marine et les vagues des guerriers morts.

VI

Éléphant de Mbissel, par tes oreilles absentes aux yeux, entendent mes Ancêtres ma prière pieuse.
Soyez bénis, mes Pères, soyez bénis !
Les marchands et banquiers, seigneurs de l'or et des banlieues où pousse la forêt des cheminées
– Ils ont acheté leur noblesse et les entrailles de leur mère étaient noires

Les marchands et banquiers m'ont proscrit de la Nation.
Sur l'honneur de mes armes, ils ont fait graver « Mercenaire »
Et ils savaient que je ne demandais nulle solde ; seulement les dix sous
Pour bercer la fumée mon rêve, et le lait à laver mon amertume bleue.
Aux champs de la défaite si j'ai replanté ma fidélité, c'est que Dieu de sa main de plomb avait frappé la France.
Soyez bénis, mes Pères, soyez bénis !
Vous qui avez permis mépris et moqueries, les offenses polies les allusions discrètes
Et les interdictions et les ségrégations.
Et puis vous avez arraché de ce cœur trop aimant les liens qui l'unissaient au pouls du monde.
Soyez bénis, qui n'avez pas permis que la haine gravelât ce cœur d'homme.
Vous savez que j'ai lié amitié avec les princes proscrits de l'esprit, avec les princes de la forme
Que j'ai mangé le pain qui donne faim de l'innombrable armée des travailleurs et des sans-travail
Que j'ai rêvé d'un monde de soleil dans la fraternité de mes frères aux yeux bleus.

VII

Éléphant de Mbissel, j'applaudis au vide des magasins autour de la haute demeure.
J'éclate en applaudissements ! Vive la faillite du commerçant !
J'applaudis à ce bras de mer déserté des ailes blanches

– Chassent les crocodiles dans la brousse des profondeurs, et paissent en paix les vaches marines !
Je brûle le séco, la pyramide d'arachides dominant le pays
Et le warf dur, cette volonté implacable sur la mer.
Mais lors je ressuscite la rumeur des troupeaux dans les hennissements et les mugissements
La rumeur que module au soir le clair de lune de la flûte et des conques
Je ressuscite la théorie des servantes sur la rosée
Et les grandes calebasses de lait, calmes, sur le rythme des hanches balancées
Je ressuscite la caravane des ânes et dromadaires dans l'odeur du mil et du riz
Dans la scintillation des glaces, dans le tintement des visages et des cloches d'argent.
Je ressuscite mes vertus terriennes !

VIII

Éléphant de Mbissel, entends ma prière pieuse.
Donne-moi la science fervente des grands docteurs de Tombouctou
Donne-moi la volonté de Soni Ali, le fils de la bave du Lion – c'est un raz de marée à la conquête d'un continent.
Souffle sur moi la sagesse des Keïta.
Donne-moi le courage du Guelwâr et ceins mes reins de force comme d'un tyédo.
Donne-moi de mourir pour la querelle de mon peuple, et s'il le faut dans l'odeur de la poudre et du canon.
Conserve et enracine dans mon cœur libéré l'amour premier de ce même peuple.

Fais de moi ton Maître de Langue ; mais non, nomme-moi son ambassadeur.

IX

Soyez bénis, mes Pères, qui bénissez l'Enfant prodigue !
Je veux revoir le gynécée de droite ; j'y jouais avec les colombes, et avec mes frères les fils du Lion.
Ah ! de nouveau dormir dans le lit frais de mon enfance
Ah ! bordent de nouveau mon sommeil les si chères mains noires
Et de nouveau le blanc sourire de ma mère.
Demain, je reprendrai le chemin de l'Europe, chemin de l'ambassade
Dans le regret du Pays noir.

HOSTIES NOIRES

POÈME LIMINAIRE

À L.-G. DAMAS

Vous Tirailleurs Sénégalais, mes frères noirs à la main chaude sous la glace et la mort
Qui pourra vous chanter si ce n'est votre frère d'armes, votre frère de sang ?

Je ne laisserai pas la parole aux ministres, et pas aux généraux
Je ne laisserai pas – non ! – les louanges de mépris vous enterrer furtivement.
Vous n'êtes pas des pauvres aux poches vides sans honneur
Mais je déchirerai les rires *banania* sur tous les murs de France.

Car les poètes chantaient les fleurs artificielles des nuits de Montparnasse
Ils chantaient la nonchalance des chalands sur les canaux de moire et de simarre

Ils chantaient le désespoir distingué des poètes tuberculeux
Car les poètes chantaient les rêves des clochards sous l'élégance des ponts blancs
Car les poètes chantaient les héros, et votre rire n'était pas sérieux, votre peau noire pas classique.

Ah ! ne dites pas que je n'aime pas la France – je ne suis pas la France, je le sais –
Je sais que ce peuple de feu, chaque fois qu'il a libéré ses mains
A écrit la fraternité sur la première page de ses monuments
Qu'il a distribué la faim de l'esprit comme de la liberté
À tous les peuples de la terre conviés solennellement au festin catholique.
Ah ! ne suis-je pas assez divisé ? Et pourquoi cette bombe
Dans le jardin si patiemment gagné sur les épines de la brousse ?
Pourquoi cette bombe sur la maison édifiée pierre à pierre ?

Pardonne-moi, Sîra-Badral, pardonne étoile du Sud de mon sang
Pardonne à ton petit-neveu s'il a lancé sa lance pour les seize sons du sorong.
Notre noblesse nouvelle est non de dominer notre peuple, mais d'être son rythme et son cœur
Non de paître les terres, mais comme le grain de millet de pourrir dans la terre
Non d'être la tête du peuple, mais bien sa bouche et sa trompette.

Qui pourra vous chanter si ce n'est votre frère d'armes,
votre frère de sang
Vous Tirailleurs Sénégalais, mes frères noirs à la main
chaude, couchés sous la glace et la mort ?

Paris, avril 1940.

ÉTHIOPIE

À L'APPEL DE LA RACE DE SABA

(guimm pour deux kôras)

À PIERRE ACHILLE

Mère, sois bénie !
J'entends ta voix quand je suis livré au silence sournois de cette nuit d'Europe
Prisonnier de mes draps blancs et froids bien tirés, de toutes les angoisses qui m'embarrassent inextricablement
Quand fond sur moi, milan soudain, l'aigre panique des feuilles jaunes
Ou celle des guerriers noirs au tonnerre de la tornade des tanks
Et tombe leur chef avec un grand cri, dans une grande giration de tout le corps.
Mère, oh ! j'entends ta voix courroucée.
Voilà tes yeux courroucés et rouges qui incendient nuit et brousse noire comme au jour jadis de mes fugues

– Je ne pouvais rester sourd à l'innocence des conques, des fontaines et des mirages sur les tanns
Et tremblait ton menton sous tes lèvres gonflées et tordues.

II

Mère, sois bénie !
Je me rappelle les jours de mes pères, les soirs de Dyilôr
Cette lumière d'outre-ciel des nuits sur la terre douce au soir.
Je suis sur les marches de la demeure profonde obscurément.
Mes frères et mes sœurs serrent contre mon cœur leur chaleur nombreuse de poussins.
Je repose la tête sur les genoux de ma nourrice Ngâ, de Ngâ la poétesse
Ma tête bourdonnant au galop guerrier des dyoung-dyoungs, au grand galop de mon sang de pur sang
Ma tête mélodieuse des chansons lointaines de Koumba l'Orpheline.
Au milieu de la cour, le ficus solitaire
Et devisent à son ombre lunaire les épouses de l'Homme de leurs voix graves et profondes comme leurs yeux et les fontaines nocturnes de Fimla.
Et mon père étendu sur des nattes paisibles, mais grand mais fort mais beau
Homme du Royaume de Sine, tandis qu'alentour sur les kôras, voix héroïques, les griots font danser leurs doigts de fougue
Tandis qu'au loin monte, houleuse de senteurs fortes et chaudes, la rumeur classique de cent troupeaux.

III

Mère, sois bénie !
Je ne souffle pas le vent d'Est sur ces images pieuses comme sur le sable des pistes.
Tu ne m'entends pas quand je t'entends, telle la mère anxieuse qui oublie de presser le bouton du téléphone
Mais je n'efface les pas de mes pères ni des pères de mes pères dans ma tête ouverte à vents et pillards du Nord.
Mère, respire dans cette chambre peuplée de Latins et de Grecs l'odeur des victimes vespérales de mon cœur.
Qu'ils m'accordent, les génies protecteurs, que mon sang ne s'affadisse pas comme un assimilé comme un civilisé.
J'offre un poulet sans tache, debout près de l'Aîné, bien que tard venu, afin qu'avant l'eau crémeuse et la bière de mil
Gicle jusqu'à moi et sur mes lèvres charnelles le sang chaud salé du taureau dans la force de l'âge, dans la plénitude de sa graisse.

IV

Mère, sois bénie !
Nos aubes que saignent les jours proconsulaires, deux générations d'hommes et bien plus, n'ont-elles pas coloré tes yeux comme solennellement les hautes herbes dans le carnage des hautes flammes ?
Mère, tu pleures le transfuge à l'heure de faiblesse qui précède le sommeil, que l'on a verrouillé les portes et qu'aboient les chiens jeunes aux Esprits

Depuis une neuvaine d'années ; et moi ton fils, je médite je forge ma bouche vaste retentissante pour l'écho et la trompette de libération
Dans l'ombre, Mère – mes yeux prématurément se sont faits vieux – dans le silence et le brouillard sans odeur ni couleur
Comme le dernier forgeron. Ni maîtres désormais ni esclaves ni guelwars ni griots de griot
Rien que la lisse et virile camaraderie des combats, et que me soit égal le fils du captif, que me soient copains le Maure et le Targui congénitalement ennemis.
Car le cri montagnard du Ras Desta a traversé l'Afrique de part en part, comme une épée longue et sûre dans l'avilissement de ses reins.
Il a dominé la rage trépignante crépitante des mitrailleuses, défié les avions des marchands
Et voici qu'un long gémissement, plus désolé qu'un long pleur de mère aux funérailles d'un jeune homme
Sourd des mines là-bas, dans l'extrême Sud.

V

Mère, sois bénie !
J'ai vu – dans le sommeil léger de quelle aube gazouillée ? – le jour de libération.
C'était un jour pavoisé de lumière claquante, comme de drapeaux et d'oriflammes aux hautes couleurs.
Nous étions là tous réunis, mes camarades les forts en thème et moi, tels aux premiers jours de guerre les nationaux débarqués de l'étranger
Et mes premiers camarades de jeu, et d'autres et d'autres encore que je ne connaissais même pas

de visage, que je reconnaissais à la fièvre de leur regard.
Pour le dernier assaut contre les Conseils d'administration qui gouvernent les gouverneurs des colonies.
Comme aux dernières minutes avant l'attaque – les cartouchières sont bien garnies, le coup de pinard avalé ; les musulmans ont du lait et tous les grigris de leur foi.
La mort nous attend peut-être sur la colline ; la vie y pousse sur la mort dans le soleil chantant
Et la victoire ; sur la colline à l'air pur où les banquiers bedonnants ont bâti leurs villas, blanches et roses
Loin des faubourgs, loin des misères des quartiers indigènes.

VI

Mère, sois bénie !
Reconnais ton fils parmi ses camarades comme autrefois ton champion, *Kor-Sanou !* parmi les athlètes antagonistes
À son nez fort et à la délicatesse de ses attaches.
En avant ! Et que ne soit pas le pæan poussé ô Pindare ! mais le cri de guerre hirsute et le coupe-coupe dégainé
Mais jaillie des cuivres de nos bouches, la Marseillaise de Valmy plus pressante que la charge d'éléphants des gros tanks que précèdent les ombres sanglantes
La Marseillaise catholique.
Car nous sommes là tous réunis, divers de teint – il y en a qui sont couleur de café grillé, d'autres bananes d'or et d'autres terre des rizières
Divers de traits de costume de coutumes de langue ;

mais au fond des yeux la même mélopée de souffrances à l'ombre des longs cils fiévreux
Le Cafre le Kabyle le Somali le Maure, le Fân le Fôn le Bambara le Bobo le Mandiago
Le nomade le mineur le prestataire, le paysan et l'artisan le boursier et le tirailleur
Et tous les travailleurs blancs dans la lutte fraternelle.
Voici le mineur des Asturies le docker de Liverpool le Juif chassé d'Allemagne, et Dupont et Dupuis et tous les gars de Saint-Denis.

VII

Mère, sois bénie !
Reconnais ton fils à l'authenticité de son regard, qui est celle de son cœur et de son lignage
Reconnais ses camarades reconnais les combattants, et salue dans le soir rouge de ta vieillesse
L'AUBE TRANSPARENTE D'UN JOUR NOUVEAU.

Tours, 1936.

MÉDITERRANÉE

Et je redis ton nom : Dyallo !
Ta main et ma main qui s'attarde ; et nos pensées se cherchèrent dans la mi-nuit de nos deux langues sœurs.

C'était en Méditerranée, nombril des races claires, bleue comme jamais océan n'ont vu mes yeux

Qui souriait de ses millions de lèvres de lumière
Tandis que dix vaisseaux de ligne inflexible, telles des bouches minces, bombardaient Almeria et qu'éclataient
Éclaboussant de sang de cervelle les murs noirs, comme des grenades, des têtes ardentes d'enfants.
Nous parlions de l'Afrique.
Un vent tiède nous apportait son parfum plus chaud de femme noire
Ou celui que le vent souffle d'un champ de mil quand se heurtent les épis lourds et que vole au-dessus une poussière or et brun.
Nous parlions du Fouta.
Noble était ton visage et d'ombre tes yeux et douces tes paroles d'homme
Noble devait être ta race et bien née la femme de Timbo qui te berçait le soir au rythme nocturne de la terre.
Et nous parlions du pays noir
Dans les cordages le soir, si près l'un de l'autre que nos épaules s'épousaient, fraternelles l'une à l'autre.
L'Afrique vivait là, au-delà de l'œil profane du jour, sous son visage noir étoilé
Dans les cales houleuses, saturées de la rumeur inquiète que menace la tornade.
Et s'échappaient, battements de tam-tam, avec des éclats de rires ailés et des cris de cuivre dans deux cents langues
Des bouffées de vie dense que le vent dispersait dans l'air latin
Jusqu'au pont des premières où la jeune femme, libérée des sous-préfectures et de leurs rues étroites
Libérée des dernières mesures du tango et des bras de son danseur
Rêvait, au bord du mystère, de forêts aux senteurs viriles et d'espaces qui ignorent les fleurs...

Une grosse étoile montait, la dernière, éclairant ton front lisse quand nous nous quittâmes.
Et je redis ton nom : Dyallo !
Et tu redis mon nom : Senghor !

Dakar, 1938.

AUX TIRAILLEURS SÉNÉGALAIS MORTS POUR LA FRANCE

Voici le Soleil
Qui fait tendre la poitrine des vierges
Qui fait sourire sur les bancs verts les vieillards
Qui réveillerait les morts sous une terre maternelle.
J'entends le bruit des canons – est-ce d'Irun ?
On fleurit les tombes, on réchauffe le Soldat Inconnu.
Vous mes frères obscurs, personne ne vous nomme.
On promet cinq cent mille de vos enfants à la gloire des futurs morts, on les remercie d'avance futurs morts obscurs
Die Schwarze schande !

Écoutez-moi, Tirailleurs sénégalais, dans la solitude de la terre noire et de la mort
Dans votre solitude sans yeux sans oreilles, plus que dans ma peau sombre au fond de la Province
Sans même la chaleur de vos camarades couchés tout contre vous, comme jadis dans la tranchée jadis dans les palabres du village
Écoutez-moi, Tirailleurs à la peau noire, bien que sans

oreilles et sans yeux dans votre triple enceinte de nuit.

Nous n'avons pas loué de pleureuses, pas même les larmes de vos femmes anciennes
– Elles ne se rappellent que vos grands coups de colère, préférant l'ardeur des vivants.
Les plaintes des pleureuses trop claires
Trop vite asséchées les joues de vos femmes, comme en saison sèche les torrents du Fouta
Les larmes les plus chaudes trop claires et trop vite bues au coin des lèvres oublieuses.

Nous vous apportons, écoutez-nous, nous qui épelions vos noms dans les mois que vous mouriez
Nous, dans ces jours de peur sans mémoire, vous apportons l'amitié de vos camarades d'âge.
Ah ! puissé-je un jour d'une voix couleur de braise, puissé-je chanter
L'amitié des camarades fervente comme des entrailles et délicate, forte comme des tendons.
Écoutez-nous, Morts étendus dans l'eau au profond des plaines du Nord et de l'Est.
Recevez ce sol rouge, sous le soleil d'été ce sol rougi du sang des blanches hosties
Recevez le salut de vos camarades noirs, Tirailleurs sénégalais
MORTS POUR LA RÉPUBLIQUE !

Tours, 1938.

LUXEMBOURG 1939

Ce matin du Luxembourg, cet automne du Luxembourg, comme je passais comme je repassais ma jeunesse
Sans flâneurs sans eaux, sans bateaux sur les eaux, sans enfants sans fleurs.
Ah ! les fleurs de Septembre et les cris hâlés des enfants qui défiaient l'hiver prochain.
Seuls deux vieux gosses qui s'essayent à jouer au tennis.
Ce matin d'automne sans enfants – fermé le théâtre d'enfants !
Ce Luxembourg où je ne retrouve plus ma jeunesse, les années fraîches comme des pelouses.
Vaincus mes rêves désespérément mes camarades, se peut-il ?
Les voici qui tombent comme les feuilles avec les feuilles, vieillis blessés à mort piétinés, tout sanglants de sang
Que l'on ramasse pour quelle fosse commune ?
Je ne reconnais plus ce Luxembourg, ces soldats qui montent la garde.
On installe des canons pour protéger la retraite ruminante des Sénateurs
On creuse des tranchées sous le banc où j'appris la douceur éclose des lèvres.
Cet écriteau ah ! oui, dangereuse jeunesse !...
Je vois tomber les feuilles dans les faux abris, dans les fosses dans les tranchées
Où ruisselle le sang d'une génération
L'Europe qui enterre le levain des nations et l'espoir des races nouvelles.

DÉSESPOIR D'UN VOLONTAIRE LIBRE

« Je n'y comprends rien, dit l'Adjudant :
un Sénégalais – et volontaire ! »

Il est là depuis quinze jours, qui tourne en rond, ruminant la nouvelle Grande Bêtise
Et le nouvel affront – son front qui sue ! – de son sacrifice payé en monnaie fausse.
Il ne demandait même pas les cinquante centimes – pas un centime

Seulement son identité d'homme, à titre posthume.
On lui a donné les vêtements de servitude, qu'il imaginait la robe candide du martyr
Ô naïf ! nativement naïf ! et la chéchia et les godillots pour ses pieds libres domestiqués.
Il se penche il regarde la cour béante et quatre rangées de fenêtres sous lui
Il se penche, et la plaine apocalyptique est labourée de tranchées, où pourrissent les morts comme des semences inféconds
Il se penche sur de hauts tumulus de solitude.
Et au-delà, la plaine soudanaise que dessèchent le Vent d'Est et les maîtres nordiques du Temps
Et les belles routes noires luisantes que bordent les sables, rien que les sables les impôts les corvées les chicottes
Et la seule rosée des crachats pour leurs soifs inextinguibles au souvenir des verts pâturages atlantidiens
Car les barrages des ingénieurs n'ont pas apaisé la soif des âmes dans les villages polytechniques.

Il se débarrasse de son col – la cravate cache la sueur de la chemise –, d'une veste discrète.
Il se penche sur une seconde plaine saturée de chéchias et de sang, sur une seconde plaine altérée d'amour comme d'une pluie amicale
Et c'est, jusqu'à la fusion parallèle, la si fatale succession des plaines et des plaintes silencieusement.
Sur la pointe des pieds il se penche, se soulève pour percer son désespoir l'horizon.
Il ne voit pas que les morts et les terres hautes des morts masquent les champs là-bas qui verdoient dans l'ombre
D'or et d'étoiles constellés, comme arrosés du sang à leurs pieds et des cadavres gras bien nourris.
Peut-il voir le paradis perdu derrière l'horizon des temps fabuleux ?
Il se penche. L'attire l'espace vide et ce vaste pays vidé d'espoir, on dirait d'arbres après la canonnade.
Rien que cette odeur, que cet éblouissement vide qui lui monte à la tête.
Vertigineuse douceur de la mort, oh ! vide de tout espoir, de toute souffrance vide.
Un lent balancement qui se berce du corps – quelle grâce du danseur dans l'air élastique ! – et
La chute brutale, vertigineuse douceur !

Ô faible trop faible enfant, si fidèlement traître à ton génie !

PRIÈRE DES TIRAILLEURS SÉNÉGALAIS

(guimm pour deux kôras)

Seigneur ! si je Te parle, Toi qui es l'Obscure Présence
Ce n'est pas que la République m'ait nommé bon roi de mon peuple ou député des Quatre Communes.
J'ai poussé en plein pays d'Afrique, au carrefour des castes des races et des routes
Et je suis présentement soldat de deuxième classe parmi les humbles des soldats.
Toi qui es l'oreille des souffles minimes, qui entends les chuchotements nocturnes au-dedans des cases
Que l'on a lancé la Sourde, la machine à recruter dans la moisson des hautes têtes
Tu le sais – et la plaine docile se fait jusqu'au non abrupt des volontaires libres
Qui offraient leurs corps de dieux, gloire des stades, pour l'honneur catholique de l'homme.

II

« Sur cette terre d'Europe débarqués, désarmés en armes laissés pour solde à la mort »
– Écoute leur voix, Seigneur ! –
« Verrons-nous seulement mûrir les enfants nos cadets dont nous sommes les pères initiateurs ?
« Nous ne participerons plus à la joie sponsorale des moissons !
« Nous n'entendrons plus les enfants, oublieux du silence alentour et de pleurer les vivants
« Les cris d'enfants parmi les sifflements joyeux des frondes et les ailes et la poussière d'or !

« Nous répéterons pour une fête fanée déjà la danse autrefois des moissons, danse légère des corps denses
« De notre moisson danse assaillante des bataillons un soir d'automne, hâ ! sans poudre peut-être ni cri de guerre.
« Nous ne serons plus de la joie sponsorale des moissons, de la danse à la fin des jeux agonistiques
« À l'aube devinée, quand des chœurs la voix plus faible des vierges se fait tendre et tendre le sourire des étoiles !
« Nous n'avancerons plus dans le frémissement fervent de nos corps égaux épaules égales
« Vers les bouches sonores et les los et les fruits lourds de l'intime tumulte !
« Oh ! Toi qui sais si nous respirerons à la moisson, si de nouveau nous danserons la danse de vie renaissante.

III

« Entre la fraîcheur extrême du Printemps et la torpeur promise de l'Été, laisse-nous savourer la douceur éphémère de vivre
« Entre la fleur qui s'effeuille qui décline et les blés en bruissements ardents, respirer le regret de vivre aigre-doucement.
« Avant oui avant l'odeur future des blés et les vendanges dans l'ivresse, que nous ne foulerons pas
« Que nous goûtions la douceur de la terre de France
« Terre heureuse ! où l'âpreté libre du travail devient lumineuse douceur.
« Nous ne savons pas si nous respirerons à la moisson pour quelle juste cause nous aurons combattu.
« Si l'on allait se servir de nous !...

IV

« Seigneur, écoute l'offrande de notre foi militante
« Reçois l'offrande de nos corps, l'élection de tous ces corps ténébreusement parfaits
« Les victimes noires paratonnerres.
« Nous T'offrons nos corps avec ceux des paysans de France, nos camarades
« Jusque dans la mort après la première poignée de main et les premières paroles échangées
« Corps noueux, ridés tortueusement de travail, mais solidement poussés et fins comme le pur froment.
« Pour qu'ils poussent dru dessus nous les enfants nos cadets, dont nous sommes les pères maturiers
« Qu'à leurs pieds nous formions l'humus d'une épaisse jonchée de feuilles pourries
« Ou les cendres des vieux troncs et des vieilles tiges récoltées, maltraitées.
« Pour qu'ils poussent et denses dans les plaines illimitées, comme la souna et le sagno non comme le gros bassi des chevaux.
« Que l'enfant blanc et l'enfant noir – c'est l'ordre alphabétique –, que les enfants de la France Confédérée aillent main dans la main
« Tels que les prévoit le Poète, tel le couple Demba-Dupont sur les monuments aux Morts
« Que l'ivraie de la haine n'embarrasse pas leurs pas dépétrifiés
« Qu'ils progressent et grandissent souriants, mais terribles à leurs ennemis comme l'éclair et la foudre ensemble.

V

« Car tu es le Dieu des armées, le Dieu des forts – si dissemblables et si semblables sur cet extrême bastion ces peuples rassemblés pour le même combat.
« Nous ne refusons pas l'intense tension des minutes dernières, l'âpre douceur de la mort prochaine
« Tu le sais, c'est l'ivresse fumeuse du vin que nous repoussons
« Nous soûlant seulement de notre cœur qui fermente au fort de l'Été et des cris de guerre fraternellement.
« Mais l'heure féminine avant l'attaque, à la veille avant la seconde de l'attaque
« Seigneur, oh ! laisse-nous prolonger l'heure médiane au soupir du Printemps qui se meurt
« Sur la terre que chantèrent en l'étape perdue de mémoire nos ancêtres océaniens
« La béatitude bleue méditerranéenne. »

Écoute leurs voix, Seigneur !

Paris, avril, 1940.

CAMP 1940

AU GUÉLOWÂR

Guélowâr !
Nous t'avons écouté, nous t'avons entendu avec les oreilles de notre cœur.
Lumineuse, ta voix a éclaté dans la nuit de notre prison
Comme celle du Seigneur de la brousse, et quel frisson a parcouru l'onde de notre échine courbe !
Nous sommes des petits d'oiseaux tombés du nid, des corps privés d'espoir et qui se fanent
Des fauves aux griffes rognées, des soldats désarmés, des hommes nus.
Et nous voilà tout gourds et gauches comme des aveugles sans mains.
Les plus purs d'entre nous sont morts : ils n'ont pu avaler le pain de honte.
Et nous voilà pris dans les rets, livrés à la barbarie des civilisés
Exterminés comme des phacochères. Gloire aux tanks et gloire aux avions !
Nous avons cherché un appui, qui croulait comme le sable des dunes

Des chefs, et ils étaient absents, des compagnons, ils ne nous reconnaissaient plus
Et nous ne reconnaissions plus la France.
Dans la nuit nous avons crié notre détresse. Pas une voix n'a répondu.
Les princes de l'Église se sont tus, les hommes d'État ont clamé la magnanimité des hyènes
« Il s'agit bien du nègre ! il s'agit bien de l'homme ! non ! quand il s'agit de l'Europe. »
Guélowâr !
Ta voix nous dit l'honneur l'espoir et le combat, et ses ailes s'agitent dans notre poitrine
Ta voix nous dit la République, que nous dresserons la Cité dans le jour bleu
Dans l'égalité des peuples fraternels. Et nous nous répondons : « Présents, ô Guélowâr ! »

Camp d'Amiens, septembre 1940.

AU GOUVERNEUR ÉBOUÉ

À HENRI ET ROBERT ÉBOUÉ

L'Aigle blanc a glapi sur la mer sur les Isles, comme le cri blanc du soleil avant midi.
Le Lion a répondu, le prince de la brousse qui soulève la torpeur lâche de midi.
Ébou-é ! Et tu es la pierre sur quoi se bâtit le temple et l'espoir
Et ton nom signifie « la pierre » et tu n'es plus Félix ; je dis Pierre Éboué.

Les jeunes dieux de proie se sont dressés, ils lancent leurs yeux sillonnés d'éclairs
Ils ont lancé devant eux l'ouragan et les faucons planant sur les hordes de fer
Et toute la terre trembla au loin sous la charge massive de l'orgueil.
Ébou-é ! tu es le Lion au cri bref, le Lion qui est debout et qui dit non !
Le Lion noir aux yeux de voyance, le Lion noir à la crinière d'honneur
Tel un Askia du Songhoï, Gouverneur au panache de sourire.
Tu es la fierté simple de l'Afrique mienne, la fierté d'une terre vidée de ses fils
Vendus à l'encan moins cher que harengs, et il ne lui reste que son honneur
Et trois siècles de sueur n'ont pu soumettre ton échine.
Ébou-é ! tu es pierre qui amasse mousse, parce que tu es stable et que tu es debout.

Mille peuples et mille langues ont pris langue avec ta foi rouge
Voilà que le feu qui te consume embrase le désert et la brousse
Voilà que l'Afrique se dresse, la Noire et la Brune sa sœur.
L'Afrique s'est faite acier blanc, l'Afrique s'est faite hostie noire
Pour que vive l'espoir de l'homme.

Paris, 1942.

CAMP 1940

À ABDOULAYE LY

Saccagé le jardin des fiançailles en un soir soudain de tornade
Fauchés les lilas blancs, fané le parfum des muguets
Parties les fiancées pour les Isles de brise et pour les Rivières du Sud.
Un cri de désastre a traversé de part en part le pays frais des vins et des chansons
Comme un glaive de foudre dans son cœur, du Levant au Ponant.

C'est un vaste village de boue et de branchages, un village crucifié par deux fosses de pestilences.
Haines et faims y fermentent dans la torpeur d'un été mortel.
C'est un grand village qu'encercle l'immobile hargne des barbelés
Un grand village sous la tyrannie de quatre mitrailleuses ombrageuses.
Et les nobles guerriers mendient des bouts de cigarette
Ils disputent les os aux chiens, ils se disputent chiens et chats de songe.
Mais seuls Ils ont gardé la candeur de leur rire, et seuls la liberté de leur âme de feu.
Et le soir tombe, sanglot de sang qui libère la nuit.
Ils veillent les grands enfants roses, leurs grands enfants blonds leurs grands enfants blancs
Qui se tournent et se retournent dans leur sommeil, hanté des puces du souci et des poux de captivité.
Les contes des veillées noires les bercent, et les voix graves qui épousent les sentiers du silence

Et les berceuses doucement, berceuses sans tam-tam et sans battements de mains noires
– Ce sera pour demain, à l'heure de la sieste, le mirage des épopées
Et la chevauchée du soleil sur les savanes blanches aux sables sans limites.
Et le vent est guitare dans les arbres, les barbelés sont plus mélodieux que les cordes des harpes
Et les toits se penchent écoutent, les étoiles sourient de leurs yeux sans sommeil
– Là-haut là-haut, leur visage est bleu-noir.
L'air se fait tendre au village de boue et de branchages
Et la terre se fait humaine comme les sentinelles, les chemins les invitent à la liberté.
Ils ne partiront pas. Ils ne déserteront les corvées ni leur devoir de joie.
Qui fera les travaux de honte si ce n'est ceux qui sont nés nobles ?
Qui donc dansera le dimanche aux sons du tam-tam des gamelles ?
Et ne sont-ils pas libres de la liberté du destin ?

Saccagé le jardin des fiançailles en un soir soudain de tornade
Fauchés les lilas blancs, fané le parfum des muguets
Parties les fiancées pour les Isles de brise et pour les Rivières du Sud.

Front-Stalag 230.

ASSASSINATS

Ils sont là étendus par les routes captives, le long des routes du désastre
Les sveltes peupliers, les statues des dieux sombres drapés dans leurs longs manteaux d'or
Les prisonniers sénégalais ténébreusement allongés sur la terre de France.

En vain ont-ils coupé ton rire, en vain la fleur plus noire de ta chair.
Tu es la fleur de la beauté première parmi l'absence nue des fleurs
Fleur noire et son sourire grave, diamant d'un temps immémorial.
Vous êtes le limon et le plasma du printemps viride du monde
Du couple primitif vous êtes la charnure, le ventre fécond la laitance
Vous êtes la pullulance sacrée des clairs jardins paradisiaques
Et la forêt incoercible, victorieuse du feu et de la foudre.

Le chant vaste de votre sang vaincra machines et canons
Votre parole palpitante les sophismes et mensonges
Aucune haine votre âme sans haine, aucune ruse votre âme sans ruse.
Ô Martyrs noirs race immortelle, laissez-moi dire les paroles qui pardonnent.

Front-Stalag 230.

FEMMES DE FRANCE

À MADEMOISELLE JACQUELINE CAHOUR

Femmes de France, et vous filles de France
Laissez-moi vous chanter ! Que pour vous soient les notes claires du sorong.

Acceptez-les bien que le rythme en soit barbare, les accords dissonants
Comme le lait et le pain bis du paysan, purs dans ses mains si gauches et calleuses !
Ô vous, beaux arbres droits debout sous la canonnade et les bombes
Seuls bras aux jours d'accablement, aux jours de désespoir panique
Vous fières tours et fiers clochers sous l'arrogance du soleil de Juin
Vous clair écho au cri du Coq gaulois !
Vos lettres ont bercé leurs nuits de prisonnier de mots diaphanes et soyeux comme des ailes
De mots doux comme un sein de femme, chantants comme un ruisseau d'avril.
Petites bourgeoises et paysannes, pour eux seuls vous ne fûtes pas avares
Pour eux vous osâtes braver l'affront de l'Hyène, l'affront plus mortel que des balles.
Et leurs fronts durs pour vous seules s'ouvraient, et leurs mots simples pour vous seules
Étaient clairs comme leurs yeux noirs et la transparence de l'eau.
Seules vous entendiez ce battement de cœur semblable à un tam-tam lointain

Et il faut coller son oreille à terre et descendre de son cheval.

Pour eux vous fûtes mères, pour eux vous fûtes sœurs.
Flammes de France et fleurs de France, soyez bénies !

TAGA DE MBAYE DYÔB

(pour un tama)

Mbaye Dyôb ! je veux dire ton nom et ton honneur.

Dyôb ! je veux hisser ton nom au haut mât du retour, sonner ton nom comme la cloche qui chante la victoire
Je veux chanter ton nom Dyôbène ! toi qui m'appelais ton maître et
Me réchauffais de ta ferveur aux soirs d'hiver autour du poêle rouge qui donnait froid.
Dyôb ! qui ne sais remonter ta généalogie et domestiquer le temps noir, dont les ancêtres ne sont pas rythmés par la voix du tama
Toi qui n'as tué un lapin, qui t'es terré sous les bombes des grands vautours
Dyôb ! – qui n'es ni capitaine ni aviateur ni cavalier pétaradant, pas seulement du train des équipages
Mais soldat de deuxième classe au Quatrième Régiment des Tirailleurs sénégalais
Dyôb ! – je veux chanter ton honneur blanc.

Les vierges du Gandyol te feront un arc de triomphe de leurs bras courbes, de leurs bras d'argent et d'or rouge

Te feront une voie de gloire avec leurs pagnes rares des Rivières du Sud.
Lors elles te feront un collier d'ivoire de leurs bouches qui parent plus que manteau royal
Lors elles berceront ta marche, leurs voix se mêleront aux vagues de la mer
Lors elles chanteront : « Tu as bravé plus que la mort, plus que les tanks et les avions qui sont rebelles aux sortilèges
« Tu as bravé la faim, tu as bravé le froid et l'humiliation du captif.
« Oh ! téméraire, tu as été le marchepied des griots des bouffons
« Oh ! toi qui ajoutas quels clous à ton calvaire pour ne pas déserter tes compagnons
« Pour ne pas rompre le pacte tacite
« Pour ne pas laisser ton fardeau aux camarades, dont les dos ploient à tout départ
« Dont les bras s'alanguissent chaque soir où l'on serre une main de moins
« Et le front devient plus noir d'être éclairé par un regard de moins
« Les yeux s'enfoncent quand s'y reflète un sourire de moins. »
Dyôb ! – du Ngâbou au Wâlo, du Ngalam à la Mer s'éléveront les chants des vierges d'ambre
Et que les accompagnent les cordes des kôras ! Et que les accompagnent les vagues et les vents !
Dyôb ! – je dis ton nom et ton honneur.

Front-Stalag 230.

NDESSÉ

Mère, on m'écrit que tu blanchis comme la brousse à l'extrême hivernage
Quand je devais être ta fête, la fête gymnique de tes moissons
Ta saison belle avec sept fois neuf ans sans nuages et les greniers pleins à craquer de fin mil
Ton champion *Kor-Sanou !* Tel le palmier de Katamague
Il domine tous ses rivaux de sa tête au mouvant panache d'argent
Et les cheveux des femmes s'agitent sur leurs épaules, et les cœurs des vierges dans le tumulte de leur poitrine.

Voici que je suis devant toi Mère, soldat aux manches nues
Et je suis vêtu de mots étrangers, où tes yeux ne voient qu'un assemblage de bâtons et de haillons.
Si je te pouvais parler Mère ! Mais tu n'entendrais qu'un gazouillis précieux et tu n'entendrais pas
Comme lorsque, bonnes femmes de sérères, vous déridiez le dieu aux troupeaux de nuages
Pétaradant des coups de fusil par-dessus le cliquetis des mots *paragnessés*.
Mère, parle-moi. Ma langue glisse sur nos mots sonores et durs.
Tu les sais faire doux et moelleux comme à ton fils chéri autrefois.
Ah ! me pèse le fardeau pieux de mon mensonge
Je ne suis plus le fonctionnaire qui a autorité, le marabout aux disciples charmés.

L'Europe m'a broyé comme le plat guerrier sous les pattes pachydermes des tanks
Mon cœur est plus meurtri que mon corps jadis, au retour des lointaines escapades aux bords enchantés des Esprits.

Je devais être, Mère, le palmier florissant de ta vieillesse, je te voudrais rendre l'ivresse de tes jeunes années.
Je ne suis plus que ton enfant endolori, et il se tourne et retourne sur ses flancs douloureux
Je ne suis plus qu'un enfant qui se souvient de ton sein maternel et qui pleure.
Reçois-moi dans la nuit qu'éclaire l'assurance de ton regard
Redis-moi les vieux contes des veillées noires, que je me perde par les routes sans mémoire.
Mère, je suis un soldat humilié qu'on nourrit de gros mil.

Dis-moi donc l'orgueil de mes pères !

Front-Stalag 230.

LETTRE À UN PRISONNIER

Ngom ! champion de Tyâné !

C'est moi qui te salue, moi ton voisin de village et de cœur.

Je te lance mon salut blanc comme le cri blanc de l'aurore, par-dessus les barbelés
De la haine et de la sottise, et je te nomme par ton nom et ton honneur.
Mon salut au Tamsir Dargui Ndyâye qui se nourrit de parchemins
Qui lui font la langue subtile et les doigts plus fins et plus longs
À Samba Dyouma le poète, et sa voix est couleur de flamme, et son front porte les marques du destin
À Nyaoutt Mbodye, à Koli Ngom ton frère de nom
À tous ceux qui, à l'heure où les grands bras sont tristes comme des branches battues de soleil
Le soir, se groupent frissonnants autour du plat de l'amitié.

Je t'écris dans la solitude de ma résidence surveillée – et chère – de ma peau noire.
Heureux amis, qui ignorez les murs de glace et les appartements trop clairs qui stérilisent
Toute graine sur les masques d'ancêtres et les souvenirs mêmes de l'amour.
Vous ignorez le bon pain blanc et le lait et le sel, et les mets substantiels qui ne nourrissent pas, qui divisent les civils
Et la foule des boulevards, les somnambules qui ont renié leur identité d'homme
Caméléons sourds de la métamorphose, et leur honte vous fixe dans votre cage de solitude.
Vous ignorez les restaurants et les piscines, et la noblesse au sang noir interdite
Et la Science et l'Humanité, dressant leurs cordons de police aux frontières de la négritude.
Faut-il crier plus fort ? ou m'entendez-vous, dites ?
Je ne reconnais plus les hommes blancs, mes frères

Comme ce soir au cinéma, perdus qu'ils étaient au-delà
du vide fait autour de ma peau.

Je t'écris parce que mes livres sont blancs comme
l'ennui, comme la misère et comme la mort.
Faites-moi place autour du poêle, que je reprenne ma
place encore tiède.
Que nos mains se touchent en puisant dans le riz fumant
de l'amitié
Que les vieux mots sérères de bouche en bouche
passent comme une pipe amicale.
Que Dargui nous partage ses fruits succulents – foin
de toute sécheresse parfumée !
Toi, sers-nous tes bons mots, énormes comme le
nombril de l'Afrique prodigieuse.
Quel chanteur ce soir convoquera tous les Ancêtres
autour de nous
Autour de nous le troupeau pacifique des bêtes de la
brousse ?
Qui logera nos rêves sous les paupières des étoiles ?

Ngom ! réponds-moi par le courrier de la lune nouvelle.
Au détour du chemin, j'irai au devant de tes mots nus
qui hésitent. C'est l'oiselet au sortir de sa cage
Tes mots si naïvement assemblés ; et les doctes en rient,
et ils me restituent le surréel
Et le lait m'en rejaillit au visage.
J'attends ta lettre à l'heure où le matin terrasse la mort.
Je la recevrai pieusement comme l'ablution matinale,
comme la rosée de l'aurore.

Paris, juin 1942.

CHANT DE PRINTEMPS

POUR UNE JEUNE FILLE NOIRE AU TALON ROSE

Des chants d'oiseaux montent lavés dans le ciel primitif
L'odeur verte de l'herbe monte, Avril !
J'entends le souffle de l'aurore émouvant les nuages blancs de mes rideaux
J'entends la chanson du soleil sur mes volets mélodieux
Je sens comme une haleine et le souvenir de Naëtt sur ma nuque nue qui s'émeut
Et mon sang complice malgré moi chuchote dans mes veines.
C'est toi mon amie – ô ! Écoute les souffles déjà chauds dans l'avril d'un autre continent
Oh ! écoute quand glissent glacées d'azur les ailes des hirondelles migratrices
Écoute le bruissement blanc et noir des cigognes à l'extrême de leurs voiles déployées
Écoute le message du printemps d'un autre âge d'un autre continent
Écoute le message de l'Afrique lointaine et le chant de ton sang !
J'écoute la sève d'Avril qui dans tes veines chante.

II

Tu m'as dit :
– Écoute mon ami, lointain et sourd, le grondement précoce de la tornade comme un feu roulant de brousse

Et mon sang crie d'angoisse dans l'abandon de ma tête trop lourde livrée aux courants électriques.
Ah ! là-bas l'orage soudain, c'est l'incendie des côtes blanches de la blanche paix de l'Afrique mienne.
Et dans la nuit où tonnent de grandes déchirures de métal
Entends plus près de nous, sur trois cents kilomètres, tous les hurlements des chacals sans lune et les miaulements félins des balles
Entends les rugissements brefs des canons et les barrissements des pachydermes de cent tonnes.
Est-ce l'Afrique encore cette côte mouvante, cet ordre de bataille, cette longue ligne rectiligne, cette ligne d'acier et de feu ?...
Mais entends l'ouragan des aigles-forteresses, les escadres aériennes tirant à pleins sabords
Et foudroyant les capitales dans la seconde de l'éclair.
Et les lourdes locomotives bondissent au-dessus des cathédrales
Et les cités superbes flambent, mais bien plus jaunes mais bien plus sèches qu'herbes de brousse en saison sèche.
Et voici que les hautes tours, orgueil des hommes, tombent comme les géants des forêts avec un bruit de plâtras
Et voici que les édifices de ciment et d'acier fondent comme la cire molle aux pieds de Dieu.
Et le sang de mes frères blancs bouillonne par les rues, plus rouge que le Nil – sous quelle colère de Dieu ?
Et le sang de mes frères noirs les Tirailleurs sénégalais, dont chaque goutte répandue est une pointe de feu à mon flanc.
Printemps tragique ! Printemps de sang ! Est-ce là ton message, Afrique ?...
Oh ! mon ami – ô ! comment entendrai-je ta voix ?

Comment voir ton visage noir si doux à ma joue brune
à ma joie brune
Quand il faut me boucher les yeux et les oreilles ?

III

Je t'ai dit :
– Écoute le silence sous les colères flamboyantes
La voix de l'Afrique planant au-dessus de la rage des canons longs
La voix de ton cœur de ton sang, écoute-la sous le délire de ta tête de tes cris.
Est-ce sa faute si Dieu lui a demandé les prémices de ses moissons
Les plus beaux épis et les plus beaux corps élus patiemment parmi mille peuples ?
Est-ce sa faute si Dieu fait de ses fils les verges à châtier la superbe des nations ?
Écoute sa voix bleue dans l'air lavé de haine, vois le sacrificateur verser les libations au pied du tumulus.
Elle proclame le grand émoi qui fait trembler les corps aux souffles chauds d'Avril
Elle proclame l'attente amoureuse du renouveau dans la fièvre de ce printemps
La vie qui fait vagir deux enfants nouveau-nés au bord d'un tombeau cave.
Elle dit ton baiser plus fort que la haine et la mort.
Je vois au fond de tes yeux troubles la lumière étale de l'Été
Je respire entre tes collines l'ivresse douce des moissons.
Ah ! cette rosée de lumière aux ailes frémissantes de tes narines !

Et ta bouche est comme un bourgeon qui se gonfle au soleil
Et comme une rose couleur de vin vieux qui va s'épanouir au chant de tes lèvres.
Écoute le message, mon amie sombre au talon rose.
J'entends ton cœur d'ambre qui germe dans le silence et le Printemps.

Paris, avril 1944.

POUR UN F.F.I. NOIR BLESSÉ

Si noir le F. F. I. dans le ciel bleu ! Si lourd son corps noir dans l'air libéré !
Si noir le F. F. I. sur deux épaules blanches ! Si rouge son sang entre deux blancheurs !
Léger le F. F. I. dans le ciel de cristal, léger son corps vidé de sang d'or et de pourpre !
Sur les deux épaules carrées, voyez ! si légère la flamme de son âme.
Dors sur le duvet blanc de l'air, car les oiseaux ont réappris leurs chansons d'hier.
Dors, car tu as donné le riche de ton cœur – Que la paix berce ton sommeil !

AUX SOLDATS NÉGRO-AMÉRICAINS

À MERCER COOK

Je ne vous ai pas reconnus sous votre prison d'uniformes couleur de tristesse
Je ne vous ai pas reconnus sous la calebasse du casque sans panache
Je n'ai pas reconnu le hennissement chevrotant de vos chevaux de fer, qui boivent mais ne mangent pas.
Et ce n'est plus la noblesse des éléphants, c'est la lourdeur barbare des monstres des prétemps du monde.
Sous votre visage fermé, je ne vous ai pas reconnus.
J'ai touché seulement la chaleur de votre main brune, je me suis nommé : « Afrika ! »
Et j'ai retrouvé le rire perdu, j'ai salué la voix ancienne et le grondement des cascades du Congo.
Frères, je ne sais si c'est vous qui avez bombardé les cathédrales, orgueil de l'Europe
Si vous êtes la foudre dont la main de Dieu a brûlé Sodome et Gomorrhe.
Non, vous êtes les messagers de sa merci, le souffle du Printemps après l'Hiver.
À ceux qui avaient oublié le rire – ils ne se servaient plus que d'un sourire oblique
Qui ne connaissaient plus que la saveur salée des larmes et l'irritante odeur du sang
Vous apportez le printemps de la Paix et l'espoir au bout de l'attente.
Et leur nuit se remplit d'une douceur de lait, les champs bleus du ciel se couvrent de fleurs, le silence chante suavement.

Vous leur apportez le soleil. L'air palpite de murmures liquides et de pépiements cristallins et de battements soyeux d'ailes
Les cités aériennes sont tièdes de nids.
Par les rues de joie ruisselante, les garçons jouent avec leurs rêves
Les hommes dansent devant leurs machines et se surprennent à chanter.
Les paupières des écolières sont pétales de roses, les fruits mûrissent à la poitrine des vierges
Et les hanches des femmes – oh ! douceur – généreusement s'alourdissent.
Frères noirs, guerriers dont la bouche est fleur qui chante
– Oh ! délice de vivre après l'Hiver – je vous salue comme des messagers de paix.

TYAROYE

Prisonniers noirs je dis bien prisonniers français, est-ce donc vrai que la France n'est plus la France ?
Est-ce donc vrai que l'ennemi lui a dérobé son visage ?
Est-ce vrai que la haine des banquiers a acheté ses bras d'acier ?
Et votre sang n'a-t-il pas ablué la nation oublieuse de sa mission d'hier ?
Dites, votre sang ne s'est-il mêlé au sang lustral de ses martyrs ?
Vos funérailles seront-elles celles de la Vierge-Espérance ?

Sang sang ô sang noir de mes frères, vous tachez l'innocence de mes draps
Vous êtes la sueur où baigne mon angoisse, vous êtes la souffrance qui enroue ma voix
Wôi ! entendez ma voix aveugle, génies sourds-muets de la nuit.
Pluie de sang rouge sauterelles ! Et mon cœur crie à l'azur et à la merci.

Non, vous n'êtes pas morts gratuits ô Morts ! Ce sang n'est pas de l'eau tépide.
Il arrose épais notre espoir, qui fleurira au crépuscule.
Il est notre soif notre faim d'honneur, ces grandes reines absolues
Non, vous n'êtes pas morts gratuits. Vous êtes les témoins de l'Afrique immortelle
Vous êtes les témoins du monde nouveau qui sera demain.

Dormez ô Morts ! et que ma voix vous berce, ma voix de courroux que berce l'espoir.

Paris, décembre 1944.

PRIÈRE DE PAIX

(pour grandes orgues)

À GEORGES ET CLAUDE POMPIDOU

« ... *Sicut et nos dimittimus debitoribus nostris* »

Seigneur Jésus, à la fin de ce livre que je T'offre comme un ciboire de souffrances
Au commencement de la Grande Année, au soleil de Ta paix sur les toits neigeux de Paris
– Mais je sais bien que le sang de mes frères rougira de nouveau l'Orient jaune, sur les bords de l'océan Pacifique que violent tempêtes et haines
Je sais bien que ce sang est la libation printanière dont les Grands-Publicains depuis septante années engraissent les terres d'Empire
Seigneur, au pied de cette croix – et ce n'est plus Toi l'arbre de douleur, mais au-dessus de l'Ancien et du Nouveau Monde l'Afrique crucifiée
Et son bras droit s'étend sur mon pays, et son côté gauche ombre l'Amérique
Et son cœur est Haïti cher, Haïti qui osa proclamer l'Homme en face du Tyran
Au pied de mon Afrique crucifiée depuis quatre cents ans et pourtant respirante

Laisse-moi Te dire Seigneur, sa prière de paix et de pardon.

II

Seigneur Dieu, pardonne à l'Europe blanche !
Et il est vrai, Seigneur, que pendant quatre siècles de lumières elle a jeté la bave et les abois de ses molosses sur mes terres
Et les chrétiens, abjurant Ta lumière et la mansuétude de Ton cœur
Ont éclairé leurs bivouacs avec mes parchemins, torturé mes talbés, déporté mes docteurs et mes maîtres-de-science.
Leur poudre a croulé dans l'éclair la fierté des tatas et des collines
Et leurs boulets ont traversé les reins d'empires vastes comme le jour clair, de la Corne de l'Occident jusqu'à l'Horizon oriental
Et comme des terrains de chasse, ils ont incendié les bois intangibles, tirant Ancêtres et génies par leur barbe paisible.
Et ils ont fait de leur mystère la distraction dominicale de bourgeois somnambules.
Seigneur, pardonne à ceux qui ont fait des Askia des maquisards, de mes princes des adjudants
De mes domestiques des boys et de mes paysans des salariés, de mon peuple un peuple de prolétaires.
Car il faut bien que Tu pardonnes à ceux qui ont donné la chasse à mes enfants comme à des éléphants sauvages.
Et ils les ont dressés à coups de chicotte, et ils ont fait d'eux les mains noires de ceux dont les mains étaient blanches.

Car il faut bien que Tu oublies ceux qui ont exporté dix millions de mes fils dans les maladreries de leurs navires
Qui en ont supprimé deux cents millions.
Et ils m'ont fait une vieillesse solitaire parmi la forêt de mes nuits et la savane de mes jours.
Seigneur la glace de mes yeux s'embue
Et voilà que le serpent de la haine lève la tête dans mon cœur, ce serpent que j'avais cru mort...

III

Tue-le Seigneur, car il me faut poursuivre mon chemin, et je veux prier singulièrement pour la France.
Seigneur, parmi les nations blanches, place la France à la droite du Père.
Oh ! je sais bien qu'elle aussi est l'Europe, qu'elle m'a ravi mes enfants comme un brigand du Nord des bœufs, pour engraisser ses terres à cannes et coton, car la sueur nègre est fumier.
Qu'elle aussi a porté la mort et le canon dans mes villages bleus, qu'elle a dressé les miens les uns contre les autres comme des chiens se disputant un os
Qu'elle a traité les résistants de bandits, et craché sur les têtes-aux-vastes-desseins.
Oui Seigneur, pardonne à la France qui dit bien la voie droite et chemine par les sentiers obliques
Qui m'invite à sa table et me dit d'apporter mon pain, qui me donne de la main droite et de la main gauche enlève la moitié.
Oui Seigneur, pardonne à la France qui hait les occupants et m'impose l'occupation si gravement
Qui ouvre des voies triomphales aux héros et traite ses

Sénégalais en mercenaires, faisant d'eux les dogues noirs de l'Empire
Qui est la République et livre les pays aux Grands-Concessionnaires
Et de ma Mésopotamie, de mon Congo, ils ont fait un grand cimetière sous le soleil blanc.

IV

Ah ! Seigneur, éloigne de ma mémoire la France qui n'est pas la France, ce masque de petitesse et de haine sur le visage de la France
Ce masque de petitesse et de haine pour qui je n'ai que haine – mais je peux bien haïr le Mal
Car j'ai une grande faiblesse pour la France.
Bénis ce peuple garrotté qui par deux fois sut libérer ses mains et osa proclamer l'avènement des pauvres à la royauté
Qui fit des esclaves du jour des hommes libres égaux fraternels
Bénis ce peuple qui m'a apporté Ta Bonne Nouvelle, Seigneur, et ouvert mes paupières lourdes à la lumière de la foi.
Il a ouvert mon cœur à la connaissance du monde, me montrant l'arc-en-ciel des visages neufs de mes frères.
Je vous salue mes frères : toi Mohamed Ben Abdallah, toi Razafymahatratra, et puis toi là-bas Pham-Manh-Tuong, vous des mers pacifiques et vous des forêts enchantées
Je vous salue tous d'un cœur catholique.
Ah ! je sais bien que plus d'un de Tes messagers a traqué mes prêtres comme gibier et fait un grand carnage d'images pieuses.

Et pourtant on aurait pu s'arranger, car elles furent, ces images, de la terre à Ton ciel l'échelle de Jacob
La lampe au beurre clair qui permet d'attendre l'aube, les étoiles qui préfigurent le soleil.
Je sais que nombre de Tes missionnaires ont béni les armes de la violence et pactisé avec l'or des banquiers
Mais il faut qu'il y ait des traîtres et des imbéciles.

V

Ô bénis ce peuple, Seigneur, qui cherche son propre visage sous le masque et a peine à le reconnaître
Qui Te cherche parmi le froid, parmi la faim qui lui rongent os et entrailles
Et la fiancée pleure sa viduité, et le jeune homme voit sa jeunesse cambriolée
Et la femme lamente oh ! l'œil absent de son mari, et la mère cherche le rêve de son enfant dans les gravats.
Ô bénis ce peuple qui rompt ses liens, bénis ce peuple aux abois qui fait front à la meute boulimique des puissants et des tortionnaires.
Et avec lui tous les peuples d'Europe, tous les peuples d'Asie tous les peuples d'Afrique et tous les peuples d'Amérique
Qui suent sang et souffrances. Et au milieu de ces millions de vagues, vois les têtes houleuses de mon peuple.
Et donne à leurs mains chaudes qu'elles enlacent la terre d'une ceinture de mains fraternelles
DESSOUS L'ARC-EN-CIEL DE TA PAIX.

Paris, janvier 1945.

ÉTHIOPIQUES

L'HOMME ET LA BÊTE

(pour trois tabalas ou tam-tams de guerre)

Je te nomme Soir ô Soir ambigu, feuille mobile je te nomme.
Et c'est l'heure des peurs primaires, surgies des entrailles d'ancêtres.
Arrière inanes faces de ténèbre à souffle et mufle maléfiques !
Arrière par la palme et l'eau, par le Diseur-des-choses-très-cachées !
Mais informe la Bête dans la boue féconde qui nourrit tsétsés stégomyas
Crapauds et trigonocéphales, araignées à poison caïmans à poignards.

Quel choc soudain sans éclat de silex ! Quel choc et pas une étincelle de passion.
Les pieds de l'Homme lourd patinent dans la ruse, où s'enfonce sa force jusques à mi-jambes.

Les feuilles les lient des plantes mauvaises. Plane sa pensée dans la brume.
Silence de combat sans éclats de silex, au rythme du tam-tam tendu de sa poitrine
Au seul rythme du tam-tam que syncope la Grande-Rayée à sénestre.
Sorcier qui dira la victoire !

Des griffes paraphent d'éclairs son dos de nuages houleux
La tornade rase ses reins et couche les graminées de son sexe
Les kaïcédrats sont émus dans leurs racines douloureuses
Mais l'Homme enfonce son épieu de foudre dans les entrailles de lune dorées très tard.
Le front d'or dompte les nuages, où tournoient des aigles glacés,
Ô pensée qui lui ceint le front ! La tête du serpent est son œil cardinal.

La lutte est longue trop ! dans l'ombre, longue des trois époques de nuit millésime.
Force de l'Homme lourd les pieds dans le potopoto fécond
Force de l'Homme les roseaux qui embarrassent son effort.
Sa chaleur la chaleur des entrailles primaires, force de l'Homme dans l'ivresse
Le vin chaud du sang de la Bête, et la mousse pétille dans son cœur
Hê ! vive la bière de mil à l'Initié !

Un long cri de comète traverse la nuit, une large clameur rythmée d'une voix juste.

Et l'Homme terrasse la Bête de la glossolalie du chant dansé.
Il la terrasse dans un vaste éclat de rire, dans une danse rutilant dansée
Sous l'arc-en-ciel des sept voyelles. Salut Soleil-levant Lion au-regard-qui-tue
Donc salut Dompteur de la brousse, Toi Mbarodi ! seigneur des forces imbéciles.

Le lac fleurit de nénuphars, aurore du rire divin.

CONGO

(guimm pour trois kôras et un balafong)

Oho ! Congo oho ! Pour rythmer ton nom grand sur les eaux sur les fleuves sur toute mémoire
Que j'émeuve la voix des kôras Koyaté ! L'encre du scribe est sans mémoire.

Oho ! Congo couchée dans ton lit de forêts, reine sur l'Afrique domptée
Que les phallus des monts portent haut ton pavillon
Car tu es femme par ma tête par ma langue, car tu es femme par mon ventre
Mère de toutes choses qui ont narines, des crocodiles des hippopotames
Lamantins iguanes poissons oiseaux, mère des crues nourrice des moissons.
Femme grande ! eau tant ouverte à la rame et à l'étrave des pirogues

Ma Saô mon amante aux cuisses furieuses, aux longs bras de nénuphars calmes
Femme précieuse d'ouzougou, corps d'huile imputrescible à la peau de nuit diamantine.
Toi calme Déesse au sourire étale sur l'élan vertigineux de ton sang
Ô toi l'Impaludée de ton lignage, délivre-moi de la surrection de mon sang.
Tamtam toi toi tamtam des bonds de la panthère, de la stratégie des fourmis
Des haines visqueuses au jour troisième surgies du potopoto des marais
Hâ ! sur toute chose, du sol spongieux et des chants savonneux de l'Homme-blanc
Mais délivre-moi de la nuit sans joie, et guette le silence des forêts.
Donc que je sois le fût splendide et le bond de vingt-six coudées
Dans l'alizé, sois la fuite de la pirogue sur l'élan lisse de ton ventre.
Clairières de ton sein îles d'amour, collines d'ambre et de gongo
Tanns d'enfance tanns de Joal, et ceux de Dyilôr en Septembre
Nuits d'Ermenonville en Automne – il avait fait trop beau trop doux.
Fleurs sereines de tes cheveux, pétales si blancs de ta bouche
Surtout les doux propos à la néoménie, jusques à la mi-nuit du sang.
Délivre-moi de la nuit de mon sang, car guette le silence des forêts.

Mon amante à mon flanc, dont l'huile fait docile mes mains mon âme

Ma force s'érige dans l'abandon, mon honneur dans la soumission
Et ma science dans l'instinct de ton rythme. Noue son élan le coryphée
À la proue de son sexe, comme le fier chasseur de lamantins.
Rythmez clochettes rythmez langues rythmez rames la danse du Maître des rames.
Ah ! elle est digne, sa pirogue, des chœurs triomphants de Fadyoutt
Et je clame deux fois deux mains de tam-tams, quarante vierges à chanter ses gestes.
Rythmez la flèche rutilante, la griffe à midi du Soleil
Rythmez, crécelles des cauris, les bruissements des Grandes Eaux
Et la mort sur la crête de l'exultation, à l'appel irrécusable du gouffre.

Mais la pirogue renaîtra par les nénuphars de l'écume
Surnagera la douceur des bambous au matin transparent du monde.

LE KAYA-MAGAN

(guimm pour kôra)

KAYA-MAGAN je suis ! la personne première
Roi de la nuit noire de la nuit d'argent, Roi de la nuit de verre.
Paissez mes antilopes à l'abri des lions, distants au charme de ma voix.

Le ravissement de vous émaillant les plaines du silence !
Vous voici quotidiennes mes fleurs mes étoiles, vous voici à la joie de mon festin.
Donc paissez mes mamelles d'abondance, et je ne mange pas qui suis source de joie
Paissez mes seins forts d'homme, l'herbe de lait qui luit sur ma poitrine.

Que l'on allume chaque soir douze mille étoiles sur la Grand-Place
Que l'on chauffe douze mille écuelles cerclées du serpent de la mer pour mes sujets
Très pieux, pour les faons de mon flanc, les résidents de ma maison et leurs clients
Les Guélowârs des neuf tatas et les villages des brousses barbares
Pour tous ceux-là qui sont entrés par les quatre portes sculptées – la marche
Solennelle de mes peuples patients ! leurs pas se perdent dans les sables de l'Histoire.
Pour les blancs du Septentrion, les nègres du Midi d'un bleu si doux.
Et je ne dénombre les rouges du Ponant, et pas les transhumants du Fleuve !
Mangez et dormez enfants de ma sève, et vivez votre vie des grandes profondeurs
Et paix sur vous qui déclinez. Vous respirez par mes narines.

Je dis KAYA-MAGAN je suis ! Roi de la lune, j'unis la nuit et le jour
Je suis Prince du Nord du Sud, du Soleil-levant Prince et du Soleil-couchant

La plaine ouverte à mille ruts, la matrice où se fondent les métaux précieux.
Il en sort l'or rouge et l'Homme rouge – rouge ma dilection à moi
Le Roi de l'or – qui a la splendeur du midi, la douceur féminine de la nuit.
Donc picorez mon front bombé, oiseaux de mes cheveux serpents.
Vous ne vous nourrissez seulement de lait bis, mais picorez la cervelle du Sage
Maître de l'hiéroglyphe dans sa tour de verre.

Paissez faons de mon flanc sous ma récade et mon croissant de lune.
Je suis le Buffle qui se rit du Lion, de ses fusils chargés jusqu'à la gueule.
Et il faudra bien qu'il se prémunisse dans l'enceinte de ses murailles.
Mon empire est celui des proscrits de César, des grands bannis de la raison ou de l'instinct
Mon empire est celui d'Amour, et j'ai faiblesse pour toi femme
L'Étrangère aux yeux de clairière, aux lèvres de pomme cannelle au sexe de buisson ardent
Car je suis les deux battants de la porte, rythme binaire de l'espace, et le troisième temps
Car je suis le mouvement du tam-tam, force de l'Afrique future.
Dormez faons de mon flanc sous mon croissant de lune.

MESSAGES

(guimm pour kôra)

À CHEIK YABA DIOP, CHEF DE PROVINCE

Il m'a dépêché un cheval du Fleuve sous l'arbre des palabres mauve.
Dialogue à une lieue d'honneur !

Il m'a dit : « Beleup de Kaymôr ! sa récade crée sa parole avec rigueur.
« Sept athlètes Kaymôr a dépêchés, qui ont mon buste et ma couleur, car nous nageons par la mer pacifique.
« Il les a dépêchés sur les pistes ferventes, dans les nuages promesses de verdure
« En saison sèche, tels des acacias.
« Cinquante chevaux seront ton escorte, tapis de haute laine et de mille pas
« Et des jeunes gens à livrée d'espoir. Il te précède vêtu de sa pourpre
« Qui te vêt et son haut bonnet t'éclaire, son épée nue t'ouvre la voie des enthousiasmes.
« La paume des tamas les doigts des balafongs diront la liesse de ses terres.
« Oui tu es Guelwâr de l'esprit, il est Beleup de Kaymôr.
« Politesse du Prince ! Et des présents sont pour t'attendre.
« Politesse du Prince ! Et sa récade est d'or. »

Dyôb ! lui ai-je dit, Beleup de Kaymôr ! Je te respire parfum de gommier, et proclame ton nom

Surgi du Royaume d'enfance et des fonds sous-marins des terres ancestrales.
Héraut ! proclame mon char blanc et ses chevaux obscurs.
Des navires-de-terre m'accompagnent aux voiles étendards, les présents d'au-delà les mers.
Grâces à toi pour les fleurs des discours très odorants, pour les hommages des tamas des balafongs des mains
Grâces à toi pour le vin de palme, la coupe d'amitié de la lèvre à la lèvre
Grâces pour la jeune fille nubile au ventre de douceur *n'deïssane !* à la croupe de colline à la poitrine de fruits de rônier.
Et par-dessus toute louange, sa bouche sait tisser des paroles plaisantes.
Ma Dame est dame de haut rang et fière. Donc compliments à la fille du Grand-Dyarâf !
Mais je te dis les présents les plus lourds, lois noires sur fond blanc dans le coffret de bois des Isles
Et les discours exacts rythmés dans les hautes assemblées circulaires ; et ce fut parmi les guelwârs de la parole.
Je leur ai imprimé le rythme, je les ai nourris de la moelle du Maître-de-sciences-et-de-langue.

Telles sont ma réponse et ma récade bicéphale : gueule du Lion et sourire du Sage.

TEDDUNGAL

(guimm pour kôra)

Sall ! je proclame ton nom Sall ! du Fouta-Damga au Cap-Vert.

Le lac Baïdé faisait nos pieds plus frais, et maigres nous marchions par le Pays-haut du Dyêri.
Et soufflaient les passions une tornade fauve aux piquants des gommiers. Où la tendresse du vert au Printemps ?
Yeux et narines rompus par Vent d'Est, nos gorges comme des citernes sonnaient creux à l'appel immense de la poitrine. C'était grande pitié.
Nous marchions par le Dyêri au pas du bœuf-porteur – l'aile du cheval bleu est pour les Maîtres-de-Saint-Louis – mais nos pieds dans la poussière des morts et nos têtes parées de nulle poudre d'or.
Or les scorpions furent de sable, les caméléons de toutes couleurs. Or les rires des singes secouaient l'arbre des palabres, comme peau de panthère les embûches zébraient la nuit.
Mille embûches des puissants : chaque touffe d'herbes cache un ennemi.

Nous avons ceint nos reins, affermi les remparts de notre cœur, nous avons repoussé lances et roses.
Roses et roses les navettes qui tissaient lêlés et yêlas, exquis les éloges des vierges quand la terre est froide à minuit.

Et leur tête était d'or, la lune éclairait le poème à contre-jour.
Belle ô Khasonkée parmi tes égales, ô grande libellule les ailes déployées et lentement virant au flanc de la colline de Bakel
Jusqu'à ce mouvement soudain qui te brisait le cou, comme une syncope à battre mon cœur.
Ton sourire était doux sous paupières déclives, et grondaient les tam-tams peints de couleurs furieuses.
Ah ! ce cœur de poète, ah ! ce cœur de femme et de lion, quelle douleur à le dompter.
Or nous avons marché tels de blancs initiés. Pour toute nourriture le lait clair, et pour toute parole la rumination du mot essentiel.

Et lorsque le temps fut venu, je tendis un cou dur gonflé de veines comme une pile formidable.
C'était l'heure de la rosée, le premier chant du coq avait percé la brume, fait retourner les hommes des milices dans leur quatrième sommeil.
Les chiens jaunes n'avaient pas aboyé.
Et contre les portes de bronze je proférai le mot explosif *teddungal !*
Teddungal ngal du Fouta-Damga au Cap-Vert. Ce fut un grand déchirement des apparences, et les hommes restitués à leur noblesse, les choses à leur vérité.
Vert et vert Wâlo et Fouta, pagne fleuri de lacs et de moissons.
De longs troupeaux coulaient, ruisseaux de lait dans la vallée.
Honneur au Fouta rédimé ! *Honneur* au Royaume d'enfance !

L'ABSENTE

(guimm pour trois kôras et un balafong)

Jeunes filles aux gorges vertes, plus ne chantez votre Champion et plus ne chantez l'Élancé.
Mais je ne suis pas votre honneur, pas le Lion téméraire, le Lion vert qui rugit l'honneur du Sénégal.
Ma tête n'est pas d'or, elle ne vêt pas de hauts desseins
Sans bracelets pesants sont mes bras que voilà, mes mains si nues !
Je ne suis pas le Conducteur. Jamais tracé sillon ni dogme comme le Fondateur
La ville aux quatre portes, jamais proféré mot à graver sur la pierre.
Je dis bien : je suis le Dyâli.

II

Jeunes filles aux longs cous de roseaux, je dis chantez l'Absente la Princesse en allée.
Ma gloire n'est pas sur la stèle, ma gloire n'est pas sur la pierre
Ma gloire est de chanter le charme de l'Absente
Ma gloire de charmer le charme de l'Absente, ma gloire
Est de chanter la mousse et l'élyme des sables
La poussière des vagues et le ventre des mouettes, la lumière sur les collines
Toutes choses vaines sous le van, toutes choses vaines dans le vent et l'odeur des charniers
Toutes choses frêles dans la lumière des armes, toutes choses très belles dans la splendeur des armes
Ma gloire est de chanter la beauté de l'Absente.

III

Or c'était une nuit d'hiver lorsque dehors mûrit le gel, que les deux corps sont fraternels.
Les sifflets des rapides traversaient mon cœur longuement, de longs déchirements de pointes de diamant.
J'ai réveillé les concubines alentour.
Ah ! ce sommeil sourd qui irrite quand chaque flanc et le dos sont les plaies du crucifié.
La poitrine succombe à de graves énigmes, et je meurs de ne pas mourir et je meurs de vivre le cœur absent.
Elles m'ont parlé de l'Absente doucement
Doucement elles m'ont chanté dans l'ombre le chant de l'Absente, comme on berce le beau bébé de sa chair brune
Mais qu'elle reviendrait la Reine de Saba à l'annonce des flamboyants.
De très loin la Bonne Nouvelle est annoncée par les collines, sur les pistes ferventes par les chameliers au long cours.
Dites ! qu'elle est longue à mon cœur l'absence de l'Absente.

IV

Jeunes filles aux seins debout, chantez la sève annoncez le Printemps.
Une goutte d'eau n'est tombée depuis six mois, pas un mot tendre et pas un bourgeon à sourire.
Rien que l'aigreur de l'Harmattan, comme les dents du trigonocéphale
Au mieux rien qu'un soulèvement de sables, rien qu'un tourbillon de pruine et de pailles et de balles et d'ailes et d'élytres

Des choses mortes sous l'aigre érosion de la raison.
Rien que le Vent d'Est dans nos gorges plus que citernes au désert
Vides. Mais cette rumeur dans nos jambes, ce surgissement de la sève
Qui gonfle les bourgeons à l'aine des jeunes hommes, réveille les huîtres perlières sous les palétuviers...
Écoutez jeunes filles, le chant de la sève qui monte à vos gorges debout.
Vert et vert le Printemps au clair mitan de Mai, d'un vert si tendre hô ! que c'est ravissement.
Ce n'est pas la floraison flave des cassias, les étoiles splendides des cochlospermums
Sur le sol de ténèbres, l'intelligence du Soleil ô Circoncis !
C'est la tendresse du vert par l'or des savanes, vert et or couleurs de l'Absente
C'est la surrection de la sève jusqu'à la nuque debout qui s'émeut.

V

Sa venue nous était prédite quand les palabres rougiraient les places des villages, les boutiques des bidonvilles et les ateliers des manufactures.
Je sais que les épouses émigrent déjà chez leur mère ; les jeunes gens arrachent aux lamarques leur part de l'indivis
Les biens publics sont vendus à l'encan, les Grands organisent leurs femmes en pool charbon-acier
Des tentes pourpres sont dressées aux carrefours, avec des rues barrées et sens uniques.
Luxe et licence !... Sa venue nous était prédite quand se rassembleraient les hirondelles. Voilà

Qu'à tire-d'aile elles fuient les chaleurs de nos querelles intestines.
Puisque reverdissent nos jambes pour la danse de la moisson
Je sais qu'elle viendra la Très Bonne Nouvelle
Au solstice de Juin, comme dans l'an de la défaite et dans l'an de l'espoir.
La précèdent de longs mirages de dromadaires, graves des essences de sa beauté.
La voilà l'Éthiopienne, fauve comme l'or mûr incorruptible comme l'or
Douce d'olive, bleu souriante de son visage fin souriante dans sa prestance
Vêtue de vert et de nuage. Parée du pentagramme.

VI

Salut de son féal à la Souriante et louange loyale.
Kôriste de sa cour et dément de son charme !... Ma gloire n'est pas sur la stèle
Ni ma voix ne sera sur pierre pétrifiée, mais voix rythmée d'une voix juste.
Qu'elle germe dans la mémoire de l'Absente qui règne sur mes horizons de verre
Mûrisse dans la vôtre ô jeunes filles, comme la farine futile pour nourrir tout un peuple.
Donc je nommerai les choses futiles qui fleuriront de ma nomination – mais le nom de l'Absente est ineffable.
Ses mains d'alizés qui guérissent des fièvres
Ses paupières de fourrure et de pétales de laurier-rose
Ses cils ses sourcils secrets et purs comme des hiéroglyphes

Ses cheveux bruissants comme un feu roulant de brousse la nuit.
Tes yeux ta bouche hâ ! ton secret qui monte à la nuque...
Des choses vaines. Ce n'est pas le savoir qui nourrit ton peuple
Ce sont les mets que tu leur sers par les mains du kôriste et par la voix.
Woï ! donc salut à la Souriante qui donne le souffle à mes narines, qui coupe le souffle à mes narines et engorge ma gorge
Salut à la Présente qui me fascine par le regard noir du mamba, tout constellé d'or et de vert
Et je suis colombe-serpent, et sa morsure m'engourdit avec délice.

VII

Qu'ils soient néant les distraits aux yeux blancs de perle
Qu'ils soient néant les yeux et les oreilles, la tête qui ne prend racine dans la poitrine, et bien plus bas jusqu'à la racine du ventre.
Car à quoi bon le manche sans la lame et la fleur sans le fruit ?
Mais vous ô jeunes feuilles, chantez la victoire du Lion dans l'humide soleil de Juin
Je dis chantez le diamant qui naît des cendres de la Mort
Ô chantez la Présente qui nourrit le Poète du lait noir de l'amour.
Vous êtes belles jeunes filles, et vos gorges d'or jeunes feuilles par la voix du Poète.
Les mots s'envolent et se froissent au souffle du Vent

d'Est, comme les monuments des hommes sous les bombes soufflantes
Mais le poème est lourd de lait et le cœur du Poète brûle un feu sans poussière.

À NEW YORK

(pour un orchestre de jazz : solo de trompette)

New York ! D'abord j'ai été confondu par ta beauté, ces grandes filles d'or aux jambes longues.
Si timide d'abord devant tes yeux de métal bleu, ton sourire de givre
Si timide. Et l'angoisse au fond des rues à gratte-ciel
Levant des yeux de chouette parmi l'éclipse du soleil.
Sulfureuse ta lumière et les fûts livides, dont les têtes foudroient le ciel
Les gratte-ciel qui défient les cyclones sur leurs muscles d'acier et leur peau patinée de pierres.
Mais quinze jours sur les trottoirs chauves de Manhattan
– C'est au bout de la troisième semaine que vous saisit la fièvre en un bond de jaguar
Quinze jours sans un puits ni pâturage, tous les oiseaux de l'air
Tombant soudain et morts sous les hautes cendres des terrasses.
Pas un rire d'enfant en fleur, sa main dans ma main fraîche
Pas un sein maternel, des jambes de nylon. Des jambes et des seins sans sueur ni odeur.

Pas un mot tendre en l'absence de lèvres, rien que des cœurs artificiels payés en monnaie forte
Et pas un livre où lire la sagesse. La palette du peintre fleurit des cristaux de corail.
Nuits d'insomnie ô nuits de Manhattan ! si agitées de feux follets, tandis que les klaxons hurlent des heures vides
Et que les eaux obscures charrient des amours hygiéniques, tels des fleuves en crue des cadavres d'enfants.

II

Voici le temps des signes et des comptes
New York ! or voici le temps de la manne et de l'hysope.
Il n'est que d'écouter les trombones de Dieu, ton cœur battre au rythme du sang ton sang.
J'ai vu dans Harlem bourdonnant de bruits de couleurs solennelles et d'odeurs flamboyantes
– C'est l'heure du thé chez le livreur-en-produits-pharmaceutiques
J'ai vu se préparer la fête de la Nuit à la fuite du jour. Je proclame la Nuit plus véridique que le jour.
C'est l'heure pure où dans les rues, Dieu fait germer la vie d'avant mémoire
Tous les éléments amphibies rayonnants comme des soleils.
Harlem Harlem ! voici ce que j'ai vu Harlem Harlem ! Une brise verte de blés sourdre des pavés labourés par les pieds nus de danseurs Dans
Croupes ondes de soie et seins de fers de lance, ballets de nénuphars et de masques fabuleux

Aux pieds des chevaux de police, les mangues de l'amour rouler des maisons basses.
Et j'ai vu le long des trottoirs, des ruisseaux de rhum blanc des ruisseaux de lait noir dans le brouillard bleu des cigares.
J'ai vu le ciel neiger au soir des fleurs de coton et des ailes de séraphins et des panaches de sorciers.
Écoute New York ! ô écoute ta voix mâle de cuivre ta voix vibrante de hautbois, l'angoisse bouchée de tes larmes tomber en gros caillots de sang
Écoute au loin battre ton cœur nocturne, rythme et sang du tam-tam, tam-tam sang et tam-tam.

III

New York ! je dis New York, laisse affluer le sang noir dans ton sang
Qu'il dérouille tes articulations d'acier, comme une huile de vie
Qu'il donne à tes ponts la courbe des croupes et la souplesse des lianes.
Voici revenir les temps très anciens, l'unité retrouvée la réconciliation du Lion du Taureau et de l'Arbre
L'idée liée à l'acte l'oreille au cœur le signe au sens.
Voilà tes fleuves bruissants de caïmans musqués et de lamantins aux yeux de mirages. Et nul besoin d'inventer les Sirènes.
Mais il suffit d'ouvrir les yeux à l'arc-en-ciel d'Avril
Et les oreilles, surtout les oreilles à Dieu qui d'un rire de saxophone créa le ciel et la terre en six jours.
Et le septième jour, il dormit du grand sommeil nègre.

CHAKA

poème dramatique à plusieurs voix

AUX MARTYRS BANTOUS DE L'AFRIQUE DU SUD

CHANT I

(sur un fond sonore de tam-tam funèbre)

UNE VOIX BLANCHE

Chaka, te voilà comme la panthère ou l'hyène à-la-mauvaise-gueule
À la terre clouée par trois sagaies, promis au néant vagissant.
Te voilà donc à ta passion. Ce fleuve de sang qui te baigne, qu'il te soit pénitence.

CHAKA *(visage calme)*

Oui me voilà entre deux frères, deux traîtres deux larrons
Deux imbéciles hâ ! non certes comme l'hyène, mais comme le Lion d'Éthiopie tête debout.
Me voilà rendu à la terre. Qu'il est radieux le Royaume d'enfance !
Et c'est la fin de ma passion.

LA VOIX BLANCHE

Chaka tu trembles dans l'ultime Sud et le Soleil éclate de rire au zénith.

Obscur dans le jour ô Chaka, tu n'entends pas les hautbois des palombes.
Rien que la lame claire de ma voix qui te transperce les sept cœurs.

CHAKA

Voix Voix blanche de l'Outre-mer, mes yeux de l'intérieur éclairent la nuit diamantine.
Il n'est pas besoin du faux jour. Ma poitrine est le bouclier contre quoi se brise ta foudre.
C'est la rosée de l'aube sur les tamarins, et mon soleil s'annonce à l'horizon de verre.
J'entends le roucoulement méridien de Nolivé, j'exulte dans l'intime de mes os.

LA VOIX BLANCHE

Hâ-hâ-hâ-hâ ! Chaka, c'est bien à toi de me parler de Nolivé, de ta bonne-et-belle fiancée
Au cœur de beurre aux yeux de pétales de nénuphar, aux paroles douces de source.
Tu l'as tuée la Bonne-et-belle, pour échapper à ta conscience.

CHAKA

Hê ! que me parles-tu de science ?...
Mais si, je l'ai tuée, tandis qu'elle contait les pays bleus
Je l'ai tuée oui ! d'une main sans tremblement.
Un éclair d'acier fin dans le buisson odorant de l'aisselle.

LA VOIX BLANCHE

Tu avoues donc Chaka ! avoueras-tu les millions d'hommes pour toi exterminés

Des régiments entiers des femmes lourdes et des enfants de lait ?
Toi, le grand pourvoyeur des vautours et des hyènes, le poète du Vallon-de-la-Mort.
On cherchait un guerrier, tu ne fus qu'un boucher.
Les ravins sont torrents de sang, la fontaine source de sang
Les chiens sauvages hurlent à la mort dans les plaines où plane l'aigle de la Mort
Ô Chaka toi Zoulou, toi plus-que-peste et feu roulant de brousse !

CHAKA

Une basse-cour cacardante, une sourde volière de mange-mils oui !
Oui des cent régiments bien astiqués, velours peluché aigrettes de soie, luisants de graisse comme cuivre rouge.
J'ai porté la cognée dans ce bois mort, allumé l'incendie dans la brousse stérile
En propriétaire prudent. C'étaient cendres pour les semailles d'hivernage.

LA VOIX BLANCHE

Comment ? Pas un mot de regret...

CHAKA

On regrette le mal.

LA VOIX BLANCHE

Le plus grand mal, c'est de voler la douceur des narines.

CHAKA

Le plus grand mal, c'est la faiblesse des entrailles.

LA VOIX BLANCHE

La faiblesse du cœur est pardonnée.

CHAKA

La faiblesse du cœur est sainte...
Ah ! tu crois que je ne l'ai pas aimée
Ma Négresse blonde d'huile de palme à la taille de plume
Cuisses de loutre en surprise et de neige du Kilimandjaro
Seins de rizières mûres et de collines d'acacias sous le Vent d'Est
Nolivé aux bras de boas, aux lèvres de serpent-minute
Nolivé aux yeux de constellation – point n'est besoin de lune pas de tam-tam
Mais sa voix dans ma tête et le pouls fiévreux de la nuit !...
Ah ! tu crois que je ne l'ai pas aimée !
Mais ces longues années, cet écartèlement sur la roue des années, ce carcan qui étranglait toute action
Cette longue nuit sans sommeil... J'errais cavale du Zambèze, courant et ruant aux étoiles
Rongée d'un mal sans nom comme d'un léopard sur le garrot.
Je ne l'aurais pas tuée si moins aimée.
Il fallait échapper au doute
À l'ivresse du lait de sa bouche, au tam-tam lancinant de la nuit de mon sang

À mes entrailles de laves ferventes, aux mines d'uranium de mon cœur dans les abîmes de ma Négritude
À mon amour à Nolivé
Pour l'amour de mon Peuple noir.

LA VOIX BLANCHE

Ma parole Chaka, tu es poète... ou beau parleur... un politicien !

CHAKA

Des courriers m'avaient dit :
« Ils débarquent avec des règles, des équerres des compas des sextants
« L'épiderme blanc les yeux clairs, la parole nue et la bouche mince
« Le tonnerre sur leurs navires. »
Je devins une tête un bras sans tremblement, ni guerrier ni boucher
Un politique tu l'as dit – je tuai le poète – un homme d'action seul
Un homme seul et déjà mort avant les autres, comme ceux que tu plains.
Qui saura ma passion ?

LA VOIX BLANCHE

Un homme intelligent qui a des oublis singuliers.
Mais écoute Chaka et te souviens.

LA VOIX DU DEVIN ISSANOUSSI *(lointaine)*

Réfléchis bien Chaka, je ne te force pas : je ne suis qu'un devin un technicien.

Le pouvoir ne s'obtient sans sacrifice, le pouvoir absolu exige le sang de l'être le plus cher.

UNE VOIX *(comme de Chaka, lointaine)*

Il faut mourir enfin, tout accepter...
Demain mon sang arrosera ta médecine, comme le lait la sécheresse du couscous.
Devin disparais de ma face ! On accorde à tout condamné quelques heures d'oubli.

CHAKA *(il se réveille en sursaut)*

Non non Voix blanche, tu le sais bien...

LA VOIX BLANCHE

Que le pouvoir fut bien ton but...

CHAKA

Un moyen...

LA VOIX BLANCHE

Tes délices...

CHAKA

Mon calvaire.
Je voyais dans un songe tous les pays aux quatre coins de l'horizon soumis à la règle, à l'équerre et au compas
Les forêts fauchées les collines anéanties, vallons et fleuves dans les fers.

Je voyais les pays aux quatre coins de l'horizon sous la grille tracée par les doubles routes de fer
Je voyais les peuples du Sud comme une fourmilière de silence
Au travail. Le travail est saint, mais le travail n'est plus le geste
Le tam-tam ni la voix ne rythment plus les gestes des saisons.
Peuples du Sud dans les chantiers, les ports les mines les manufactures
Et le soir ségrégés dans les kraals de la misère.
Et les peuples entassent des montagnes d'or noir d'or rouge – et ils crèvent de faim.
Et je vis un matin, sortant de la brume de l'aube, la forêt des têtes laineuses
Les bras fanés le ventre cave, des yeux et des lèvres immenses appelant un dieu impossible.
Pouvais-je rester sourd à tant de souffrances bafouées ?

LA VOIX BLANCHE

Ta voix est rouge de haine Chaka...

CHAKA

Je n'ai haï que l'oppression...

LA VOIX BLANCHE

De cette haine qui brûle le cœur.
La faiblesse du cœur est sainte, pas cette tornade de feu.

CHAKA

Ce n'est pas haïr que d'aimer son peuple.

Je dis qu'il n'est pas de paix armée, de paix sous l'oppression
De fraternité sans égalité. J'ai voulu tous les hommes frères.

LA VOIX BLANCHE

Tu as mobilisé le Sud contre les Blancs...

CHAKA

Ah ! te voilà Voix Blanche, voix partiale voix endormeuse.
Tu es la voix des forts contre les faibles, la conscience des possédants de l'Outre-mer.
Je n'ai pas haï les Roses-d'oreilles. Nous les avons reçus comme les messagers des dieux
Avec des paroles plaisantes et des boissons exquises.
Ils ont voulu des marchandises, nous avons tout donné : des ivoires de miel et des peaux d'arc-en-ciel
Des épices de l'or, pierres précieuses perroquets et singes que sais-je ?
Dirai-je leurs présents rouillés, leurs poudreuses verroteries ?
Oui en apprenant leurs canons, je devins une tête
La souffrance devint mon lot, celle de la poitrine et de l'esprit.

LA VOIX BLANCHE

La souffrance acceptée d'un cœur pieux est rédemption...

CHAKA

Et la mienne fut acceptée...

LA VOIX BLANCHE

D'un cœur contrit...

CHAKA

Pour l'amour de mon peuple noir.

LA VOIX BLANCHE

L'amour de Nolivé et des couchés du Vallon-de-la-Mort ?

CHAKA

Pour l'amour de ma Nolivé. Pourquoi le répéter ?
Chaque mort fut ma mort. Il fallait préparer les moissons à venir
Et la meule à broyer la farine si blanche des tendresses noires.

LA VOIX BLANCHE

Il sera beaucoup pardonné à qui aura beaucoup souffert...

CHANT II

(tam-tam d'amour, vif)

CHAKA

(il a fermé les jeux un moment ; il les rouvre et longuement les fixe vers l'Est, visage grave rayonnant)

Voici la Nuit qui vient, ma bonne-et-belle Nuit la lune louis d'or.

J'entends le roucoulement au matin de Nolivé, la pomme-cannelle qui roule dans l'herbe parfumée.

LE CHŒUR

Il va donc nous quitter ! Comme il est noir ! C'est l'heure de la solitude.
Célébrons le Zoulou, que nos voix le confortent.
Bayété Bâba ! Bayété ô Zoulou !

LE CORYPHÉE

Et comme il est splendide ! C'est l'heure de la re-naissance.
Le poème est mûr au jardin d'enfance, c'est l'heure de l'amour.

CHAKA

Ô ma fiancée, j'ai longtemps attendu cette heure
Longtemps peiné pour cette nuit d'amour sans fin, souffert beaucoup beaucoup
Comme l'ouvrier à midi salue la terre froide.

LE CORYPHÉE

C'est l'heure de l'amour dans la minute qui précède
C'est Chaka seul, dans la splendeur noire élancée du nu
Dans cette angoisse de la joie, la densité du sexe et de la gorge.

LE CHŒUR

Bayété Bâba ! Bayété ô Bayété !

CHAKA

Mais je ne suis pas le poème, mais je ne suis pas le tam-tam
Je ne suis pas le rythme. Il me tient immobile, il sculpte tout mon corps comme une statue du Baoulé.
Non je ne suis pas le poème qui jaillit de la matrice sonore
Non je ne fais pas le poème, je suis celui-qui-accompagne
Je ne suis pas la mère, mais le père qui le tient dans ses bras et le caresse et tendrement lui parle.

LE CORYPHÉE

Ô Zoulou ô Chaka ! Tu n'es plus le Lion rouge dont les yeux incendient les villages au loin.

LE CHŒUR

Bayété Bâba ! Bayété ô Bayété !

LE CORYPHÉE

Tu n'es plus l'Éléphant qui piétine patates douces, qui arrache palmes d'orgueil.

LE CHŒUR

Bayété Bâba ! Bayété ô Bayété !

LE CORYPHÉE

Tu n'es plus le Buffle terrible plus que Lion et plus qu'Éléphant

Le Buffle qui brise tout bouclier des braves.
« Ô mon père » dit « ô ma mère » le dos de la déroute.

LE CHŒUR

Bayété Bâba ! Bayété ô Bayété !

CHAKA

Ô ma fiancée, j'ai longtemps attendu cette heure
Longtemps erré dans les steppes de la jeunesse, et à d'autres la flûte et les mugissements de miel
Longtemps loin visité les retraites des sages.

LE CHŒUR

Ô toi Zoulou ! toi le durement initié, l'Oint des huiles viriles fils des tatouages patients !

CHAKA

J'ai longtemps parlé dans la solitude des palabres
Et beaucoup beaucoup combattu dans la solitude de la mort
Contre ma vocation. Telle fut l'épreuve, et le purgatoire du Poète.

LE CORYPHÉE

Tu es Zoulou par qui nous croissons dru, les narines par quoi nous buvons la vie forte
Et tu es le Doué-d'un-large-dos, tu portes tous les peuples à peau noire.

LE CHŒUR

Bayété Bâba ! Bayété ô Zoulou !

LE CORYPHÉE

Tu es l'athlète et le pagne est tombé, et te regardent en mourant les guerriers.
C'est un alcool très doux qui fait trembler les corps.

LE CHŒUR

Bayété Bâba ! Bayété ô Zoulou !

LE CORYPHÉE

Tu es le danseur élancé qui crée le rythme du tam-tam, l'équilibré de ton buste et des bras.

LE CHŒUR

Bayété Bâba ! Bayété ô Zoulou !

LE CORYPHÉE

Je dis le fort je dis bien le généreux de ton sexe
L'amant de la Nuit aux cheveux d'étoiles filantes, le créateur des paroles de vie
Le poète du Royaume d'enfance.

LE CHŒUR

Bien mort le politique, et vive le Poète !

CHAKA

Tam-tam, rythme l'heure ineffable, chante la Nuit et chante Nolivé

Et vous ô Chœur formez les veilles, soyez-nous la garde d'amour.

LE CORYPHÉE

Et nous voilà debout aux portes de la Nuit, buvant des contes très anciens et mâchant des noix blanches.
Nous ne dormirons pas ah ! nous ne dormons pas dans l'attente de la Bonne Nouvelle.

LE CHŒUR

Elle va mourir Nolivé dans l'aubier de sa chair *n'deissane !*
Et à l'aube naîtra la Bonne Nouvelle.

CHAKA

Ô ma Nuit ! ô ma Noire ! ma Nolivé !
Cette grande faiblesse est morte sous tes mains d'huile
Qui suit la peine. C'est la chaleur des palmes dans la poitrine
Maintenant, les aromates qui nourrissent les muscles
L'encens dans la chambre nuptiale, qui fait les cœurs voyants.
Ô ma Nuit ! ô ma Blonde ! ma lumineuse sur les collines
Mon humide au lit de rubis, ma Noire au secret de diamant
Chair noire de lumière, corps transparent comme au matin du jour premier.
Mais elle est morte cette angoisse de la gorge, lorsqu'on est nus l'un devant l'autre
Et soudain éblouis et soudain froudoyés par les yeux de l'Amant

Ah ! l'âme dévêtue jusqu'à la racine et au roc.
Mais elle est morte cette angoisse sous tes mains d'huile.

LE CHŒUR

Bayété Bâba ! Bayété ô Zoulou !

CHAKA

Tam-tam au loin, rythme sans voix qui fait la nuit et tous les villages au loin
Par-delà forêts et collines, par-delà le sommeil des marigots...
Et moi je suis celui-qui-accompagne, je suis le genou au flanc du tam-tam, je suis la baguette sculptée
La pirogue qui fend le fleuve, la main qui sème dans le ciel, le pied dans le ventre de la terre
Le pilon qui épouse la courbe mélodieuse. Je suis la baguette qui bat laboure le tam-tam.
Qui parle de monotonie ? La joie est monotone la beauté monotone
L'éternel un ciel sans nuage, une forêt bleue sans un cri, la voix toute seule mais juste.
Dure ce grand combat sonore, cette lutte harmonieuse, la sueur perles de rosée !
Mais non, je vais mourir d'attente...
Que de cette nuit blonde – ô ma Nuit ô ma Noire ma Nolivé –
Que du tam-tam surgisse le soleil du monde nouveau.

(Chaka s'affaisse doucement : il est mort.)

LE CORYPHÉE

Aube blanche aurore nouvelle qui ouvres les yeux de mon peuple.

LE CHŒUR

Bayété Bâba ! Bayété ô Bayété !

LE CORYPHÉE

Rosée ô rosée qui réveilles les racines soudaines de mon peuple.

LE CHŒUR

Bayété Bâba ! Bayété ô Bayété !

LE CORYPHÉE

Là-bas le soleil au zénith sur tous les peuples de la terre.

LE CHŒUR

Bayété Bâba ! Bayété ô Bayété !

(Le Chœur répète ce verset tandis qu'il s'éloigne derrière le rideau.)

ÉPÎTRES À LA PRINCESSE

À LA MARQUISE JOSÉPHINE DANIEL DE BETTEVILLE

(pour kôra)

Belborg Belborg ! Belborg Belborg ! Ainsi murmurait ma mémoire, et dans le paquebot
Qui m'emportait, les machines rythmaient ton nom Princesse, et l'*Afrique* nocturne.
Mes mains en étaient parfumées, comme de l'odeur des sapins
Elles embaumaient mon sommeil, comme jadis les goyaves au jardin d'enfance.

J'attendrai ta récade au poing de tes courriers...
Princesse de Belborg, sous quel ciel fleurit ta prestance ?
Aux pays du Septentrion, en ton palais de Ouistreham ouvert sur la mer et les vents ?
Ou bien à Danestal en ton manoir, au milieu de ton peuple – quelle moisson de têtes blondes !
Si heureux parmi les rivières et les polders paisibles ?
Ou à Paris puisque s'annonce l'Hiver, avec les princes du Grand Nord
Descendus à la quête du soleil, où la lumière est dans

les rues, sur les pierres d'ivoire sur les pierres de bronze vieux ?
Et les fleurs y sont vives, la voix des femmes de cristal et l'âme plus déliée
Dans l'éclat des salons ? Es-tu à Paris à la fête de l'esprit ?

Tes courriers m'atteindront dans mes quartiers de la Belle Saison
Bien plus loin que Gambie, plus loin que Sénégal.
Or je serai souvent à dromadaire, parmi les dunes d'or
Ou sous la tente, dans l'odeur des gommiers dans la blancheur des steppes.
Je ne chasserai la girafe, ni l'autruche ni l'hippotrague. J'ai dessein de faire retraite
Loin des guerriers. Car j'ai pris goût aux choses de l'esprit
Tel quelqu'un qui a beaucoup vu et veut beaucoup apprendre.
Et ce pays est de l'Esprit. Le ciel est sans nuages, et si parfois le troublent des tornades, ce sont de sable.
Le feuille et la lèvre y sont graves, la fleur absente, la narine et l'épine aiguës.
Le Vent d'Est y mord toute chair, brûlant toutes choses impures.

J'ai dessein de faire retraite dans les marches du Fleuve.
J'ai dessein de méditer tes énigmes. Ton amitié m'est collier et boucles d'oreilles.
Mon espoir est de revenir à la fin de l'Été. Ma mission sera brève.
J'ai la confiance de mon Peuple. On m'a nommé l'Itinérant.

(pour kôra)

Ambassadeur du Peuple noir, me voici dans la Métropole.
J'ai compté douze portes rayonnantes, dénombré douze mille étoiles.
Ce fut de l'aile haute de mon cheval piaffant.
Je t'avais dépêché nombre de cavaliers, réponse ne m'a pas été rendue.
Qu'ils se soient embourbés dans les marigots de l'oubli, je ne le veux croire Princesse.
Ma mission n'est pas d'une lune.
Le peuple noir m'attend pour les élections des Hauts-Sièges, l'ouverture des Jeux et des fêtes de la Moisson
Et je dois régler le ballet des circoncis. Ce sont là choses graves.

Je pense à toi Princesse de Belborg
Je songe aux pays du Septentrion, toutes mes nuits sont veilles.
De l'autre côté de la Mer ont échoué les bruits de leurs querelles intestines
Que leurs puits sont noyés le bétail abattu, leurs manufactures ruinées et leurs palais
Que le grain fait défaut. Et des vers comme de Guinée travaillent l'intime des cœurs.
Princesse très prudente et Princesse très bonne, tes nuits sont-elles veilles sur ta couche ? La réponse non dépêchée ?
Je suis attente dans la nuit, je n'en finis pas de parler avec mon plus-que-frère.
Et nous devisons de tout charme absent, nous sur-

veillons l'averse sur la route qui porte la bonne nouvelle.
Hâte-toi donc Belborg, ma mission n'est pas d'une lune.

Or nous devisons de tout charme absent, de toi la Précieuse de ton essence
Qui gardes toutes choses parfumées comme un coffret des Indes
De tes yeux de brume et de renne. Si claires les grottes marines au soleil de l'esprit
Et tu décoches tes énigmes qui fulgurent comme couteaux de jet.
Mais qu'insondables étaient tes yeux calmes à l'abord du Barbare rutilant de feux de brousse et de tam-tams !
Princesse belle, repose-t-elle ta prestance cette nuit ? et tes jambes longues frisées d'or blanc ? et tes lèvres fleurant les forêts de sapins ?
Font-elles comme hier flamber têtes et bras des ambassades ?
Princesse hâte-toi si ta mémoire est ma mémoire.
Mon séjour n'est pas d'un quartier, et déjà me poignent le flanc les cent regrets du Pays noir.

(pour kôra)

Comme rosée du soir, ton épître a fait mes yeux frais mon cœur.
Je l'ai lue à mes hôtes, à l'heure du thé sous la tente du Tagant.
Ils étaient de noble lignage, et maîtres de langage. J'en ai lu les feuillets qui pouvaient être lus

Réservant pour la veille ceux qui sont les plus délicats, comme la bosse du grand mâle
Et secrets. Et ce fut honneur à mon nom.

Mon désir est de mieux apprendre ton pays de t'apprendre.
Grâces pour ton épître son dire et sa substance
Et cet hiver que tu me rends présent, mais dont tu me défends comme une fourrure précieuse
M'en nommant le signe et le sens, la neige qui flamboie de mille feux
Brûlant le poids du corps, faisant l'esprit aigu le cœur candide.
Et mon pays de sel et ton pays de neige chantent à l'unisson.
Mais ta prudence est grande, mes forces faibles.
Il y a ta bonté marine comme un fjord de douceur, et le sapin qui reste vert sous la mort blanche
Debout dans la tempête. Il veille quand tremblent les bouleaux
Tandis que hurlent loups et lynx.

Grâces à la Princesse qui se faisait loisirs de mes récits, pleurant aux malheurs de ma race :
Les guerres contre l'Almamy, la ruine d'Élissa et l'exil à Dyilôr du Saloum
La fondation du Sine. Et le désastre
Quand les Guelwârs furent couchés sous les canons comme des gerbes lourdes. Les cavaliers désarçonnés
Tombèrent debout les yeux grands ouverts au chant des griots.
Et de nouveau la ruine de Dyilôr, le manoir investi par cactées et khakhams.

Dedans les punaises des bois font leur travail perfide,
les reptiles paressent sur les lits de parade
Les portes battent longuement par les nuits de tornade.
Et cet autre exil plus dur à mon cœur, l'arrachement
de soi à soi
À la langue de ma mère, au crâne de l'Ancêtre, au
tam-tam de mon âme...
Je dis grâces à la Princesse qui annonça la résurrection
de Dyilôr.
J'arriverai à la fin de l'Été.
Le ciel de ton esprit, le pays haut de ta prestance, la
nuit bleue de ton cœur
Me seront fêtes à la fin de l'Initiation. Tu es mon
univers.
Voici l'arc-en-ciel sur l'Hiver comme ton oriflamme.
Tu m'ouvres le visage de mes frères les hommes-blancs
Car ton visage est un chef-d'œuvre, ton corps un
paysage.
Tes yeux d'or vert qui changent comme la mer sous le
soleil
Tes oreilles d'orfèvrerie, tes poignets de cristal
Ton nez d'aigle marin, tes reins de femme forte mon
appui
Et ta démarche de navire oh ! le vent dans les voiles
de misaine...
Mais garde-moi Princesse de la tempête de tes narines
Qui barrissent comme des phoques ; et je trébuche sur
les rochers.
Je danserai devant toi la danse de la tornade.

L'impatience me presse de ses éperons d'acier.
Il me faut refroidir hâ ! ce sang de poulain.

(pour kôra)

Princesse, ma Princesse ! Me reviennent déjà sous les griffes de l'Harmattan
Les nuits brèves de l'Été, fleuries d'étoiles bleues comme de libellules
Et les chemins au bord du lac de lune
Troublé à peine par les jeux des poissons, idéogrammes du silence.

Je regrette les jours d'alors – tu levais le pont sur toute évasion
Et tes colères qui brisaient les vases précieux, les fibres de mon cœur
Délices ou douleurs, je ne sais.
Mais ton aveuglement, quand tu me disputais le cœur sauvage des pierres des forêts et des torrents
Et la grâce labile des oiseaux de mer.
Ne voyais-tu que ton parfum était le parfum des moissons, l'éclat du silex ta beauté ?
C'est toi qui m'attirais dans les soleils, au fond des yeux de toutes les Gretas !
Ah ! vivre l'Été sans jour et sans nuit, mais un long jour sans hiatus ni césure
Sur les bourgeons des lèvres la mélodie des hanches la fierté des collines
Et dans ton cœur Princesse de Belborg.
Et dans mon cœur veillait comme une lampe ton sourire.

Car ta seule rivale, la passion de mon peuple
Je dis mon honneur. M'appelaient au loin les affaires de l'État

Les épidémies les épizooties la maigreur des récoltes
Les querelles des clans les querelles des castes comme rosette sur les Circoncis.
Et comment déjouer les ruses des peuples-de-la-Mer ?
Tu déjouais toutes mes ruses, tu me gardais de mon vouloir, et les jeunes filles du Sine
Chansonnaient ma faiblesse sous ta voix d'or vert sous tes yeux
Et la honte faisait mon visage de cendre.

J'ai mémoire de Lanza le Troubadour.
Quand il chantait la geste des Wikings, les amours d'Halvor et de Dina
Mon cœur se prenait au miroir.
Me voici rendu à mon Peuple à mon honneur
Et je regrette déjà tes éclats, la prison de ton charme.

(pour kôras et balafong)

Princesse, ton épître m'est parvenue au cœur des pays hauts, entre Gambie et Casamance.
Je séjournais chez les hôtes héréditaires, la moitié de mon sang et la plus claire certes.
Et je m'enchantais comme toi 21 rue Poussin – mains subtiles épaule lilas !
Je m'enchantais aux jeux de cette langue labile avec des glissements sur l'aile
Langue qui chante sur trois tons, si tissée d'homéo-téleutes et d'allitérations, de douces implosives coupées de coups de glotte comme de navette

Musclée et maigre, je dis parcimonieuse, où les mots sans ciment sont liés par leur poids.

Dans le frais de la case, tu déviderais les énigmes parmi les princes de l'euphuïsme.

Princesse de Belborg, ton épître m'a frappé au cœur gauche.

Je l'ai bien entendue. C'était une nuit transparente, à l'heure où mon cœur veille sans parasites.

Voilà donc que les tigres vont sillonnant le ciel, plus lisses que l'anguille et plus plats qu'une lame.

Ils se jouent du son et de la lumière, ils défient les sextants sur les observatoires.

À distance, ils foudroient les escadres, sans éclair sans éclat.

Les Prophètes debout sur les montagnes les avaient annoncés

Les squales terribles du ciel sans ailes et sans cœur, mais bordés d'yeux ouverts.

« Ce fut l'an de la Découverte. De leurs yeux ils crachèrent un feu jaune. Et les eaux des fleuves roulèrent de l'or et des sueurs. Les Métropoles en furent gorgées. Les hommes nus furent réduits en esclavage, et les parents vendirent leurs enfants pour une pièce de guinée.

« Et ce fut l'an de la Raison. De leurs yeux ils crachèrent un feu rouge. Et la haine poussa au cou des hommes en ganglions noueux, et dans la boue du sang les soldats se baignèrent. On décora les bourreaux et savants ; ils avaient inventé de tuer deux fois l'homme.

« Ce sera l'an de la Technique. De leurs yeux ils cracheront un feu blanc. Les éléments se sépareront et s'agrégeront selon de mystérieuses attirances et répulsions. Le sang des animaux et la sève des

plantes seront de petit lait. Les blancs seront jaunes, les jaunes seront blancs, tous seront stériles.
« Et l'on entendra dans les airs la voix unique du Dieu juste. »
Or le deuil du Septentrion sera mon deuil. J'ai offert mes yeux à la nuit pour que vive Paris.
Je me rappelle rue Gît-le-Cœur, lorsque tu levais ton visage, ce front de pierre et de patine sous l'hiver blond
Et cette voix grave de toutes les angoisses, mais comme le grondement des cascades généreuse à l'aube du monde
Et tes yeux comme la lumière sur les collines bleues d'Assise
Ta voix tes yeux qui chaque jour me faisaient naître.
J'ai grand besoin des murmures de Mai à Montsouris, de la splendeur des Tuileries à la fin de l'Été
Ou simplement, sous broussailles et lianes pour retrouver mon obélisque, de l'angle pur du front de la Concorde.
Princesse retiens ce message. Vends manoir terres et troupeaux. Vains seront les paratonnerres.
Abandonne ton père abandonne ta mère. Les morts iront avec les morts. Et nous avons choisi de vivre.
Pas sur ces terres hautes hâ ! surtout pas ici. S'en sont allés les temps des charades et des lilas.
Nous brûlerons nos campements de la Belle Saison, nous descendrons les fleuves
Au pays de ma mère, la mésopotamie où le sol est bien noir et le sang sombre et l'huile épaisse.
Les hommes y sont de quatre coudées. Ils ne distinguent pas leur gauche de leur droite, ils ont neuf noms pour nommer le palmier mais le palmier n'est pas nommé.
Je te recevrai sur la rive adverse, monté sur un quadrige

de pirogues et coiffé de la mitre double, ambassadeur de la Nuit et du Lion-levant.

Je le sais bien ce pays n'est pas noble, qui est du jour troisième, eau et terre à moitié.
Ma noblesse est de vivre cette terre, Princesse selon cette terre
Comme le riz l'igname la palme et le palétuvier, l'ancêtre Lamantin l'ancêtre Crocodile
Et Lilanga ma sœur. Elle danse elle vit.
Car comment vivre sinon dans l'Autre au fil de l'Autre, comme l'arbre déraciné par la tornade et les rêves des îles flottantes ?
Et pourquoi vivre si l'on ne danse l'Autre ?
Lilanga, ses pieds sont deux reptiles, des mains qui massent des pilons qui battent des mâles qui labourent.
Et de la terre sourd le rythme, sève et sueur, une onde odeur de sol mouillé
Qui trémule les jambes de statue, les cuisses ouvertes au secret
Déferle sur la croupe, creuse les reins tend ventre gorges et collines
Proues de tam-tams. Les tam-tams se réveillent, Princesse, les tam-tams nous réveillent. Les tam-tams nous ouvrent l'aorte.
Les tam-tams roulent, les tam-tams roulent, au gré du cœur. Mais les tam-tams galopent hô ! les tam-tams galopent.
Princesse, nos épaules roulent sous les vagues, nos épaules de feuilles tremblent sous le cyclone
Nos lianes nagent dans l'onde, nos mains s'ouvrent nénuphars, et chantent les alizés dans nos doigts de filaos.

Mais lumière sur nos visages plus beaux que masques d'or !...

Princesse, nous serons maîtres de la Mort.
Retiens ce message Princesse, nous serons le Ciel et la Terre.

LA MORT DE LA PRINCESSE

(pour un tam-tam funèbre)

Voix du tam-tam ! Tam-tam du Gandoun tam-tam de Gambie, et tam-tam de la rive adverse.
Elle dit : Paix ! et proclame ton nom. Voici le message fidèle :

– Ma sœur Princesse de Belborg s'en est allée.
Mais transmission de sa réponse scellée de son sceau pur
Une étoile de gueules chargée d'un croissant d'or.
« Amitiés de la Princesse ! J'ai bien entendu ton message.
« Il a fait mon cœur frais si frais ! Boisson exquise mets de prédilection.
« Mes devoirs m'ont retenue dans mes terres. Les querelles des clans rongeaient le sol
« Les passions débordaient, qui minaient les maisons dans leurs assises.
« Comment fleurir dans les loisirs quand il me faut raccommoder et rebâtir ?
« La tâche surpassait mes forces, et ta parole était poison au réveil de l'ivresse.

« Ah ! ces nuits brèves mais trop brèves, où je veillais repassant tes épîtres sous la lampe.
« Dehors le vent tremblait dans les bouleaux, et sans fin hululaient les chouettes.
« Je n'atteindrai pas le Printemps, l'aurais-je atteint
« Le feu du ciel ruinera dans la minute les monuments des Hommes-blancs.
« Mon Prince noir, retiens donc ce message comme j'ai fait le tien.
« Qu'il te soit nourriture simple, le pain le sel et le ciel.
« Garde l'image de la Princesse de Belborg, comme le grain l'hiver dans la mort de la terre. »
Elle a parlé elle s'est tue elle n'est plus.
Elle repose maintenant, grande et très droite
Et belle, ivoire mûr en sa robe de neige au parfum d'oranger.
Elle repose sous le sapin bleu, les cheveux sagement comme des gerbes de blés mauves.

– Princesse ma Princesse, car à quoi bon sans toi mes terres orphelines
Mes terres sans semences mes troupeaux sans étables mes vergers sans fontaines ?
À quoi bon ma brousse et ma boue, ma négritude ma nuit sans soleil ?
Si seulement la science du paysan mandingue...
Perdu jusqu'au sourire des signares !
Vieillirai-je comme mon père dans la solitude des larmes
Cependant qu'herbes et serpents devisent dans le gynécée ?
Non non ! Repose ma Belborg en ta robe paisible, au village bleu de tes morts mes morts.
Tu fleuriras au jardin de mon cœur.
Les brouillards paressent encore sur tous mes fleuves

Mais la lumière lentement s'étend sur mes yeux de
nuit.
Repose Belborg ô repose en ta robe splendide.

Gonneville-sur-Merville, 1953.

D'AUTRES CHANTS...

(pour khalam)

Par-delà quelle nuit d'orage depuis trois jours se cache ton visage ?
Et quels coups de tonnerre font bondir ce cœur tien hors de son lit
Quand tremblent les murs frêles de ma poitrine ?

Je frissonne de froid, captif en la clairière de rosée.
Ah ! je me suis perdu par les pistes perfides de la forêt.
Sont-ce lianes, sont-ce serpents qui entravent mes pas ?
Je glisse dans les fondrières de l'angoisse, et mon cri s'éteint dans un râle aqueux.

Mais quand ouïrai-je ta voix, allégresse lumineuse de l'aurore ?
Quand me mirer dans la glace souriante de tes yeux larges comme des baies ?
Et quelle offrande apaisera le masque blanc de la déesse ?
Sera-ce le sang des poulets ou des cabris ou le sang gratuit de mes veines ?

Seront-ce les prémices de mon chant dans l'ablution de mon orgueil ?

Dis seulement les paroles propices.

(pour khalam)

Ce soir Sopé, ton visage est un ciel de pluie que traversent furtifs les rayons de tes yeux.

Oh ! le barrit des lamantins vers Katamague hô ! quand il ébranlait les villages nocturnes.
Le poulet blanc est tombé sur le flanc, le lait d'innocence s'est troublé sur les tombes
Le berger albinos a dansé par le tann, au tam-tam solennel des défunts de l'année.
Les Guélowârs ont pleuré à Dyakhâw mais quel prince est parti pour les Champs-Méridiens ?

Comment dormir ce soir sous ton ciel qui se ferme ? Mon cœur est un tam-tam détendu et sans lune.

(pour khalam)

Je ne sais en quels temps c'était, je confonds toujours l'enfance et l'Éden
Comme je mêle la Mort et la Vie – un pont de douceur les relie.

Or je revenais de Fa'oye, m'étant abreuvé à la tombe solennelle
Comme les lamantins s'abreuvent à la fontaine de Simal.
Or je revenais de Fa'oye, et l'horreur était au zénith
Et c'était l'heure où l'on voit les Esprits, quand la lumière est transparente
Et il fallait s'écarter des sentiers, pour éviter leur main fraternelle et mortelle.
L'âme d'un village battait à l'horizon. Était-ce des vivants ou des Morts ?

« Puisse mon poème de paix être l'eau calme sur tes pieds et ton visage
« Et que l'ombre de notre cour soit fraîche à ton cœur », me dit-elle.
Ses mains polies me revêtirent d'un pagne de soie et d'estime
Son discours me charma de tout mets délectable – douceur du lait de la mi-nuit
Et son sourire était plus mélodieux que le khalam de son dyâli.
L'étoile du matin vint s'asseoir parmi nous, et nous pleurâmes délicieusement.

– Ma sœur exquise, garde donc ces grains d'or, qu'ils chantent l'éclat sombre de ta gorge.
Ils étaient pour ma fiancée belle, et je n'avais pas de fiancée.
– Mon frère élu, dis-moi ton nom. Il doit résonner haut comme un sorong
Rutiler comme le sabre au soleil. Oh ! chante seulement ton nom.

Mon cœur est un coffret de bois précieux, ma tête un vieux parchemin de Djenné.
Chante seulement ton lignage, que ma mémoire te réponde.

Je ne sais en quels temps c'était, je confonds toujours présent et passé
Comme je mêle la Mort et la Vie – un pont de douceur les relie.

(pour khalam)

Si je pouvais haler son cœur, tel pêcheur sur la plage plane
Si je pouvais haler son cœur par le cordon ombilical.

Long mais long ce regret à la Porte du Sud – ne donnez pas à ma fierté.
Quand exulter aux cris métalliques des merles, aux pieds grondants dans les nuages ?

Je suis le marigot au long de la saison. Pas une palombe n'y boit l'amour.
C'est la sapotille tépide que ronge le ver de l'absence.

Simplement saluer mon nom sur l'aile blanche de la mouette
Et je calme d'une main d'ambre le grand piaffant de ma poitrine.

(pour flûtes et balafong)

Absente absente, ô doublement absente sur la sécheresse glacée
Sur l'éphémère glacis du papier, sur l'or blanc des sables où seul pousse l'élyme.
Absents absents et tes yeux sagittaires traversant les horizons de mica
Les verts horizons des mirages, et tes yeux migrateurs de tes aïeux lointains.
Déjà le pan de laine sur l'épaule aiguë, comme la lance qui défie le fauve
Déjà le cimier bleu sur quoi se brisent les javelines de mon amour.

Écoute ton sang qui bat son tam-tam dans tes tempes rythmiques lancinantes
Oh ! écoute – et tu es très loin par-delà les dunes vineuses
Écoute les jeux qui frémissent, quand bondit rouge ta panthère
Mais écoute les mains sonores, comme les vagues sur la plage.
Ne te retient plus l'aimant de mes yeux plus fort que le chant des Sirènes ?
Ah ! plus le chant de l'Élancé ? dis comme un feu de brousse la voix de l'Amant ?

Absent absent, ô doublement absent ton profil qui ombre les Pyramides.

(pour flûtes et balafong)

Bec inutile oiseau aptère, je glisse au long de ton visage transparent.
Tu glissais au long de mes bras de mes baisers, dans l'incertaine après-midi d'orage
Courbes d'huile et poisson rieur, fleuve fugitif aux mains vaines des roseaux.
Lasse ma tête mon marigot ! tu n'es qu'une photographie qui tremble
Un paysage humide en cette Île-de-France au sourire si bleu défunt.
Ainsi les images des Morts, je dis mourir loin des migraines.

Mais ne plus m'oindre de la myrrhe de tes bras, plus de l'huile de ton visage
Mourir sans jamais au revoir, ne plus boire le lait du jour !
Si cependant j'étais la lumière qui dort sur tes formes fluides de statue

La verte lumière qui te fait d'or, qui te fait Soleil de ma nuit splendide...

(pour orgue, et tam-tam au loin)

Lætare Jerusalem et... Je dis bien *lætare* mon cœur
Vide et vaste comme une pièce froide – mais larmes Seigneur dans tes mains si calmes.
Lætare sur l'aile neigeuse des toits hauts quand fulmine son visage d'aurore.

Lœtare sur l'Église au lait doux de coco et sur son visage pascal.
Blancs sont les enfants blancs les hommes, et les femmes de grandes fleurs
Fragrantes de pagnes et de boubous, et mon amour l'étoile sur la nuit des gorges.
Par les voix de jour par les voix de joie, *lœtare* par myrrhe et encens
Par le fumet des viandes riches et par la transe des danses sérères.

Seigneur *lœtare* dans mon cœur, comme un dimanche d'Europe au réveil.
Je suis plein de ténèbres mon Dieu. Brise la boîte maléfique
Et brise mon cœur, qu'il s'effeuille en purs pétales de chant.

(pour flûtes d'orgue)

Mais c'est midi et c'est le soir. J'entends les voix proches lointaines dans la brume,

Et je lamente son visage. Pas le soleil, simplement son sourire
Et pas l'élan jubilant de son *waï !* La trompette ah ! de l'oiseau couronné.
L'*Ave Maria* dans le soir, l'odeur des sapotilles dans le jour
Couleur de l'*Ave Maria* sur les pierres portugaises du Fort
Et douceur de cannelle des vieilles berceuses, et larmes d'enfance dans les mains planes.

L'*Ave Maria* de Joal et les voix lointaines et proches
À six heures par le tann de Dyilôr – les choses sont sans épaisseur ni poids.
Sont-ce les voix des anges peuls ou des chanteuses mortes à vingt ans ?
Les voix des nourrices royales ? Dis le charme des serpents sur les tombes.
Ou sont-ce les trompettes des canards sauvages ?
L'on rentre des puits des champs et des chasses.

Je dis seulement son sourire qui chante l'*Ave Maria*
Qui strique une complainte sans mémoire. Et c'était les prétemps du monde.

POSTFACE

COMME LES LAMANTINS VONT BOIRE À LA SOURCE

Ceci n'est pas une préface. Je ne m'adresse pas aux lecteurs. La grande règle reste de « plaire », comme le disait Molière voilà trois siècles. Si j'écris ces lignes, c'est à la suggestion de certains critiques de mes amis. Pour répondre à leurs interrogations et aux reproches de quelques autres, qui somment les poètes nègres, parce qu'ils écrivent en français, de sentir « français », quand ils ne les accusent pas d'imiter les grands poètes nationaux. Tel me reproche d'imiter Saint-John Perse, et je ne l'avais pas lu avant d'avoir écrit les *Chants d'ombre* et les *Hosties noires*. Tel reproche, à Césaire, de le lasser par son rythme de tam-tam, comme si le propre du zèbre n'était pas de porter des zébrures. En vérité, nous sommes des lamantins, qui, selon le mythe africain, vont boire à la source, comme jadis, lorsqu'ils étaient quadrupèdes – ou hommes. Je ne sais plus au juste si c'est là mythe ou histoire naturelle.

Mais revenons à l'histoire littéraire. Je l'ai dit ailleurs [1], l'aventure des poètes de l'*Anthologie* [2] n'a pas

1. Cf. *Apport de la poésie nègre au Demi-Siècle* dans *Témoignages sur la Poésie du Demi-Siècle* (Éditions de la maison du Poète, Bruxelles).

2. Cf. *Anthologie de la nouvelle poésie nègre et malgache de langue française*, précédée de *Orphée noir* par J.-P. Sartre (Presses universitaires de France).

été une entreprise littéraire, pas même un divertissement ; ce fut une passion. Car le poète est comme la femme en gésine : il lui faut enfanter. Le Nègre singulièrement, qui est d'un monde où la parole se fait spontanément rythme dès que l'homme est ému, rendu à lui-même, à son authenticité. Oui, la parole se fait poème. Dois-je le révéler ? Le *Cahier d'un retour au Pays natal* d'Aimé Césaire fut une parturition dans la souffrance. Il s'en fallut de peu que la mère y laissât sa vie, je veux dire : la raison. Elle en reste marquée pour toute la vie, comme ces *voyants* que l'Europe enferme dans ses prisons-asiles, que l'Afrique continue de nourrir et vénérer, découvrant en eux les messagers de Dieu.

Bien sûr, ils ont *évolué*, pour employer un vilain mot, les Nègres, depuis le décret du 16 pluviôse an II, ils ont même terriblement évolué ; ils sont restés eux-mêmes. Des hommes qui *sentent*, et ils ne pensent pas. Toujours la beauté les a frappés, droit comme lance, à la racine de la vie – et aussi la catastrophe. Pour moi, l'*événement* me rend malade, mon visage se fait cendre. *Elle* dit que je suis comédien ! Devant la Porte océane au Havre, devant un paysage d'Île-de-France en automne, un palais florentin, une fresque de Giotto, à l'annonce d'une famine aux Indes, d'un cyclone aux Antilles, d'un tremblement de terre à Tananarive, les voilà, les Nègres, *saisis* à l'aine, foudroyés par l'éclair. C'est le *griot* devant le Prince, la jeune fille devant l'Athlète et le Lion. Ils chantent, mais ce n'est pas ce qu'ils voient de leurs yeux. Bien sûr, ils ont évolué – morts les cours d'amour et les jeux gymniques ! Ils n'ont plus, pour les nourrir, les rythmes des tam-tams et des balafongs, la voix des kôras, l'encens de l'Amante. Le voilà donc, le poète d'aujourd'hui, gris par l'hiver dans une grise chambre d'hôtel. Comment ne songerait-il pas au Royaume d'enfance, à la Terre promise de l'avenir dans le néant du temps présent ? Comment ne chanterait-il pas la « Négritude debout » ? Et puisqu'on lui a confisqué ses instruments, que les remplacent tabac, café et papier blanc quadrillé ! Le voilà comme le griot, dans la même tension du ventre et de la gorge, la joie au fond de l'angoisse. Je dis : amour et parturition. Le voilà maintenant, le poète, au bout de son effort, amant-amante, baveux, glaireux, reposant sur le flanc, non pas triste ah ! non, mais triomphant : léger, détendu et caressant son fils, le poème, comme Dieu à la fin du sixième jour.

Pourquoi le nierai-je ? Les poètes de l'*Anthologie* ont subi des influences, beaucoup d'influences : ils s'en font gloire. Je confesserai même – Aragon m'en donne l'exemple – que j'ai beaucoup lu, des troubadours à Paul Claudel. Et beaucoup imité. Je devais écrire en français, je dirai tout à l'heure pourquoi, dans une langue qui n'était pas mienne. Je confesserai aussi qu'à la découverte de Saint-John Perse, après la Libération, je fus ébloui comme Paul sur le chemin de Damas. Et le *Livre des Morts* provoqua en moi le même *ravissement*. Quoi d'étonnant ? Cette poésie n'est pas tout à fait d'Europe, et ce n'est pas hasard si Jean Guehenno affirme que les textes des cosmogonies *dogon* « ne sont pas sans analogie avec les poèmes de M. Claudel ou de M. Alexis Léger » (Saint-John Perse [1]). Mais déjà j'avais, dans mes tiroirs, la matière de deux recueils. La vérité est que j'ai surtout lu, plus exactement écouté, transcrit et commenté des poèmes négro-africains [2]. Et les Antillais,

1. *La France et les Noirs* (Gallimard).
2. Cf. *Langage et poésie négro-africaine* dans *Poésie et Langage* (Éditions de la Maison du Poète, Bruxelles).

qui les ignoraient – Césaire n'était pas de ceux-là –, les retrouvaient naturellement en descendant en eux-mêmes, en se laissant emporter par le torrent, à mille mètres sous terre. Si l'on veut nous trouver des maîtres, il serait plus sage de les chercher du côté de l'Afrique. Comme les lamantins vont boire à la source de Simal.

On comprendrait mieux, par-delà ce que nous voulons *message* fraternel, le style des poètes de l'*Anthologie*, leur *Négritude*. Certains critiques nous ont fait éloge – ou grief – de notre pittoresque. Pittoresque involontaire, qu'ils le croient. Je me rappelle qu'à l'école primaire, tout m'était pittoresque dans la langue française, jusqu'à la musique des mots. Et aux femmes de mon village, qui, aux jours de sécheresse, en hivernage, pour faire rire Dieu et pleuvoir, s'habillaient – pantalon, casque, lunettes noires – et parlaient à la française. Quand nous disons *kôras*, *balafongs*, *tam-tams*, et non harpes, pianos et tambours, nous n'entendons pas faire pittoresque ; nous appelons « un chat un chat ». Nous écrivons, d'abord, je ne dis pas seulement, pour les Français d'Afrique, et, si les Français de France y trouvent du pittoresque, nous serons près de le regretter. Le message, l'image n'est pas là ; elle est dans la simple nomination des choses. C'est ce qui fait la poésie de *L'Enfant noir*, le roman de Laye Camara, comme des *Contes d'Amadou Coumba* de Birago Diop. Ce pouvoir du verbe apparaît déjà et, mieux comme j'ai essayé de le montrer ailleurs [1], dans les langues négro-africaines, où presque tous les mots sont *descriptifs*, qu'il s'agisse de phonétique, de morphologie ou de sémantique. Le mot y est plus qu'image, il est image analogique sans même le secours de la métaphore ou de la comparaison.

1. Cf. *Langage et poésie négro-africaine*.

Il suffit de nommer la chose pour qu'apparaisse le *sens* sous le *signe*. Car tout est signe et sens en même temps pour les Négro-Africains : chaque être, chaque chose, mais aussi la matière, la forme, la couleur, l'odeur et le geste et le rythme et le ton et le timbre, la couleur du pagne, la forme de la kôra, le dessin des sandales de la mariée, les pas et les gestes du danseur, et le masque, que sais-je ? Je me rappelle la réception dont m'honora, à Yamoussokro, mon ami Houphouet-Boigny. Parée, en ordre de cérémonie, toute la noblesse *baoulé*. De longs colliers d'or et des plaques larges comme la main ; des chasse-mouches aux manches recouverts de feuilles d'or ; surtout des diadèmes où l'or sculptait éléphant, araignée et corne d'abondance. Cet ordre, ces *regalia* me parlaient un langage parfaitement clair. Pour en revenir à l'image verbale, le français avait pris coutume de souligner l'analogie par un second mot, abstrait, moral. Ce n'est pas hasard si, comme l'a noté récemment André Rousseaux, Paul Claudel éprouve le besoin de rendre plus sensible, dans ses traductions, le sens des images bibliques. Des siècles de rationalisme sont passés par là, faisant un mur de ce qui était voile transparent. C'est le mérite du Surréalisme d'avoir révélé que deux mots concrets y suffisaient et que l'image était d'autant plus forte que « les rapports des deux réalités rapprochées » étaient plus « lointains [1] ». Mais le poète négro-africain, ai-je dit, se contente souvent d'un signe :

Il n'y a plus de jeunes gens au village.
Dyakhère de Moussa, écoute-moi.
Le soleil au zénith, et nul murmure !

1. André Breton, *Premier Manifeste du surréalisme* (Éditions du Sagittaire).

Pas une métaphore, mais nous sentons, sous ces mots simples, dans la paix méridienne, la présence solennelle des *Esprits*.

Et puisqu'il faut m'expliquer sur mes poèmes, je confesserai encore que presque tous les êtres et choses qu'ils évoquent sont de mon canton : quelques villages *sérères* perdus parmi les *tanns*, les bois, les *bolongs* et les champs [1]. Il me suffit de les nommer pour revivre le Royaume d'enfance – et le lecteur avec moi, je l'espère – « à travers des forêts de symboles ». J'y ai vécu, jadis, avec les bergers et paysans. Mon père me battait, souvent, le soir, me reprochant mes vagabondages ; et il finit, pour me punir et « me dresser », par m'envoyer à l'école des Blancs, au grand désespoir de ma mère, qui vitupérait qu'à sept ans, c'était trop tôt. J'ai donc vécu en ce royaume, vu de mes yeux, de mes oreilles entendu les êtres fabuleux par-delà les choses : les Kouss [2] dans les tamariniers, les Crocodiles, gardiens des fontaines, les Lamantins, qui chantaient dans la rivière, les Morts du village et les Ancêtres, qui me parlaient, m'initiant aux vérités alternées de la nuit et du midi. Il m'a donc suffi de nommer les choses, les éléments de mon univers enfantin pour prophétiser la Cité de demain, qui renaîtra des cendres de l'ancienne, ce qui est la mission du Poète.

Mais le pouvoir de l'image analogique ne se libère que sous l'effet du rythme. Seul le rythme provoque le court-circuit poétique et transmue le cuivre en or, la parole en verbe. On a beaucoup, entre les Deux Guerres, abusé du « stupéfiant image » ; on l'a même

1. Cf. le lexique à la fin du volume.

2. Génies qui rappellent les premiers habitants de l'Afrique noire, les Pygmées, qui furent exterminés ou refoulés par les Grands-Nègres.

présenté comme l'essence de la poésie. Il est heureux qu'André Breton lui-même ait réagi contre cet abus, insisté, dans *Silence d'or*, sur les qualités sensibles – je dirais sensuelles – des mots. « Jamais tant que dans l'écriture surréaliste », écrit-il, « on n'a fait confiance à la valeur *tonale* des mots. Les attitudes négativistes suscitées par la musique instrumentale semblent bien, ici, trouver à se compenser. En matière de langage, les poètes surréalistes n'ont été et ne demeurent épris de rien tant que de cette propriété des mots à s'assembler par chaînes singulières pour resplendir, et cela au moment où on les cherche le moins. » Et encore : « Les grands poètes ont été des "auditifs", non des visionnaires. »

Je veux rester fidèle à mon propos, me gardant de porter des jugements de valeur. Les poètes nègres, ceux de l'*Anthologie* comme ceux de la tradition orale, sont, avant tout, des « auditifs », des *chantres*. Ils sont soumis, tyranniquement, à la « musique intérieure », et d'abord au rythme. De nouveau, je me souviens. Les poètes gymniques de mon village, les plus *naïfs*, ne pouvaient composer, ne composaient que dans la transe des tam-tams, soutenus, inspirés, nourris par le rythme des tam-tams. Pour moi, c'est d'abord une expression, une phrase, un verset qui m'est soufflé à l'oreille, comme un leitmotiv, et, quand je commence d'écrire, je ne sais ce que sera le poème. C'est cette situation du poète nègre que n'a pas comprise Henri Hell, qui écrit, à propos d'Aimé Césaire : « On aime la puissance d'incantation de certains de ses poèmes comme *Batouque*, d'un rythme obsédant. Pourtant, un si grand éclat, tant d'exagération, tant de démesure provocante ne sont pas sans lasser. Une telle orgie de mots rares (ramphorinques, trémail, coalescences, etc.) est-elle nécessaire ? Ce lyrisme toujours exacerbé engendre la monotonie. *Et les chiens se taisaient* n'est plus une tragédie, mais un long cri lyrique dont la violence devient morne. Le fracas continuel des mots rend sourd. Le papillotement incessant des images (si éblouissantes soient-elles) brouille le regard. Le poème qui se contente d'ajouter les énumérations aux énumérations, les cris aux cris n'est plus un poème. Celui-ci, sans autre rythme que le retour régulier de certains mots incantatoires, se défait sur une trop longue durée. Le jaillissement incessant et incontrôlé des images leur enlève toute efficacité...[1] » On me pardonnera d'avoir cité longuement Henri Hell. Il nous permet de poser le problème, en donnant l'exemple d'une critique qui ne veut pas comprendre, qui se refuse à la *sym-pathie*. Revenons aux images. Si le critique parle du « jaillissement incessant et incontrôlé des images » et de leur « gratuité », c'est qu'il n'en a pas pénétré le sens. Son excuse est qu'il lui aurait fallu posséder la double culture du poète, française et nègre. Plus grave, il n'a pas vu que, chez Césaire, les images sont plus qu'ambivalentes : *multivalentes*, et doublement. La même idée-sentiment s'y exprime par toute une série d'images, et chaque image y vit de sa propre vie, rayonnant de toutes ses facettes de sens comme un diamant. Plus grave encore, Hell n'a pas vu que le « papillotement incessant des images » n'est qu'une forme, parmi d'autres, du rythme. Car le rythme demeure le problème. Sartre l'a bien compris, qui écrit, dans *Orphée noir* : « Du coup on peut parler ici d'écriture automatique *engagée* et même *dirigée* ; non qu'il y ait intervention de la réflexion, mais parce que les mots et les images tra-

1. *Poètes de ce temps* : Pierre-Jean Jouve, René Char, Aimé Césaire, Jacques Prévert (*Fontaine*, n° 57).

duisent perpétuellement la même obsession torride. Au fond de lui-même, le surréaliste blanc trouve la *détente* ; au fond de lui-même, Césaire trouve l'inflexibilité fixe de la revendication et du ressentiment. Les mots de Léro s'organisent mollement, en décompression, par relâchement des liens logiques, autour de thèmes larges et vagues ; les mots de Césaire sont pressés les uns contre les autres et cimentés par sa furieuse passion. Entre les comparaisons les plus hasardeuses, entre les termes les plus éloignés, court un fil secret de haine et d'espoir. » Cela n'est possible que parce que le Nègre nouveau est animé d'une passion lucide, que l'ancien élève de l'École normale supérieure reste, dans son délire, le maître magnifique de sa langue. Je dis que le rythme demeure le problème. Il n'est pas seulement dans les accents du français moderne[1], mais aussi dans la répétition des mêmes mots et des mêmes catégories grammaticales voire dans l'emploi – instinctif – de certaines figures de langage : allitérations, assonances, homéotéleutes, etc.

timonier de la nuit peuplée de soleils et
[d'arcs-en-ciel
timonier de la mer et de la mort
liberté ô ma grande bringue les jambes poisseuses
[du sang neuf
ton cri d'oiseau surpris et de fascine
et de chabine au fond des eaux
et d'aubier et d'épreuve et de letchi triomphant
et de sacrilège
rampe rampe
ma grande fille peuplée de chevaux et de feuillages

1. Cf. les études d'André Spire et des phonéticiens : l'Abbé Rousselot, Georges Lote, Robert de Souza, Maurice Grammont.

et de hasards et de connaissances
et d'héritages et de sources
sur la pointe de tes amours sur la pointe de tes
[retards
sur la pointe de tes cantiques
de tes lampes
sur tes pointes d'insectes et de racines
rampe grand frai ivre de dogues de mâtins et de
[marcassins
de bothrops lancéolés et d'incendies
à la déroute de l'exemple scrofuleux des
[cataplasmes[1].

Nombril même du poème, le rythme, qui naît de l'émotion, engendre à son tour l'émotion. Et l'humour, l'autre face de la Négritude. C'est dire sa multivalence – comme celle de l'image. Tel il apparaît chez Léon Damas :

Toute à ton besoin
toute à ta joie
toute à l'illusion
toute à cette Côte d'Azur
toute enfin à toi-même et seule

mais rien
mais encore rien
mais encore toujours rien
et rien à mon casier d'hôtel
si ce n'est
pauvre pendu
la clé qui se balance
la clé qui s'en balance[2].

1. Aimé Césaire, *Et les chiens se taisaient*.
2. *Graffiti* (Éditions Pierre Seghers).

Il n'est pas question de comparer les poètes de l'*Anthologie* aux grands poètes nationaux, encore qu'un Gaëtan Picon, un Jean-Paul Sartre, un André Breton n'hésitent pas à hausser Césaire au niveau des plus grands. Notre ambition est modeste : elle est d'être des précurseurs, d'ouvrir la voie à une authentique poésie nègre, qui ne renonce pas, pour autant, à être française. Comme faisaient ces peintres de Flandre, de Hollande et d'Italie qu'on nomme les « primitifs ». Il est question, je le répète, dans cette étude, de montrer les différences de *situation*, et que, si l'essence de la poésie est partout la même, les tempéraments et les moyens des poètes sont divers. Reprocher, à Césaire et aux autres, leur rythme, leur « monotonie », en un mot leur style, c'est leur reprocher d'être nés « nègres », antillais ou africains, et non pas « français » sinon chrétiens ; c'est leur reprocher d'être restés eux-mêmes, irréductiblement sincères. « Tant d'exagération, tant de démesure provocante » ne s'explique, chez Césaire, que par ses origines antillaises, des siècles d'esclavage, l'aliénation de l'Afrique et de soi. Pendant des siècles, dis-je, il a été arraché à *son* ordre, jeté dans les souffrances de l'exil, les contradictions du métissage et du capitalisme. Quoi d'étonnant qu'il se serve de sa plume comme Louis Armstrong de sa trompette ? Ou, plus justement peut-être, comme les fidèles du vaudou, de *son* tam-tam ? Il a besoin de se perdre dans la danse verbale, au rythme du tam-tam, pour se retrouver dans le Cosmos. Henri Hell écrit de Jouve : « Puisque nous sommes au monde en vue de l'union capitale avec Dieu, et si Dieu est l'Âme universelle, pour y accéder, le poète, comme le mystique, doit perdre la notion de sa personnalité. Il doit se déprendre d'une individualité illusoire, au profit d'un Moi supérieur, situé *en-deçà* de la personnalité. Le Moi se laisse détruire, pour s'élargir jusqu'à l'ultime

Réalité. » C'est moi qui souligne. Sans doute faut-il lire : *au-delà*. Je souscris pleinement à ce jugement. C'est précisément que Césaire ne fait pas autrement ; il le fait seulement par ses moyens, qui sont de sa race et de son île natale, « la Martinique charmeuse de serpents ».

Encore un mot sur ce point. Mon ami Clancier me conseille : « Souhaitons que Senghor parvienne à se créer un langage d'un rythme plus divers, où une image, un mot élèvera soudain son arête, autour de quoi la figure du poème s'organisera ; alors il nous fera pénétrer vraiment dans son univers poétique, qui est original et d'une riche humanité. » C'était en 1945. Cher Clancier, j'ai peut-être succombé à votre conseil, repris, depuis, par d'autres. Je le regretterais si j'en avais conscience. Ne voyez-vous pas que vous m'invitez à organiser le poème à la française, comme un *drame*, quand il est, chez nous, *symphonie*, comme une chanson, un conte, une pièce, un masque nègre ? Mais la monotonie du ton, c'est ce qui distingue la poésie de la prose, c'est le sceau de la Négritude, l'incantation qui fait accéder à la vérité des choses essentielles : les Forces du Cosmos.

Mais on me posera la question : « Pourquoi, dès lors, écrivez-vous en français ? » Parce que nous sommes des métis culturels, parce que, si nous sentons en nègres, nous nous exprimons en français, parce que le français est une langue à vocation universelle, que notre message s'adresse *aussi* aux Français de France et aux autres hommes, parce que le français est une langue « de gentillesse et d'honnêteté [1] ». Qui a dit que c'était une langue grise et atone d'ingénieurs et de diplomates ? Bien sûr, moi aussi, je l'ai dit un jour,

1. Jean Guéhenno, *La France et les Noirs* (Gallimard).

pour les besoins de ma thèse. On me le pardonnera. Car je sais ses ressources pour l'avoir goûté, mâché, enseigné, et qu'il est la langue des dieux. Écoutez donc Corneille, Lautréamont, Rimbaud, Péguy et Claudel. Écoutez le grand Hugo. Le français, ce sont les grandes orgues qui se prêtent à tous les timbres, à tous les effets, des douceurs les plus suaves aux fulgurances de l'orage. Il est, tout à tour ou en même temps, flûte, hautbois, trompette, tam-tam et même canon. Et puis le français nous a fait don de ses mots abstraits – si rares dans nos langues maternelles –, où les larmes se font pierres précieuses. Chez nous, les mots sont naturellement nimbés d'un halo de sève et de sang ; les mots du français rayonnent de mille feux, comme des diamants. Des fusées qui éclairent notre nuit.

Nous voici arrivés à la dernière question : la diction du poème. Je la juge essentielle. La grande leçon que j'ai retenue de Marône, la poétesse de mon village[1], est que la poésie est chant sinon musique – et ce n'est pas là un cliché littéraire. Le poème est comme une partition de jazz, dont l'exécution est aussi importante que le texte. D'un recueil à l'autre, cette idée s'est fortifiée en moi ; et lorsqu'en tête d'un poème, je donne une indication instrumentale, ce n'est pas simple formule. Le même poème peut donc être récité – je ne dis pas : déclamé – psalmodié, ou chanté. Tout d'abord, on peut réciter le poème selon la tradition française, en soulignant l'accent majeur de chaque groupe de mots. La ponctuation *expressive*, dont j'ai usé dans ce recueil,

1. J'ai découvert le génie de Marône au cours d'une enquête que j'effectuais sut la poésie négro-africaine de tradition orale. Auteur de quelque deux mille chants gymniques, elle avait étendu sa gloire aux limites de l'ancien Royaume de Sine (Sénégal).

y aidera, je l'espère. On peut encore réciter le poème en s'accompagnant d'un instrument de musique : tam-tam, *tama*[1], *kôra*[2], *khalam*[3], comme le fait Maurice Sonar Senghor. Il s'agit alors de souligner l'accent final du verset et ceux des arêtes lyriques, à la manière du crieur public dans les villages noirs. On peut psalmodier le poème sur un fond musical : avec les mêmes instruments ou, de préférence, des flûtes, des orgues ou un orchestre de jazz. Le cinéma nous donne une idée de la méthode. Mais ici, le ton est plus monotone. On peut, enfin, chanter vraiment le poème sur une partition musicale. La musique que Mme Barat-Pepper, l'auteur de la *Messe des Piroguiers*, a composée, pour le *Chant de l'Initié*[4], sur des thèmes africains en donne un excellent exemple.

Je persiste à penser que le poème n'est accompli que s'il se fait chant, parole et musique en même temps. La diction dite expressive à la mode, à la manière du théâtre ou de la rue, est l'anti-poème. Comme si le rythme n'était pas, sous sa variété, monotonie, qui traduit le mouvement *substantiel* des Forces cosmiques, de l'Éternel !... Il est temps d'arrêter le processus de désagrégation du monde moderne, et d'abord de la poésie. Il faut restituer celle-ci à ses origines, au temps qu'elle était chantée – et dansée. Comme en Grèce, en Israël, surtout dans l'Égypte des Pharaons. Comme aujourd'hui en Afrique noire. « Toute maison divisée contre elle-même », tout art ne peut que périr. La poésie ne doit pas périr. Car alors, où serait l'espoir du Monde ?

Strasbourg, le 24 septembre 1954.

1. Petit tam-tam d'aisselle dont se servent surtout les griots.
2. Sorte de harpe.
3. Guitare tétracorde.
4. Cf. *Chants pour Naëtt*.

NOCTURNES

CHANTS POUR SIGNARE

(pour flûtes)

Une main de lumière a caressé mes paupières de nuit
Et ton sourire s'est levé sur les brouillards qui flottaient monotones sur mon Congo.
Mon cœur a fait écho au chant virginal des oiseaux d'aurore
Tel mon sang qui rythmait jadis le chant blanc de la sève dans les branches de mes bras.
Voici la fleur de brousse et l'étoile dans mes cheveux et le bandeau qui ceint le front du pâtre-athlète.
J'emprunterai la flûte qui rythme la paix des troupeaux
Et tout le jour assis à l'ombre de tes cils, près de la Fontaine Fimla
Fidèle, je paîtrai les mugissements blonds de tes troupeaux.
Car ce matin une main de lumière a caressé mes paupières de nuit
Et tout le long du jour, mon cœur a fait écho au chant virginal des oiseaux.

(pour khalam)

Tu as gardé longtemps, longtemps entre tes mains le visage noir du guerrier
Comme si l'éclairait déjà quelque crépuscule fatal.
De la colline, j'ai vu le soleil se coucher dans les baies de tes yeux.
Quand reverrai-je mon pays, l'horizon pur de ton visage ?
Quand m'assiérai-je de nouveau à la table de ton sein sombre ?

Et c'est dans la pénombre le nid des doux propos.

Je verrai d'autres cieux et d'autres yeux
Je boirai à la source d'autres bouches plus fraîches que citrons
Je dormirai sous le toit d'autres chevelures à l'abri des orages.
Mais chaque année, quand le rhum du Printemps fait flamber la mémoire
Je regretterai le pays natal et la pluie de tes yeux sur la soif des savanes.

(pour khalam)

Je t'ai accompagnée jusqu'au village des greniers, aux portes de la Nuit
Et j'étais sans paroles, devant l'énigme d'or de ton sourire.
Un crépuscule bref tomba sur ton visage, un caprice divin.

Du haut de la colline refuge de lumière, j'ai vu s'éteindre l'éclat de ton pagne
Et ton cimier tel un soleil plonger dans l'ombre des rizières
Quand m'ont assailli les angoisses, les peurs ancestrales plus traîtresses que panthères
– L'esprit ne les peut écarter au-delà des horizons diurnes.
Est-ce donc la nuit pour toujours oh ! le départ sans au revoir ?
Je pleurerai dans les ténèbres, au creux maternel de la Terre
Je dormirai dans le silence de mes larmes
Jusqu'à ce qu'effleure mon front l'aube laiteuse de ta bouche.

(pour flûtes et balafong)

Mais ces routes de l'insomnie, ces routes méridiennes et ces longues routes nocturnes !
Depuis longtemps civilisé, je n'ai pas encore apaisé le Dieu blanc du Sommeil.
Je parle bien sa langue, mais si barbare mon accent !
Les ténèbres sont noires, les scorpions du chemin sont couleur de sable de nuit
Et des nuages de torpeur oppressent ma poitrine, où poussent broussailles et râles.

Or voici aujourd'hui ma sœur la Brise, qui me visitait à Joal
À l'heure où des oiseaux étranges, vieux messages d'ancêtres, chantaient doux la rosée du soir.

La mémoire de ton visage est tendue sur ma gorge, tente fervente du Tagant
Voûte qu'encercle la forêt bleue de tes cheveux.
Ton sourire de part en part traverse ce ciel mien, comme une voie lactée.
Et les abeilles d'or sur tes joues d'ombre bourdonnent comme des étoiles
Et la Croix du Sud étincelle à la pointe de ton menton
Et le Chariot flamboie à l'angle haut de ton front dextre.
Je crie la joie étale qui inonde mon cœur plus que Niger en hivernage
Je la crierai aux bêtes des palétuviers – *Nânio !*
Je la crierai aux fiancés qui causent sur la natte de la plage – *Nânio !*

Et je reposerai longtemps sous une paix bleu-noir
Longtemps je dormirai dans la paix joalienne
Jusqu'à ce que l'Ange de l'Aube me rende à ta lumière
À ta réalité brutale et si cruelle, ô Civilisation !

(pour khalam)

Ne t'étonne pas mon amie si ma mélodie se fait sombre
Si je délaisse le roseau suave pour le khalam et le tama
Et l'odeur verte des rizières pour le galop grondant des tabalas.

Entends la menace des vieillards-devins, la canonnade colère de Dieu.
Ah ! peut-être demain à jamais se taira la voix pourpre de ton dyâli.
Voilà pourquoi mon rythme se fait si pressant, que mes doigts saignent sur mon khalam.

Peut-être demain mon amie, tomberai-je sur un sol inapaisé
En regrettant tes yeux couchants et le tam-tam brumeux des mortiers tout là-bas.
Et tu regretteras dans la pénombre la voix brûlante qui chantait ta beauté noire.

(pour deux flûtes)

Je t'ai filé une chanson douce comme un murmure de colombe à midi
Et m'accompagnait grêle mon khalam tétracorde.
Je t'ai tissé une chanson, et tu ne m'as pas entendu.
Je t'ai offert des fleurs sauvages, dont le parfum est mystérieux comme des yeux de sorcier
Et leur éclat a la richesse du crépuscule à Sangomar.
Je t'ai offert mes fleurs sauvages. Les laisseras-tu se faner
Ô toi qui te distrais au jeu des éphémères ?

(pour khalam)

J'étais assis sur la prose d'un banc, le soir.
Les heures de garde s'alignaient devant moi, comme sur une route la monotonie des poteaux
Quand j'ai senti sur ma joue tiède les rayons mordorés de ton visage.

Où ai-je vu ce teint couleur de tata fier ? C'était au temps du Bour-Sine Salmonn

Et le père de mon grand-père lisait le visage de la fiancée sur l'étain des fontaines.
Mais quelle douceur à la fin du jour ! Et c'est l'Été dans les rues de mon cœur.
Arbres de feuilles d'or, leurs fleurs de flamboyant – est-ce donc le Printemps ?
Les femmes ont la démarche aérienne des baigneuses sur la plage
Et les muscles longs de leurs jambes sont des cordes de harpe sous leur peau de platine.
Passent des servantes au col royal, qui vont puiser de l'eau à la fontaine de six heures
Et les becs de gaz sont de hautes palmes, où chante le vent ses complaintes
Et les rues sont calmes et blanches, comme dans les siestes d'enfance.

Ô mon amie couleur d'Afrique, prolonge ces heures de garde.
Ceux qui ont faim emportent ces trésors de Prévoyance !
Leur sourire est si doux ! C'est celui de nos Morts qui dansent au village bleu.

(pour rîti)

– *Ma Sœur, ces mains de nuit* sur mes paupières !
– Devine la musique de l'Énigme.

– Oh ! ce n'est pas la bête brute qu'est le Buffle, pas les pattes sourdes du pachyderme
Pas le rire des bracelets aux chevilles de la servante lente

Pas les pilons encore lourds de sommeil, pas le rythme des routes en corvée.

Ah ! le balafong de ses pieds et le gazouillis des oiseaux de lait !
Les cordes hautes des kôras, la musique subtile de ses hanches !
C'est la mélodie du blanc Méhari, la démarche royale de l'Autruche.

– Et tu as reconnu ta Dame, la musique qui fait mes mains tes paupières si transparentes.
– J'ai nommé la fille d'Arfang de Siga.

(pour khalam)

Et nous baignerons mon amie dans une présence africaine.
Des meubles de Guinée et du Congo, graves et polis sombres et sereins.
Des masques primordiaux et purs aux murs, distants mais si présents !
Des tabourets d'honneur pour les hôtes héréditaires, pour les Princes du Pays-Haut.
Des parfums fauves, d'épaisses nattes de silence
Des coussins d'ombre et de loisirs, le bruit d'une source de paix.
Des paroles classiques ; loin, des chants alternés comme les pagnes du Soudan.
Et puis lampe amicale, ta bonté pour bercer l'obsession de cette présence
Noir blanc et rouge oh ! rouge comme le sol d'Afrique.

(pour khalam)

Ton visage beauté des temps anciens ! Sortons les pagnes parfumés aux tons passés.
Mémoire des temps sans histoire ! C'était avant notre naissance.

Nous revenions de Dyônewâr, nos pensées s'attardaient sur les bolongs
Où luisaient, faible écho de soie, les ailes des éloges cadencés.
Les bêtes des palétuviers les guettaient dans l'extase à leur passage
Et les étoiles sur la mer concave étaient un autre écho divin
Et les rames mélodieuses et lentes ruisselaient d'étoiles filantes.
Comme une statue, un masque de proue penché sur l'abîme sonore
Tu chantais d'une voix d'ombre *ndeïsane !* la gloire du Champion debout.
Les bêtes des palétuviers buvaient délices ! ton souffle liquide.
Nous revenions de Dyônewâr par les bolongs et vaguement.
Lors ton visage d'aujourd'hui sous sa patine avait la beauté noire de l'Éternel.

(pour flûtes et balafong)

Tu as donc dépouillé la grâce rose du flamant et l'élégance sinueuse de la Svelte.

Tes cils ont pris la position de l'Éternel sur le visage des statues
Mais il flotte autour de ton masque l'aile claire de la mouette
Et c'est ce sourire obsédant, comme le leitmotiv de ton visage mélodie.
Diamant patiemment sculpté par une haute Maison
Ton sourire me pose l'Énigme, plus subtil que ceux qu'échangeaient les Princes confédérés.

J'ai consulté les blancs vieillards tout fleuris de sagesse
J'ai consulté Kotye Barma et les Maîtres-de-science
J'ai consulté les devins du Bénin, au retour du voyage où leur chair est subtile
J'ai consulté les Grands-Prêtres du Poèré aux États du Mogho-Naba
J'ai consulté les Initiés de Mamangètye au Sanctuaire des Serpents.
Ils m'ont dit leur silence, la stupéfaite obscurité de leurs yeux de leurs oreilles.

Ah ! je n'ai oublié Princesse ! que d'avoir consulté mon cœur perce-murailles.
Ton rempart si mobile ne saurait résister à l'assaut subulé de mon cœur de dyâli.

(pour flûtes et balafong)

Mais oublier tous ces mensonges, comme les plaies des terrains vagues de banlieue
Toutes ces trahisons, toutes ces explosions et toute cette mort dans l'âme
– C'est le silence des villes détruites, loin là-bas en blanche Russie

Toutes ces espérances rasées ras en moi – seule une fille cheveux fous, promise au viol.

En la tendre douceur de ce printemps, en la douceur si bleue de ce printemps
Ah ! rêver de jeunes filles là-bas, comme on rêve de pures fleurs
Dans le vert horrible de la forêt. Dans la ténèbre de la forêt vierge
Croire qu'il y a des yeux de printemps, yeux de lumière et qui s'étonnent
Comme la clairière au matin, devant le Soleil son Champion.
Croire qu'il y a des mains plus calmes que des palmes, plus douces que berceuse nyominka
Mains douces à bercer mon cœur, ô palmes sur ma peine et mon sommeil.

Je vous salue fût lisse élancé, front hautain par-dessus la brousse
Ô lèvres noires et pour les seuls Alizés, vos frères au soir du chœur aérien.
Mais entendre sa voix lente et profonde, bourdon de bronze et si lointain !
Et son cœur bat à la hauteur du mien et son rythme est celui des tabalas.
Croire qu'il y a la Jeune Fille, qui m'attend au port à chaque courrier
Et qui espère mon visage dans la floraison des mouchoirs !
En la claire douceur de ce printemps, croire qu'elle m'attend la Vierge de soie noire.

(pour tama)

Ton nom ne m'est pas inconnu, aigrette de Satang et de Sitôr.
Il est venu de loin, tout chargé des parfums du Pount
Porté par la bouche des piroguiers et des chameliers au long cours.

Tu n'es pas le village ouvert que l'on met à genoux avec quelques pétards
Tandis que se lamentent longuement les mères, comme les chacals sur les tanns.
Tu n'es pas la vierge que l'on attrait avec une maigre louange
Et trois violoneux en chômage, enfilant des perles de traite.

Tu es le tata qui voit de loin venir la poussière de sang des chevaux-du-Fleuve
Tu es le tata qui domine les ruses bleues des cavaliers masqués.
Et il me faut tout l'art des Peuples-de-la-Mer, il me faut la puissance des canons.
Tu es le Serpent Sacré qui ne parle, ô belle poseuse d'énigmes
Mais des Maîtres-de-science, j'ai appris à percer les hiéroglyphes sur le sable.

Toi Ange de l'Enfant Prodigue, Ange des solutions à la clarté de l'aube
Quand les brouillards toute la nuit hâ ! ont pesé profond sur mon angoisse
Tu es la porte de beauté, la porte radieuse de grâce

À l'entrée du temps primordial. Et je jouais avec les cailloux et colombes.

Signare, je chanterai ta grâce ta beauté.
Des maîtres de Dyong j'ai appris l'art de tisser des paroles plaisantes
Paroles de pourpre à te parer, Princesse noire d'Élissa.

(pour orchestre de jazz)

Dans la nuit abyssale en notre mère, nous jouions aux noyés t'en souvient-il ?
La paix des fromagers planait sur son espoir et les sourcils de son Champion.

Depuis, comme un qui cherche la fumée d'un songe, j'ai promené ma quête inquiète
Aux sables du Levant à la Pointe-du-Sud, chez les Peuples-de-la-Mer-verte
Et chez les Peuples d'Outre-mer. Et la conque au loin dans tes rêves, c'était moi.
Était-ce toi la Nyominka, qui à Moundé offrit l'honneur d'un tabouret
À ma lassitude cendreuse ? Et l'ombre de sa maison Sâr ! n'était pas mince.
Ton père était docteur chez les Askias, ton hoirie de quatorze cents volumes.
La plume du talbé chantait tes cils, l'odeur des parchemins teignait tes mains
Mieux que henné mieux qu'antimoine. Était-ce toi la négresse aux yeux verts, Soyan ?
Contre l'épaule de la Nuit cubaine, si j'ai pleuré sur tes cheveux fanés !

Prêtresse du Vaudou en l'Île Ensorcelée, mais souviens-toi du victimaire
Aux yeux droits et froids de poignards. Sous l'ombrage lilial d'Amboise, poétesse
Tu m'as filé souvent des *blues*. Ah ! la voix de lumière et son halo de sang !
Les ombres transparentes des chantres royaux pleuraient au son de la trompette.

À nouveau je t'ai rencontrée, et je t'ai dit mon trouble et tu m'as dit : « Ami ! »
Reconnais ton frère à ta voix qui tremble – mais bien passé le temps des cache-cache !

(pour deux flûtes)

Lasse ma tête mienne-ci, lourdes mes pensées à la chaîne
Mes nerfs las dans l'usine tournant au café – Seigneur ce tremblement qui taraude mes os !
Lasses lasses mes jambes lasses par les rues de thé à cinq heures.
Et mon cœur de ma mère lasse, qui oscille toujours entre Espoir et Angoisse.
Je rêve le soir d'amuissement à la finale des Nations.

Ma tête sur le sable de ton sein, mes yeux dans tes yeux d'Outre-mer
Quand les piroguiers de la Grande-Mer nous livreront-ils les poissons du rêve ?
Notre pagne est d'or blanc, d'or rouge les nuages notre haut pavillon seigneurial.

Vois les deux cités sœurs par-delà le bolong, la pourpre des vivants la cité bleue des Morts.
Je rêve le soir d'un pays perdu, où les Rois et les Morts étaient mes familiers.
Soufflent tes mains leurs alizés dans mes cheveux, qui bruissent de délices.
Oh ! leur chant dans les hautes palmes ou sur l'aile des goélands, je ne sais trop.
Que je dorme sur la paix de ton sein, dans l'odeur des pommes-cannelles.
Nous boirons le lait de la lune, qui ruisselle sur le sable à minuit.

(pour khalam)

Que dirai-je aux Princes Confédérés, retour de leur marche ou province ?
C'est bien assez d'être malade, comme orpheline sans chevilles d'or.
Que dire ma voix amébée au jeune homme qui chantera
La strophe élue de la fiancée ? Je n'ai seulement pas message d'hirondelle.

Il n'importe que je ne porte le gilet pourpre de l'athlète
Brodé de perles de rosée, ô Champion de Siny homme au sourire oblique
– Les perles modulent le chiffre de la divine Sinueuse
Il n'importe, mais recevoir des messagers qui me fassent pair de mes pairs.

La bouche de ma mère décline le soir sur un nom rose et le ciel de ses dents.
Le Viguelwâr de Kolnodick est rentré de captivité

Grave de ses longues blessures, et trente chameaux des trésors de sa sagesse.
Il a choisi le nom de la classe de l'an : Bombe-atomique-à-l'orgueil-de-l'Europe.

Mais pouvoir annoncer, que ses yeux grands s'embrument au lever de mon souvenir
Ah ! que surtout tremble la terre, quand piaffe le courrier porteur de ma récade !

(pour deux flûtes et un tam-tam lointain)

À JAMES BENOÎT

Était-ce une nuit maghrébine ? – je laisse Mogador aux filles de platine.
Était-ce une nuit maghrébine ? C'était aussi la Nuit notre nuit joalienne
D'avant notre naissance l'ineffable nuit : tu te coiffais devant le miroir de mes yeux.

Nous étions assis dans l'angoisse, à l'ombre de notre secret
Dans cette angoisse de l'attente qui faisait frémir tes narines.
Te la rappelles-tu cette rumeur de paix ? De la ville basse vague par vague
Elle venait battre à nos pieds. Un phare au loin appelait à ma droite
À gauche tout près de mon cœur, l'étrange immobilité de tes yeux.
Ah ! ces éclairs soudain dans la nuit d'hivernage – je pouvais lire ton visage

Et je buvais ton visage terrible à longs traits altérés qui incendiaient ma soif
Et dans mon cœur qui s'étonnait, dans mon cœur de silence qui n'en pouvait mais
Cette rafale d'aboiements là-bas, qui l'éclataient comme grenade.

Puis ce crissement mordoré du sable, ce battement palpébral dans les feuilles.
Des gardes noirs passaient dieux géants de l'Éden : des noctuelles visage de lune
Pesaient doucement à leur bras – leur bonheur nous était brûlure.
En écoutant nos cœurs, on les entendait battre là-bas du côté de Fadyoutt
On entendait frémir la terre sous les pieds vainqueurs des athlètes
La voix de l'Amante chanter la splendeur ténébreuse de l'Amant.
Et nous n'osions bouger nos mains tremblantes, et nos lèvres s'ouvraient et se fermaient.
Si l'aigle se jetait soudain sur nos poitrines, avec un cri sauvage de comète !...
Mais m'emportait irrésistible le courant, vers l'horrible chant des écueils de tes yeux.

Nous aurons d'autres nuits Sopé : tu reviendras sur ce banc d'ombre
Tu seras la même toujours et tu ne seras pas la même.
Qu'importe ? À travers tes métamorphoses, j'adorerai le visage de Koumba Tâm.

(pour flûtes et balafong)

Pourquoi fuir sur les voiliers migrateurs ? Ma tête est un marais putride
D'où je moule des briques monotones. Pourquoi fuir sur l'aile glacée des migrateurs ?

Mon amour est un pays de sables de sel, mon amour un Ferlo sans rugit ni rosée
– Oh ! l'horreur chère de mes Rip et Niombato, quand j'étais panthère aux pensées ombreuses
Mon amour campagne rasée et quadrillée, pays blanc dont je ne suis qu'usager.
Mahé-Kor Dyouf-le-Tutoyé a vendu ses fusils ses chevaux-du-Fleuve
Mais je n'avalerai ni mon chant ni le souffle de mes narines
Comme le Maître-des-dyoung-dyoungs à l'époque des inventaires.

Mon refuge dans ce visage perdu, ô plus mélodieux qu'un masque pongwé !
Dans ce pays d'eaux et de tanns, et d'îles flottant sur les terres.
Et je rebâtirai la demeure fongible au bord de cette courbe exquise
Du sourire énigme qu'aiguisent les lèvres bleu-noir des palétuviers.
Et je paîtrai les songes calmes des sauriens, et sorcier aux yeux d'outre-monde
Contemplerai les choses éternelles dans l'altitude de tes yeux.

Outre tes cils et les rôniers de Katamague, j'entends déjà les pilons de Simal
Les cris des chiens des chasseurs, forçant les hardes rutilantes du grand rêve.

(pour deux balafongs)

Elle me force sans jamais répit, à travers les fourrés du Temps.
Me poursuit mon sang noir à travers foule, jusqu'à la clairière où dort la nuit blanche.
Je me retourne parfois dans la rue et revois le palmier souriant sous l'Alizé.
Sa voix me frôle d'un léger coup d'aile, qui va zézayant et je dis
« C'est bien Signare ! » J'ai vu le soleil se coucher dans les yeux bleus d'une négresse blonde.
À Sèvres-Babylone ou Balangar, ambre et gongo, son parfum proche m'a parlé.
Hier à l'église à l'Angélus, ont brillé ses yeux cierges mordorant
Sa peau de bronze. Mon Dieu ! mon Dieu ! mais pourquoi m'arracher mes sens païens qui crient ?
Je ne puis chanter ton plain-chant sans *swing* aucun ni le danser.
Parfois c'est un nuage un papillon, quelques gouttes de pluie à ma vitre d'ennui.

Elle me force sans répit jamais, à travers les grands espaces du Temps.
Me poursuit mon sang noir, jusqu'au cœur solitaire de la nuit.

(pour flûtes et balafong)

Ce long voyage ma Sopé ! ce lent baiser comme le doux-amer !
Je haïssais chaque jour un peu plus l'aile lointaine du goéland
Je haïssais un peu plus chaque jour le visage orient de la fiancée bleue.

Ce clair voyage ma Sopé ! ce baiser de nuit à l'espoir des gares
Ce doux déchirement des cœurs, ce long sifflement au départ des gares
Du blanc départ comme lorsque l'on tombe en rêve – Christ est né hier soir à six heures
Avec l'odeur fauve des cuirs et des fourrures, les trompettes d'argent des rires
Et bas le halètement des angoisses – Christ est né hier soir à six heures.

Cette lente lune de manne aux royaumes de notre enfance
Ce lumineux été sans nuit, cet éternel baiser des époux des fiancés
Qui le dirait ? Irons-nous à Belborg où les hommes se nourrissent de glace ?
Ou bien à Moussoro tu te rappelles ! où les paons fleurissent sauvages ?
Et les femmes y ont quatre coudées ; leurs seins mûrissent au soleil
Leurs jambes lentes paraissent et disparaissent sous les nuages comme des Crétoises.

Ces adieux sans au revoir ma Sopé ! Je ne voyais que ton absence
Sur des visages noirs atones. Et mes larmes tombaient doucement dans la mer.

(pour clarinettes et balafong)

Mais chanteront-ils les Amants, dans la lumière hyaline du futur ?
Chanteront-ils au son des clarinettes les amours nocturnes des amants d'hier ?

Que me sont les beaux los des bouches, et d'être rameau fané ô pluies vertes !
Si Christ ne ressuscite dans le printemps blanc ? Je hais les danses des prémices
Si je ne te ravis sur mon cheval targui, serrant ton ivresse contre mon cœur
Parmi les cris et les balles du Sang et les sifflements des couteaux de jet.

Je romprai tous les liens du Sang, je dresserai une garde d'amour
Pour une seule nuit sans fin. Intime est ta voix plus que le nid tiède
Et tes lèvres de pain apaisent ma poitrine qui siffle comme un serpent noir.
Je romprai tous les liens d'Europe pour filer le poème sur cuisses de sable.

Que m'importe ce nom qui chante sur la porte du tabernacle ?
Le Paradis sera vide pour moi, et ton absence la damnation de l'Amant.

CHANT DE L'INITIÉ

À ALIOUNE DIOP

Tâgu-gûtût, nydyulê mômé !
Mûsê-mbûbân, ndyulê mômé !
Bonnet-de-circoncis au circoncis !
Robe-de-circoncis au circoncis !
POÈME WOLOF

(pour trois flûtes)

Pèlerinage par les routes migratrices, voyage aux sources ancestrales.

Flûte d'ébène lumineuse et lisse, transperce les brouillards de ma mémoire
Ô flûte ! les brouillards, pagnes sur son sommeil sur son visage originel.
Ô chante la lumière élémentale et chante le silence qui annonce
Le gong d'ivoire du Soleil-levant, clarté sur ma mémoire enténébrée
Lumière sur les collines jumelles, sur la courbe mélodieuse et ses joues.
Je m'assis sous la paix d'un caïcédrat, dans l'odeur des troupeaux et du miel fauve.
Soleil de son sourire ! et la rosée brillait sur l'herbe indigo de ses lèvres.
Les colibris striquaient, fleurs aériennes, la grâce indicible de son discours
Les martins-pêcheurs plongeaient dans ses yeux en fulgurances bleu natif de joie

Par les rizières ruisselantes, ses cils bruissaient rythmiques dans l'air transparent
Et j'écoute l'heure ô délices ! qui monte au mitan blanc du ciel que l'on pavoise.
Les troupeaux bientôt seront immobiles et le roucoulement des tourterelles
À l'ombre de Midi. Mais il faut me lever pour poursuivre le pur de ma passion.

(pour deux trompes et un gorong)

Ô trompe à mon secours ! Je me suis égaré par la forêt de ses cheveux
Trompe sous ta patine noire, ivoire patiemment mûri dans la boue noire.
Je glisse sur les pas des pachydermes, sur le pont savonneux de ses énigmes.
Comment dénouer les ruses des lianes, apaiser les sifflements des serpents ?
Et de nouveau l'appel blessé, mais seule une sirène sinistre répond
De nouveau l'appel qui lamente, mais seuls me répondent des cris d'oiseaux muets
Comme d'enfants que l'on égorge dans la nuit, et la fuite des singes rouges.
Les tsétsés et froufrous taraudent mon angoisse, et je sue et tremble de froid.
Mais le répons de son chant clair en la clairière est le réconfort qui me guide
Mais les senteurs des fleurs remémorées, dont je me baignerai dans les cris d'allégresse.
Or vert de son teint plus doux que le cuivre, fût lisse de son âme épanouie

Dans le soleil et l'alizé, bouquets de palmes au-dessus des peurs primaires
Ô Forêt ancienne pistes perdues, entendez le chant blanc du Pèlerin.

(pour deux balafongs et un gorong)

Par-delà les marais putrides des entrailles, la liberté de la savane
Savane noire comme moi, feu de la Mort qui prépare la re-naissance
Re-naissance du Sens et de l'Esprit. Puis l'or blanc des sables sous la lumière
Où consument mes appétences, dans la vibration pure et l'espace fervent.
Mais chante à mes oreilles complaisantes le mirage des oasis
Mais m'assaille la tentation des brumes sèches, qui veulent oppresser ma foi.
Ah ! que sonnent vif les cloches jumelles ! que gronde le tambour des Initiés !
Car circoncis je franchirai l'épreuve : les flammes de mille adéras
Me guideront le long des pistes franches, cierges sur la route du sanctuaire
Me guidera de nouveau son parfum, l'odeur de la gomme dans l'Harmattan.

(pour trois tam-tams : gorong, talmbatt et mbalakh)

Voilà qu'émerge de la Nuit, pur, l'autel vertical et son front de granit
Puis la ligne de ses sourcils, comme l'ombre frais d'un kori.

Au Pèlerin dont les yeux sont lavés par le jeûne et les cendres et les veilles
Apparaît au Soleil-levant, sur le suprême pic, la tête du Lion rouge
En sa majesté surréelle. Ô Tueur ! Ô Terrible ! et je cède et défaille.
Je n'ai pas une corne d'antilope, je n'ai qu'une trompe pleine de vide
Ma pleine besace intégrale. Ah ! que tu me foudroies de tes éclairs jumeaux
– Formidable douceur de leur rugit ! délice inexorable de leurs griffes !
Et que je meure soudain pour renaître dans la révélation de la Beauté !
Silence silence sur l'ombre... Sourd tam-tam... tam-tam lent... lourd tam-tam... tam-tam noir...

(pour deux trompes et un balafong)

Elle fuit elle fuit par les blancs pays plats, lorsque j'épaule patiemment
Dans un désir vertigineux. Prend-elle la brousse des jeux
Passion des épines et fourrés. Lors je la forcerai à la chaîne des heures
Humant le halètement doux de ses flancs d'ombre mouchetés
Et sous le Grand-Midi stupide, je lui tordrai les bras de verre.
Le râle jubilant de l'antilope m'enivrera, vin de palme nouveau
Et je boirai long longuement le sang fauve qui remonte à son cœur

Le sang lait qui flue à sa bouche, les senteurs de terre mouillée.

Ne suis-je pas fils de Dyogoye ? Je dis bien le Lion affamé.

(pour deux trompes et un balafong)

Écoutez les abois balles des chiens dans les halliers noirs de mon ventre.
Où mes molosses jaunes à gueule de faim ? Seul mon bon fusil ceint de sang sacré.
Je vous siffle d'un cri charmant, chiens de mes bras chiens de mes jambes
Car dans le puits d'un cabaret, j'ai perdu mon cœur à Montmartre.

Écoutez les abois balles des chiens dans les halliers noirs de mon ventre.
Et il faut retenir mon sang au bout long de sa laisse de cinabre
Le fils de l'Homme fils du Lion, qui rugit dans le dos creux des collines
Incendiant cent villages alentour de sa voix mâle d'Harmattan.

J'irai bondissant par-dessus collines, forçant la peur des vents des steppes
Défiant les fleuves-mers, où se noient les corps vierges dans les bas-fonds de leur angoisse.
Or je remonterai le ventre doux des dunes et les cuisses rutilantes du jour
Jusqu'aux gorges enténébrées, où tuer d'un coup bref le faon rayé du rêve.

ÉLÉGIES

ÉLÉGIE DE MINUIT

Été splendide Été, qui nourris le Poète du lait de ta lumière
Moi qui poussais comme blé de Printemps, qui m'enivrais de la verdeur de l'eau, du ruissellement vert dans l'or du Temps
Ah ! plus ne peux supporter ta lumière, la lumière des lampes, ta lumière atomique qui désintègre tout mon être
Plus ne peux supporter la lumière de minuit. La splendeur des honneurs est comme un Sahara
Un vide immense, sans erg ni hamada sans herbe, sans un battement de cils, sans un battement de cœur.
Donc vingt-quatre heures sur vingt-quatre, et les yeux grands ouverts comme le Père Cloarec
Crucifié sur la pierre par les païens de Joal adorateurs des Serpents.
Dans mes yeux le phare portugais qui tourne, oui vingt-quatre heures sur vingt-quatre

Une mécanique précise et sans répit, jusqu'à la fin des
temps.

Je bondis de mon lit, un léopard sur le garrot, coup de
Simoun soudain qui ensable ma gorge.
– Ah ! si seulement m'écrouler dans la fiente et le
sang, dans le néant.
Je tourne en rond parmi mes livres, qui me regardent
du fond de leurs yeux
Six mille lampes qui brûlent vingt-quatre heures sur
vingt-quatre.
Je suis debout, lucide étrangement lucide
Et je suis beau, comme le coureur de cent mètres,
comme l'étalon noir en rut de Mauritanie.
Je charrie dans mon sang un fleuve de semences à
féconder toutes les plaines de Byzance
Et les collines, les collines austères.
Je suis l'Amant et la locomotive au piston bien huilé.

Douceur de ses lèvres de fraises, densité de son corps
de pierre, douceur de son secret de pêche
Son corps, terre profonde ouverte au noir semeur.
L'Esprit germe sous l'aine, dans la matrice du désir
Le sexe est une antenne au centre du multiple, où
s'échangent des messages fulgurants.
Plus ne peut m'apaiser la musique d'amour, le rythme
sacré du poème.
Contre le désespoir Seigneur, j'ai besoin de toutes mes
forces
– Douceur du poignard en plein cœur, jusqu'à la
garde
Comme un remords. Je ne suis pas sûr de mourir.
Et si c'était cela l'Enfer, l'absence de sommeil ce désert
du Poète
Cette douleur de vivre, ce mourir de ne pas mourir

L'angoisse des ténèbres, cette passion de mort et de lumière
Comme les phalènes la nuit sur les lampes-tempêtes, dans l'horrible pourrissement des forêts vierges.

Seigneur de la lumière et des ténèbres
Toi seigneur du Cosmos, fais que je repose sous Joal-l'Ombreuse
Que je renaisse au Royaume d'enfance bruissant de rêves
Que je sois le berger de ma bergère par les tanns de Dyilôr où fleurissent les Morts
Que j'éclate en applaudissements quand entrent dans le cercle Téning-Ndyaré et Tyagoum-Ndyaré
Que je danse comme l'Athlète au tamtam des Morts de l'année.
Ce n'est qu'une prière. Vous savez ma patience paysanne.
Viendra la paix viendra l'Ange de l'aube, viendra le chant des oiseaux inouïs
Viendra la lumière de l'aube.
Je dormirai du sommeil de la mort qui nourrit le Poète
– Ô Toi qui donnes la maladie du sommeil aux nouveau-nés, à Marône la Poétesse à Kotye-Barma le Juste !
Je dormirai à l'aube, ma poupée rose dans les bras
Ma poupée aux yeux vert et or, à la langue si merveilleuse
La langue même du poème.

ÉLÉGIE DES CIRCONCIS

Nuit d'enfance, Nuit bleue Nuit blonde ô Lune !
Combien de fois t'ai-je invoquée ô Nuit ! pleurant au bord des routes
Au bord des douleurs de mon âge d'homme ? Solitude ! et c'est les dunes alentour.
Or c'était nuit d'enfance extrême, dense comme la poix. La peur courbait les dos sous les rugissements des lions
Courbait les hautes herbes le silence sournois de cette nuit.
Feu de branches toi feu d'espoir ! pâle mémoire du Soleil qui rassurait mon innocence
À peine – il me fallait mourir. Je portais la main à mon cou, comme la vierge qui frissonne à l'horreur de la mort.
Il me fallait mourir à la beauté du chant – toutes choses dérivent au fil de la mort.
Voyez le crépuscule à la gorge de tourterelle, quand roucoulent bleues les palombes
Et volent les mouettes du rêve avec des cris plaintifs.

Mourons et dansons coude à coude en une guirlande tressée
Que la robe n'emprisonne nos pas, mais rutile le don de la promise, éclairs sous les nuages.
Le tam-tam laboure *woi !* le silence sacré. Dansons, le chant fouette le sang
Le rythme chasse cette angoisse qui nous tient à la gorge. La vie tient la mort à distance.
Dansons au refrain de l'angoisse, que se lève la nuit du sexe dessus notre ignorance dessus notre innocence.

Ah ! mourir à l'enfance, que meure le poème se désintègre la syntaxe, que s'abîment tous les mots qui ne sont pas essentiels.
Le poids du rythme suffit, pas besoin de mots-ciment pour bâtir sur le roc la cité de demain.
Surgisse le Soleil de la mer des ténèbres
Sang ! Les flots sont couleur d'aurore.

Mais Dieu, tant de fois ai-je lamenté – combien de fois ? – les nuits d'enfance transparentes.
Midi-le-Mâle est l'heure des Esprits, où toute forme se dépouille de sa chair
Comme les arbres en Europe sous le soleil d'hiver.
Voilà, les os sont abstraits, ils ne se prêtent qu'aux calculs de la règle du compas du sextant.
La vie comme le sable s'échappe aux doigts de l'homme, les cristaux de neige emprisonnent la vie de l'eau
Le serpent de l'eau glisse aux mains vaines des roseaux.
Nuits chères Nuits amies, et Nuits d'enfance, parmi les tanns parmi les bois
Nuits palpitantes de présences, et de paupières, si peuplées d'ailes et de souffles
De silence vivant, dites combien de fois vous ai-je lamentées au mitan de mon âge ?

Le poème se fane au soleil de midi, il se nourrit de la rosée du soir
Et rythme le tam-tam le battement de la sève sous le parfum des fruits mûrs.
Maître des Initiés, j'ai besoin je le sais de ton savoir pour percer le chiffre des choses
Prendre connaissance de mes fonctions de père et de lamarque

Mesurer exactement le champ de mes charges, répartir la moisson sans oublier un ouvrier ni orphelin.
Le chant n'est pas que charme, il nourrit les têtes laineuses de mon troupeau.
Le poème est oiseau-serpent, les noces de l'ombre et de la lumière à l'aube
Il monte Phénix ! il chante les ailes déployées, sur le carnage des paroles.

ÉLÉGIE DES *SAUDADES*

À HUMBERTO LUIS BARAHONA DE LEMOS

J'écoute au fond de moi le chant à voix d'ombre des *saudades*.
Est-ce la voix ancienne, la goutte de sang portugais qui remonte du fond des âges ?
Mon nom qui remonte à sa source ?
Goutte de sang ou bien *Senhor*, le sobriquet qu'un capitaine donna autrefois à un brave laptot ?
J'ai retrouvé mon sang, j'ai découvert mon nom l'autre année à Coïmbre, sous la brousse des livres.
Monde scellé de caractères stricts et mystérieux, ô nuit des forêts vertes, aube des plages inouïes !
J'ai bu – murs blancs collines d'oliviers – un monde d'exploits d'aventures d'amours violents et de cyclones.
Ah ! boire tous les fleuves : le Niger le Congo et le Zambèze, l'Amazone et le Gange
Boire toutes les mers d'un seul trait nègre sans césure non sans accents

Et tous les rêves, boire tous les livres les ors, tous les prodiges de Coïmbre.
Me souvenir, mais simplement me souvenir...

Chamelier maure, te voici donc dressé à ma mesure – c'était au siècle de l'honneur
Guerrier, à la hauteur de mon courage.
À tes ruses obliques, opposer la droiture de ma lance – elle porte l'éclair comme un poison
À ta ruse, mon élan sans couture.
Capitaine ou laptot, je ne me souviens plus, je redresse debout la force de mes forts
Leur soumission plus dure que leurs murs. J'ai haine du désordre.
Ma mission est de paître les troupeaux
D'accomplir la revanche et de soumettre le désert au Dieu de la fécondité.
C'était au siècle de l'honneur.
La bataille était belle, le sang vermeil la peur absente.
À l'ombre de mes dunes, chantent les *saudades* de mes gloires perdues.

Un jour à Lagos ouvert sur la mer comme l'autre Lagos.
Pas un fleuve mais mille fleuves, pas une lagune mille lagunes
Une seule mer aux quatre distances.
Pas des palétuviers : une forêt dans le déluge, sur la vase grouillant des reptiles du Troisième Jour
Et parmi les oiseaux-trompettes, les singes aux cris de cymbales, la levée des odeurs mortelles
Et d'autres, suaves comme des hautbois.
Régnait le Jour Troisième, et la vie était bien.
Des millions d'hommes comme des fourmis-carnivores, brûlant les pistes du désir, et des femmes gisantes

Ivres de semences de spasmes, ivres de vin de palme.
J'ai compris les signes de la Tribu.
L'Amour : la mort dans quelle exultation ! La Mort : la renaissance dans la foudre.

Saudades des amours anciennes, *saudades* de mes *saudades*
Du vide immense et rouge de l'Imerina.
Ah ! je confonds confonds, je confonds présent et passé.
Une soirée lors en l'honneur de l'Hôte, chez le Seigneur des Hauts Plateaux
Parmi les bougies la soie des cheveux, le velours vivant des voix l'or des bras d'ambre
Lorsque jaillit la longue plainte de l'orchestre
Et du chœur à l'entour. Avez-vous jamais entendu ces chants des Hauts Plateaux, qui chantent un monde défunt
Où la passion est pure, les amours impossibles, les cœurs abîmes de vertige ?
Mourir mourir, mourir d'une plainte incommensurable
Oh ! mourir d'une longue plainte qui soudain s'abîme dans le cœur.
Il n'y a plus rien, rien que le vide immense et noir de l'Imerina.
Saignent les montagnes au loin, comme des feux de brousse.

Perdu dans l'Océan Pacifique, j'aborde l'Île Heureuse – mon cœur est toujours en errance, la mer illimitée.
Les requins ont des ailes blanches d'archange, les serpents distillent l'extase, et les cailloux...
Des femmes qui sont femmes, des femmes qui sont fruits, et point de noyau : des femmes-sésames.

Dans la nuit des cheveux, des fleurs qui sont langage
aux Initiés.
Je porte un collier de coraux, je l'offre à quatre fleurs.
– Je ne suis point libre d'aimer, et tu dois repasser
demain à l'aube.
– Ma corolle est ouverte, mon plus-que-frère, à mon
beau Prince Abeille. Que surtout s'abstiennent les
papillons.
– Tes armes sont vaines mon frère – que le Guerrier
est ridicule !
– Je meurs et renais comme je le veux. Mon amour
est miracle.
C'était très loin dans le temps et l'espace, et la mer
était pacifique.
Je ne dirai exploits ni royaumes conquis sur les Indiens
des deux horizons.
Que d'aventures bues aux sources des fleuves sacrés !
Mais je n'ai pas goût de magie, l'Amour est ma
merveille.
Mon sang portugais s'est perdu dans la mer de ma
Négritude.
Amalia Rodriguez, chante ô chante de ta voix basse les
saudades de mes amours anciennes
Des fleuves des forêts des voiles, des océans des plages
de soleil
Et les coups donnés et le sang versé pour des choses
futiles.

J'écoute au plus profond de moi la plainte à voix
d'ombre des *saudades*.

ÉLÉGIE DES EAUX

Été toi toi encore Été, Été du Royaume d'Enfance
Éden des matins trempés d'aube et splendeur des midis, comme le vol de l'aigle étales.
Été de silence aujourd'hui, si lourd de courroux sous le regard du Dieu jaloux
Te voilà sur notre destin, durement inscrit au cadran du siècle.
Les villes orgueilleuses gisent et geignent sous un ciel sans espoir
Transpercées de poisons d'éclairs, les fleuves n'ont plus source ni ressource.
Pas un verre de vin las ! pas un verre d'eau aux terrasses de transparence
Où seule l'eau étanche quelle soif d'innocence !
Feu ! Feu ! murs ardents de Chicago, Feu ! Feu ! murs ardents de Gomorrhe
Feu sur Moscou. Dieu est égal pour les peuples sans dieu, qui ne mâchent pas la Parole
– Ô neige manne aux Esquimaux, vous tornades mains fraîches au front des forêts vierges.
L'Occident l'Orient les peuples extrêmes sont couchés sur le sable, proues de pierres terrassées par l'Athlète.
C'est Pharaon d'Égypte par la barbe et le bâton de Moïse.
Seigneur, pitié pour les dix justes, mais pitié pour la Chine pour qui enfant j'ai tant prié
Pitié pour toi qui fais fleurir le Verbe, qui ornes de guirlandes l'avènement de Mai comme une gorge noble.

Je vous invoque, Eaux du Troisième Jour

Eaux murmures des sources, eaux si pures des altitudes, neiges ! eaux des torrents et des cascades
Eaux justes, mais vous Eaux de miséricorde, je vous invoque d'un cri rythmé et sans dédit
Eaux des grands fleuves et de la mer plus vaste et de la mer plus faste.
Et toi Soleil toi Lune, qui gouvernez les eaux du mouvement contraire en qui se confond l'Unité
Je vous lamente Eaux lustrales pour l'expiation.
Que la nuit se résolve en son contraire, que la mort renaisse Vie, comme un diamant d'aurore
Comme le Circoncis quand, dévoilée la nuit, se lève le Mâle, Soleil !
Vous aussi Eaux impures, pour que pures soyez sous ma nomination
– Le poème fait transparentes toutes choses rythmées.
Eaux des miasmes et des cloaques, vous Eaux des capitales, qui charriez tant de douleurs tant de joies tant d'espoirs oh ! tant de rêves avortés
Eaux coulez coulez allez allez à la mer.
Lave le sel toute eau répandue toute eau repentie.

Seigneur, vous m'avez fait Maître-de-langue
Moi le fils du traitant qui suis né gris et si chétif
Et ma mère m'a nommé l'Impudent, tant j'offensais la beauté du jour.
Vous m'avez accordé puissance de parole en votre justice inégale
Seigneur, entendez bien ma voix. PLEUVE ! il pleut
Et vous avez ouvert de votre bras de foudre les cataractes du pardon.
Il pleut sur New York sur Ndyongolôr sur Ndyalakhâr
Il pleut sur Moscou et sur Pompidou, sur Paris et banlieue, sur Melbourne sur Messine sur Morzine

Il pleut sur l'Inde et sur la Chine – quatre cent mille Chinois sont noyés, douze millions de Chinois sont sauvés, les bons et les méchants
Pleut sur le Sahara et sur le Middle West, sur le désert sur les terres à blé sur les terres à riz
Sur les têtes de chaume sur les têtes de laine.
Et renaît la Vie couleur de présence.

ÉLÉGIE POUR AYNINA FALL [1]

poème dramatique à plusieurs voix

I

(pour un gorong : rythme funèbre)

LE CORYPHÉE

Quel calme redoutable dessous l'azur ! Et pas un souffle quand passe l'ombre des Esprits
Si blanche. Un ouragan soudain a déferlé sur la saison, pleuvant sa poussière de sang.
Le tonnerre aux cris brefs a rugi, Fall ! et la foudre a frappé Koumba-Betty.
Les pylônes du télégraphe tremblent sous la tension de la douleur
La brousse s'enflamme au loin de sinistres incendies.

1. Leader syndicaliste (Syndicats des cheminots africains).

CHŒUR DES JEUNES FILLES

Niiiiiiiiiiiiiiiiiiiiiiina !
Woï Nina ! woï
Niiiiiiiiiiiiiiiiiiiiiiina !

CHŒUR DES JEUNES HOMMES

Fall ! Fall ! Fall ! FALL !

CHŒUR DES JEUNES FILLES

Il était élancé comme un rônier
Il était noir comme Osiris le Dieu
Il était doux comme le crépuscule quand chantent bas les tourterelles
Il était bon comme une mère
Il était beau comme un louis d'or.

CHŒUR DES JEUNES HOMMES

Il était droit comme un rônier
Il était noir comme un bloc de basalte
Terrible comme un lion pour les ennemis de son peuple
Bon comme un père au large dos
Beau comme une épée nue.

LE CORYPHÉE
(le gorong se tait pendant que parle le Coryphée)

C'était à Thiès, l'autre année. Les chacals s'étaient réunis autour de l'hyène, et les cynocéphales. Et de tendres antilopes aux yeux de nuit.

Il arriva. Quand le virent les cynocéphales, ils se mirent à ricaner, secouant, dans leurs racines, tous les baobabs du Cayor et du Baol.

Il était là, les bras croisés, les lèvres calmes. Son front sans ride leur faisait honte. Sa poitrine de bronze leur faisait envie, et sa prestance comme un monolithe autour duquel se rassemble le Peuple quand surgit l'événement. Ses yeux de soleil au zénith leur baissaient les yeux. Sa présence leur était souffrance.

Les cynocéphales se jettent sur lui, lui plantent leurs crocs dans le dos. Les chacals aboient. Le sang ruisselle de ses blessures profondes, qui arrosent la terre d'Afrique. Comme lion du Ferlo, d'un bond il est hors d'atteinte et, de ses yeux de foudre, tient l'Adversaire à distance.

Mais son cœur sans haine avait été touché – pas son bras.

CHŒUR DES JEUNES FILLES

Nina ! Nina ! Niiiiiiiiiiiiiiiiina !
woï Nina !

CHŒUR DES JEUNES HOMMES

FALL !!

CHŒUR DES JEUNES FILLES

Fall ! Que dirons-nous à nos mères, ce soir à l'ombre ?

Qui protégera désormais nos gorges vertes ? Qui notre étoile d'or

Contre tous les mauvais garçons ? Dis, qui notre secret ?
Toi notre étoile ô Fall !

CHŒUR DES JEUNES HOMMES

Le serpentaire s'est levé à gauche, et nous n'avons pas vu de blanc message.
Quelle nouvelle annoncer à nos pères et à nos frères ?
Qui guidera les camarades ? Qui conduira les ambassades ?
Réponds-nous Fall ! Il se fait tard, et la nuit est remplie de cris hostiles.
Ce n'est plus nuit des temps anciens, et le voyageur égaré tenait message de l'étoile.

CHŒUR DES JEUNES FILLES

Quel champion quel athlète, quel cavalier chanterons-nous ?
Mais pour qui nos poèmes ? Quelle voix désormais rythmeront les tam-tams ?
Pour qui l'éloge et l'épopée ?

CHŒUR DES JEUNES HOMMES

Par la Porte de l'Est
Qui mènera l'assaut contre les tatas des Puissants ?
Commandera l'assaut contre les remparts de l'Argent ?

LE CORYPHÉE
(le gorong se tait pendant que parle le Coryphée)

Têtes courtes et sourdes, têtes aveugles, tels les brigands du Nord, qui se croient malins et ne

comprennent rien à rien ! Quand lirez-vous les signes ?
Voyez le laurier rose qui grandit sur les cendres. L'herbe repousse, tendre, pour les antilopes après les incendies de Novembre. Il a versé son sang, qui féconde la terre d'Afrique ; il a racheté nos fautes ; il a donné sa vie sans rupture pour l'UNITÉ DES PEUPLES NOIRS.
Aynina Fall est mort, Aynina Fall est vivant parmi nous.

II

(pour deux dyoung-dyoungs : rythme royal)

CHŒUR DES JEUNES FILLES

Nina ! Nina ! Nina ! waï Niina !

CHŒUR DES JEUNES HOMMES

Fall ! nous te nommons par ton nom !

LE CORYPHÉE

Oui nous prendrons aux Conquérants leurs armes comme nous l'avons toujours fait
Nous les tiendrons solidement en main, nous en ferons des signes fastes :
« Une étoile d'or vert sur roue d'acier. »
Admirez la locomotive, haute sur pattes, si souple et fine, comme un cheval du Fleuve.
Elle unit Saint-Louis à Bamako, Abidjan à Ouagadougou

Niamey à Cotonou, Fort-Lamy à Douala, Dakar à Brazzaville.
Or voilà notre sceau, et la roue signe de notre destin.
Les circoncis la danseront aux fêtes de l'Initiation
Nos voix la feront d'or, nos tam-tams une étoile.

CHŒUR DES JEUNES FILLES

Nous t'avons pleuré une lune
Chanté pour toi les thrènes du Rebelle.

CHŒUR DES JEUNES HOMMES

Nous t'avons veillé une lune
Sur la locomotive aux longs pistons d'olive.

CHŒUR DES JEUNES FILLES

Oui nous avons loué ta force toute une lune
Nos pères ont lavé ton corps, oint ton corps d'ambre d'aromates
Nos mères t'ont vêtu de vêtements précieux.

LE CORYPHÉE

Maintenant qu'au galop de ta locomotive, tu arrives premier des combattants
Annonciateur de la Bonne Nouvelle...

CHŒUR DES JEUNES HOMMES

Prince des camarades...

CHŒUR DES JEUNES FILLES

Le plus beau le plus noir des cavaliers...

LE CORYPHÉE

Maintenant que tu arrives...

CHŒUR DES JEUNES FILLES

Bloc sans couture de la terre sénégalaise...

CHŒUR DES JEUNES HOMMES

Roc sans fissure des peuples africains...

TOUS ENSEMBLE

Nous voici tous unis, comme les dix doigts de la main.

CHŒUR DES JEUNES FILLES

Nina ! Nina ! Nina ! waï Niina !

CHŒUR DES JEUNES HOMMES

FALL !

POÈMES DIVERS

PERLES

Perles blanches,
Lentes gouttelettes,
Gouttelettes de lait frais,
Clartés fugitives le long des fils télégraphiques,
Le long des longs jours monotones et gris !
Où vous en allez-vous ?

À quels paradis ? À quels paradis ?
Clartés premières de mon enfance
Jamais retrouvée...

BROUILLARD

Le brouillard me fait peur !
Et ces phares – yeux hurleurs de quels monstres
Glissant sur le silence.

Ces ombres qui rasent le mur
Et passent, sont-ce mes souvenirs
Dont la longue file va-t-en pèlerinage ?...
Le brouillard sale de la Ville !
De sa suie froide
Il encrasse mes poumons qu'a rouillés l'hiver,
Et la meute de mes entrailles affamées vont aboyant en moi
Tandis qu'à leurs voix répond
La plainte faible de mes rêves moribonds.

POURQUOI

Pourquoi battre le rappel
Du jazz imagination
De la bamboula des paroles
Au clair de ma jeunesse ?

Renvoyons l'harmonie tumultueuse des hanches,
La frénésie des seins bondissant et bramant
À travers les forêts parfumées,
Renvoyons les longs jours titubants, ivres de vin.

Pauvre convalescent,
Dévêtons-nous de violence.
Seulement un peu d'air vert et vif
Et léger, comme une mousseline
Autour de nous, n'est-ce pas ?
Et le repos tranquille,
Calme,
Sous le tiède soleil d'une affection sororale.

JE SUIS SEUL

Je suis seul dans la plaine
Et dans la nuit
Avec les arbres recroquevillés de froid
Qui, coudes au corps, se serrent les uns tout contre les autres.

Je suis seul dans la plaine
Et dans la nuit
Avec les gestes de désespoir pathétique des arbres
Que leurs feuilles ont quittés pour des îles d'élection.

Je suis seul dans la plaine
Et dans la nuit.
Je suis la solitude des poteaux télégraphiques
Le long des routes
Désertes.

LE PORTRAIT

Voici que le Printemps d'Europe
Me fait des avances
M'offre l'odeur vierge des terres,
Le sourire des façades au soleil
Et la douceur grise des toits
En douce Touraine.
Il ne sait pas encore
L'entêtement de ma rancœur aiguisé par l'Hiver
Ni l'exigence de ma négritude impérieuse...

Aujourd'hui,
Qu'il me suffise le sourire
Qu'ébauchent tes lèvres hâtives,
Qui se perd dans le rêve marin de tes yeux
Et la fauve colline de ta chevelure frémissante
Sous le vent !

JE M'IMAGINE
OU
RÊVE DE JEUNE FILLE

Je m'imagine que tu es là.
Il y a le soleil
Et cet oiseau perdu au chant si étrange.
On dirait une après-midi d'été,
Claire. Je me sens devenir sotte, très sotte.
J'ai grand désir d'être couchée dans les foins,
Avec des taches de soleil sur ma peau nue,
Des ailes de papillons en larges pétales
Et toutes sortes de petites bêtes de la terre
Autour de moi.

CHANT POUR JACKIE THOMPSON
Championne du cent mètres dames

J'avais élu le stade, loin des marchands.
Je chante les plus forts les plus habiles, je chante les plus beaux.

Je t'avais élue à la première course, la plus courte oui, la plus noble.
Pour tes longues jambes d'olive t'avais élue, ta souplesse cambrée.
Proue de pirogue et sillage de cygne noir dans la poussière d'argent.
Peut-être un souvenir, un rêve de jadis.
Ah ! j'oubliais ton sourire mutin, si frais d'enfant.
« Elle sera la première, la grande Poullo-là[1] »

Tu partais en douceur, dans la ruée de l'ouragan,
Et toutes tu les contrôlais sereine, les remontant souriante.
Au cinquante mètres tu ouvris ta grâce, tes ailes
Allongèrent la foulée comme une liane, une chamelle qui va l'amble,
Te détachèrent net des autres sur leurs courtes jambes d'albâtre
Ou d'ébène, qu'importe ?
Et le stade haleta, debout,
Et tu te jetas sur le fil aérien, comme une amazone du Roi
Royale, et de ma gorge ce cri qui jaillit
Triomphal : *« Black is beautiful »,* ma généreuse petite Poullo,
Car *Pulel hokku soko haraani*[2]. Ah ! que n'ai-je la voix,

1. « Poullo » veut dire, en poular, toute personne de race peul. Le poète compare Jackie Thompson à une jeune fille peule, car elle a la sveltesse et le teint de cuivre rouge des Peuls.

2. *Pulel hokku soko haraani.* Cette phrase veut dire, mot à mot : « La petite Peule a donné sans être rassasiée. » Ce qui signifie qu'elle est généreuse. Le poète, ici, paraphrase, en lui donnant un sens contraire, le dicton peul : *Pulel sippu soko haraani*, qui signifie « la petite Peule a vendu, mais elle n'est pas rassasiée ». En d'autres

Dites, de Siga Diouf Guignane, qui faisait trembler les dieux athlètes.
Je te chante, Jackie Thompson, sur le versant du jour
Et s'empourpre mon chant sur l'Océan bleu Atlantique.

LES DJERBIENNES

Inspire-moi, Tanit la Tendre, Tanit la Tunisienne,
Quand je chante les Djerbiennes au rythme des tam-tams et tabalas.
Les voilà entrant dans la danse, vases sveltes, un vase sur la tête altière.
Les voilà longues lisses, les Djerbiennes à la tête d'or
Et les hauts dieux d'ébène pour rythmer leurs pas.
Les tam-tams dansent et les tabalas, les tam-tams sous les mains d'ébène dur.
Les voici de soie fine, les Djerbiennes, soyeuses et souples
Et déroulant rythmée leur fuite frissonnante, gracieuse.
Et montent les hosannahs dans la nuit bleue étoilée.

---

termes, la petite Peule, qui est avare, va vendre au marché des denrées qu'elle ferait bien de consommer.

JARDIN DES PRÉBENDES

Jardin des Prébendes
Tu m'as touché l'épaule
Comme je passais le long de tes grilles vertes,
Indifférent...

C'est aujourd'hui que tu m'es ami,
En cet après-midi d'Octobre
– Il est nuit, il est jour dans les rues et les sous-bois –,
En cet après-midi d'Octobre
Où j'entends, à peine, comme en un mirage coutumier,
Qui cherche son chemin et se lamente dans quelque
   clairière perdue de moi
Une trompette bouchée.

Que tu m'es ami,
Pathétiquement pareil
À l'âpre passion des plaines rousses, immobiles là-bas,
   en Sénégambie.

PERCEUR DE TAM-TAM

Homme sinistre,
Bec d'acier,
Perceur de joie,
J'ai des armes sûres.

Mes paroles de silex, dures et tranchantes
Te frapperont ;
Ma danse et mon rire, dynamite délirante,
Éclateront
Comme des bombes.

Je t'abattrai,
Corbeau noir,
Perceur de tam-tam
Tueur de vie.

CAMARADE

Camarade,
Je veux rompre ma peau noire,
Et qu'elle me suive,
Je veux traverser ton abord
Rêche, tes flèches gouailleuses.

Camarade,
Je veux, par-delà ta peau hâlée, éraillée
Et tes mains,
Plonger jusqu'à ton cœur, jusqu'à tes entrailles
Sensibles.

JARDIN DE FRANCE

Calme jardin,
Grave jardin,
Jardin aux yeux baissés au soir
Pour la nuit,
Peines et rumeurs,
Toutes les angoisses bruissantes de la Ville
Arrivent jusqu'à moi, glissant sur les toits lisses,
Arrivent à la fenêtre
Penchée, tamisées par feuilles menues et tendres et pensives.

Mains blanches,
Gestes délicats,
Gestes apaisants.

Mais l'appel du tam-tam
bondissant
par monts
et
continents,
Qui l'apaisera, mon cœur,
À l'appel du tam-tam
bondissant,
véhément,
lancinant ?

LETTRES D'HIVERNAGE

à Colette, ma femme,
qui m'a inspiré ces poèmes.

L'*hivernage*, c'est, dans la zone soudano-sahélienne, la saison des pluies. Au Sénégal, elle commence en juin pour s'achever dans la deuxième quinzaine d'octobre.
Le mot a été forgé par l'armée coloniale qui, comme l'armée romaine, *hivernait* pendant la mauvaise saison.
L'hivernage, c'est donc l'été et le début de l'automne. Mais il y a aussi l'hivernage de la *Femme*.

JE ME SUIS RÉVEILLÉ

Je me suis réveillé sous la pluie tiède, cette nuit
Dans la nuit de mes angoisses, entre les panthères ailées les squales amphibies
Les crabes jaunes qui proprement me mangeaient la cervelle.
Je suis resté longtemps, et ruminant mes pensées tes pensées
Chantant tes dernières paroles, et le sourire du mouchoir, la porte fermée de l'adieu.

Je me suis réveillé dans les gorges de tes senteurs bruissantes, exquises.
Ta voix de bronze et de roseau, ta voix d'huile et d'enfant
Comme le soleil sonnait à ma vitre, parmi la fraîcheur du matin.
Et montaient alentour, jaillissant de la lumière de l'ombre
Blanches et roses, tes odeurs de jasmin sauvage : la *Feretia apodanthera*

Que dans la nuit mes larmes avaient arrosée.

C'EST CINQ HEURES

C'est cinq heures, tu dirais, le thé. Dix-sept heures.
Ta lettre de pain tendre, douce comme le beurre, sage comme le sel.
Et la lumière sur la mer trop verte et bleue
Et la lumière sur Gorée, sur l'Afrique noire blanche mais rouge.
Il y a – pourquoi le Dimanche ? – la guirlande des bateaux blancs
Vers les rivières du Sud, vers les fjords du Grand Nord.
Ta lettre telle une aile, claire parmi les mouettes voiliers.

Il fait beau, il fait triste.
Il y a Gorée, où saigne mon cœur mes cœurs.
La maison rouge à droite, brique sur le basalte
La maison rouge du milieu, petite, entre deux gouffres d'ombre et de lumière
Il y a ah ! la haute maison rouge, où saigne si frais mon amour, comme un gouffre
Sans fond. Là-bas à gauche au nord, le fort d'Estrées
Couleur de sang caillé d'angoisse.

QUE FAIS-TU ?

« Que fais-tu ? À quoi penses-tu ? À qui ? »
C'est ta question et ta question.
Rien n'est plus mélodieux que le coureur de cent mètres

Que les bras et les jambes longues, comme les pistons d'olive polis.

Rien n'est plus stable que le buste nu, triangle harmonie du Kaya-Magan
Et décochant le charme de sa foudre.

Si je nage comme le dauphin, debout le Vent du Sud
C'est pour toi si je marche dans le sable, comme le dromadaire.

Je ne suis pas roi du Ghana, ni coureur de cent mètres.
Or tu ne m'écriras plus « Que fais-tu ? »...

Car je ne pense pas, mes yeux boivent le bleu, rythmiques
Sinon à toi, comme le noir canard sauvage au ventre blanc.

J'AIME TA LETTRE

J'aime ta lettre, plus douce que l'après-midi du Samedi
Et les vacances, ta parole de songe bleu.

La fragrance des mangues me monte à la nuque
Et comme un vin de palme un soir d'orage, l'arôme féminin des goyaves.

Les tempêtes suscitent les humeurs, le palais blanc s'ébranle dans ses assises de basalte
L'on est long à dormir, allongé sous la lampe sous la violette du Cap.

La saison s'est annoncée sur les toits aux vents violents du Sud-Ouest
Tendue de tornades, pétrie de passions.

Les roses altières les lauriers-roses délacent leurs derniers parfums
Signares à la fin du bal
Les fleurs se fanent délicates des bauhinias tigrées
Quand les tamariniers aux senteurs de citron allument leurs étoiles d'or.
Du ravin monte, assaillant mes narines, l'odeur des serpents noirs
Qui intronise l'hivernage.

Dans le parc les paons pavoisent, en la saison des amours.
Rutilent dessus les pelouses, pourpres princiers, les flamboyants
Aux cœurs splendides, et les grands canas d'écarlate et d'or.
M'assaillent toutes les odeurs de l'humidité primordiale, et les pourritures opimes.
Ce sont noces de la chair et du sang – si seulement noces de l'âme, quand dans mes bras
Tu serais, mangue mûre et goyave ouverte, souffle inspirant ah ! haleine fraîche fervente...

J'aime ta lettre bleue, plus douce que l'hysope
Et sa tendresse, qui me dit que tu es m'amie.

TON SOIR MON SOIR

Ton soir mon soir, à la fin de l'après-midi
Ton thé mon rêve, quand la pensée dérive et que délire l'âme.

De la haute terrasse, le parc à mes pieds flamboyant et la mer et Gorée
Et devant toi, les vagues bruissantes des blés sur le versant des terres hautes.
Devant moi le silence humide, et seul le froissement soyeux des vagues
Soudain traversé par la trompette des grues couronnées
Qui s'appellent avant la nuit. Le jour conjure les dieux blancs des ténèbres
Le jour tressaille sur les murs blancs terrasses blanches de l'Île
Avec le concert splendide des oiseaux au crépuscule.

Regarde la nuit descend sur Gorée, de vieux rose vêtue comme les signares jadis
À l'entrée du Grand Bal. La nuit descend sur l'île douce, où s'allument les lampes.
Sur la mer dans le port, s'allument les bateaux longs de tous bords
Le cargo de Glasgow, le minéralier de Yokohama, le tanker scandinave de trois cent mille tonnes
Long comme un autodrome, où l'on circule à bicyclette, et son château est un kiosque à musique
S'allument tous mes désirs de vacances en partance.
Mais toujours au couchant, saigne mon cœur sous la flèche des Almadies.

Quand parmi les rosiers, tu songes tu le dis au Prince noir
Comme faisait la Signare à son Enseigne en allé, parti perdu.

JE REPASSE

Je repasse ta lettre, à l'ombre du ciel bleu du parasol.
À mes pieds, la mer molle se froisse rythmique à l'arène
Le chant s'essore. La mer jusqu'à la passe est pareille à tes yeux de sable et d'algues
Jusqu'à la masse profonde du large, où fleurissent tous les miracles
Sous les cris blancs des mouettes, l'écume des longues pirogues.

Sur la plage rythmique, les canards sauvages en groupe songent, immobiles muets.
Je songe à mon enfant dernier, l'enfant de l'avenir
Aux cils de palmes, aux yeux de puits sans fond.
Ses cheveux plats fulgurent de fauves éclairs.
Où est donc la fille de mon espoir défunt, Isabelle aux yeux clairs ou Soukeïna de soie noire ?
Elle m'écrirait des lettres frissonnant d'ailes folles
D'images coloriées, avec de grandes bêtes aux yeux de Séraphins
Avec des oiseaux-fleurs, des serpents-lamantins sonnant des trompettes d'argent.

Car elle existe, la fille Poésie. Sa quête est ma passion
L'angoisse qui point ma poitrine, la nuit

La jeune fille secrète et les yeux baissés, qui écoute pousser ses cils ses ongles longs.
Et tu demandes :
– Mais pourquoi cette brume et ces mirages au fond de tes yeux étales ?
– La mer est belle et l'air est doux, comme jadis sur les bords des Grands Lacs.

RETOUR DE POPENGUINE

Retour de Popenguine, dans la langueur beauté de ce Dimanche après-midi.
À la verticale de la Rivière fraîche, d'un long regard j'embrasse la Presqu'île
Comme un bras un cœur une main tendue vers la mer mémorable
Les richesses du monde, la proue des Almadies dans la substance salée !...

Il fait clair dans l'espace immense, dans mon âme pas un ennui.
Chaque chose dans l'air limpide, avec son double.
Il fait bon et le temps s'arrête, et le cœur vit deux fois.
Et tu es mon double Sopé, le double de mon double.

À mes pieds bas la plaine verte, profusion de promesses
Et là-bas le Cap-Vert constellé d'îles, frangé d'écume et d'anses
De plages blondes. Une guirlande de bonheurs mêlés dans le Dimanche doux.
Seigneur, oh ! fais de notre terre un Dimanche sans fin.

Mais demain le Cap-Vert dressera, il dresse ses buildings blancs bourdonnant de puissance
D'ambition ; et alentour les villas impatientes
Les médinas monstrueuses se métamorphosent, palpitant de passions toniques.
Tant de beautés de forces, tant de vie je voudrais mêler

Tant de promesses vivantes de joies !...
L'hélicoptère descend en virant comme la mouette
Sur la mer d'or vermeil, quand au soleil s'allument les maisons de Gorée
Pareilles à tes yeux les soirs de réception.

ET LE SURSAUT SOUDAIN

Et le sursaut soudain, sous le bruit frais sous le coup de poignard.
J'erre tournant, possédé comme les phalènes, autour de la lampe tempête
Me brûlant les ailes de l'âme au chant sirène de tes lettres.
Et me voici déchiré calciné, entre la peur de la mort et l'épouvante de vivre.

Mais aucun livre aucun qui arrose mon angoisse.
L'esprit est bien plus désert que le Sahara.

Or voici les cendres amères de mon cœur, comme une fleur séchée.
Toi seule peux me sauver mon espoir, et ta présence
Toi mon présent, mon indicatif mon imperfectif

Toi ma parfaite, non tes lettres, tes lèvres soleil de l'éternel été.

Et je t'attends dans l'attente, pour ressusciter la mort.

ET LE SOLEIL

Et le soleil boule de feu, déclive sur la mer vermeille.
Au bord de la brousse et de l'abîme, je m'égare dans le dédale du sentier.
Elle me suit, cette senteur haute altière qui irrite mes narines
Délicieusement. Elle me suit et tu me suis, mon double.

Le soleil plonge dans l'angoisse
Dans un foisonnement de lumières, dans un tressaillement de couleurs de cris de colères.
Une pirogue, fine comme une aiguille dans une mer immense étale
Un rameur et son double.
Saignent les grès du cap de Nase quand s'allume le phare des Mamelles
Au loin. Le chagrin tel me point à ta pensée.

Je pense à toi quand je marche je nage
Assis ou debout, je pense à toi le matin et le soir
La nuit quand je pleure, eh oui quand je ris
Quand je parle je me parle et quand je me tais
Dans mes joies et mes peines. Quand je pense et ne pense pas
Chère je pense à toi !

SUR LA PLAGE BERCÉ

Sur la plage bercé par le sable par la mer chère ! les filaos, je médite avec les canards sauvages
Je pense à toi. Popenguine Rufisque et Toubab-Dyalaw, Joal Portudal Palmarin
Les noms splendides des forts blancs, et qui chantent bas à mes songes.
Mon nom qui songe, la goutte de sang portugais, haïe chérie, oh ! qui danse les vieilles *saudades*.

Ainsi, ils débarquèrent. Nous les reçûmes comme des masques peints, à deux genoux.
Ils débarquèrent sous les ailes bleues, voiles blanches des Alizés
Sur le sable et le soleil purs, sous le soleil et le sable fervents.
Ivres de sperme et de fureur, ils débarquèrent, ivres de foi tel un vin fort.

Sur l'arène ils ont bâti des forts comme des fleurons, sur sept cents kilomètres.
Et des créneaux. Et la force a croulé
Et il n'en reste plus que les rêves bleus des touristes, et c'est très beau.
Mais les visions du poète, nous les bâtirons dans la pierre de Rufisque.

Ils ont creusé sur la colline de grès rose, jusqu'au basalte noir de l'âme
Dans le basalte ils ont scellé leur cœur, la Vénus rythmique de Grimaldi.

Elle fait tomber les pluies de miséricorde dans les hivernages cycliques
Lorsque la faim fane les joies et fait sonner les os comme des olifants
Ou que la misère humilie les ventres mous.

Or je songe à la foi furieuse, à la tendresse portugaise.
Saudades des temps anciens, et la brise était fraîche et l'hivernage humide
Saudades de mes nostalgies, je pense à l'Africaine, à la Peule d'or sombre
À toi. Ta goutte de sang ibérique, douceur et ferveur comme une fourrure.
Comme un plain-chant, non ! comme une berceuse *malinké*.

IL A PLU

Il a plu toute la nuit.
J'ai pensé à toi sous la fulgurance sulfureuse des ténèbres.
La mer bavait sur les brisants des tuiles vertes, la mer meuglante
Sous le tonnerre et la tornade, nous gémissions sous l'Ange de la mort
D'une longue plainte et si douce.

Me voici dans le gouffre du palais sonore
Dans les moiteurs les migraines, comme à Dyilôr jadis
Ma mère ceignait mes angoisses de feuilles de manioc, les saignait.

À Joal comme autrefois, il y a cette souffrance à respirer, qui colle visqueuse à la passion
Cette fièvre aux entrailles le soir, à l'heure des peurs primordiales.

Je rêve aux rêves de jeunesse.
Mon ami l'Étranger disait la fraîcheur des prés en Septembre
Et les roses de Tinchebray qui s'irisent dans la candeur du matin.
Je rêvais d'une jeune fille au cœur odorant
Et quand elle se fâchait, ou délirait, ses yeux jetaient des éclairs

De soufre, comme toi n'est-ce pas ? comme la nuit d'hivernage.

À QUOI COMMENT

À quoi comment vis-tu penses-tu, mais à qui ?

Je vis ne pense pas, je dis je pense la mer et le ciel.
Ainsi les canards du Dimanche, et mon stylo
Ailé est comme le canard sauvage à ras de vague.
Je vis la vague vis le bleu, et la blondeur du sable blanc
Et la rougeur rose du cap de Nase comme le nez du cousin portugais
Tout gravelé de blockhaus désuets.
Foin des pirouettes des petites maubèches sophistiquées
Je hume la mer d'iode, et de sel de laitance

Au crépuscule, la nouba du soleil sous tente flamboyante
Et dans la nuit, la douceur du rire parmi les palmes.

Or à qui pas à quoi, je te pense te vis vivante.

TA LETTRE SUR LE DRAP

Ta lettre sur le drap, sous la lampe odorante
Bleue comme la chemise neuve que lisse le jeune homme
En chantonnant, comme le ciel et la mer et mon rêve
Ta lettre. Et la mer a son sel, et l'air le lait le pain le riz, je dis son sel
La vie contient sa sève, et la terre son sens
Le sens de Dieu et son mouvement.
Ta lettre sans quoi la vie ne serait pas vie
Tes lèvres mon sel mon soleil, mon air frais et ma neige.

TA LETTRE MA LETTRE

Ta lettre ma lettre, et si c'était impossible
Si Hitler si Mussolini, si la Rhodésie l'Afrique du Sud, le cousin portugais
Si si et si, mais nous avons le téléphone blanc

Non, téléphone rouge. Satellites qui tournent alentour de la Terre-Mère.
Tournent-ils mais qu'importe ? À travers les espaces noirs fleuris d'étoiles
À travers les murs les chaînes le sang, à travers le masque et la mort
Nous avons le téléphone de l'aorte : notre code est indéchiffrable.

VERTIGE

Vertige !...

Dix-huit mille pieds à la verticale de Marrakech
L'Afrique me salue, je dis adieu à l'Europe.
D'abord j'ai salué l'Afrique dessus le parallèle de Bordeaux, et bien auparavant
Quand montaient à ma mémoire à mes narines vibrantes, les peaux brunes odeur couleur de musc.

Sous mes pieds maintenant, le troupeau blanc des moutons aux dos roses.
Laissant à tribord Las Palmas, à l'ombre de ses collines neigeuses
Nous avons foncé droit sur Bir Mougrein, le fort où je liai amitié
Avec un jeune palmier du Trarza, d'ambre sous ses boucles polies.

C'était il y a longtemps, des roses noires fleurissaient sur les bords du Draa.

Lors les oasis étaient parfumées de chants d'ombre et d'eaux vives.
Mais c'est déjà Atar, est passé l'oued blanc sur la noire hamada
Et sourdent les odeurs du Ksour, avec le lait et la laine et l'urine.

Le soleil le soleil derrière les montagnes de l'ouest
À l'est, la douceur mauve des monts de l'Adrar.
L'avion glisse lentement son museau vers la mer
Vers la clarté rouge du ciel, sur le gouffre de la nuit de la mer de la mort

Et ce sont comme des flocons d'étoiles sur la mer Atlantique.
À la pointe des Almadies, montera bientôt l'espoir des Mamelles
Bientôt, au-dessus du cimetière marin
La douceur de la terre noire, et le regret de ton absence

À Toi.

MON SALUT

Mon salut comme une aile claire
Pour te dire ceci :

À la fin du premier sommeil, après ta lettre, dans la ténèbre et le poto-poto
Au fond des fondrières des angoisses des impasses, dans le courant roulant

Des rêves morts, comme des têtes d'enfants le Fleuve perdu
Je n'avais que trois choix : le travail la débauche ou le suicide.

J'ai choisi quatrième, de boire tes yeux souvenir
Soleil d'or sur la rosée blanche, mon gazon tendre.

Devine pourquoi je ne sais pourquoi.

AVANT LA NUIT

Avant la nuit, une pensée de toi pour toi, avant que je ne tombe
Dans le filet blanc des angoisses, et la promenade aux frontières
Du rêve du désir avant le crépuscule, parmi les gazelles des sables
Pour ressusciter le poème au royaume d'Enfance.

Elles vous fixent étonnées, comme la jeune fille du Ferlo, tu te souviens
Buste peul flancs, collines plus mélodieuses que les bronzes saïtes
Et ses cheveux tressés, rythmés quand elle danse
Mais ses yeux immenses en allés, qui éclairaient ma nuit.

La lumière est-elle encore si légère en ton pays limpide

Et les femmes si belles, on dirait des images ?
Si je la revoyais la jeune fille, la femme, c'est toi au soleil de Septembre
Peau d'or démarche mélodieuse, et ces yeux vastes, forteresses contre la mort.

TA LETTRE TRÉMULATION

Ta lettre trémulation, et la fièvre.

Tu m'as demandé un oiseau, bleu comme la sauge d'un songe
Merle bleu gobe-mouches bleu, touraco géant comme tes mirages
Ou bien l'*Halcyon senegalensis ?...*
Je l'ai mis dans la cage, et tu t'en es nourrie ainsi que d'une eau à sa source
Depuis combien d'années ?
Tu m'as demandé des après-midi en fleurs, des soirées d'écarlate et d'or vibrant au galop des koras
Des aubes transparentes, et que la nuit jamais ne voilât ton bonheur :
– Fais que toujours tu me sois joie, mon Prince mon Athlète et mon ébène.
– Point n'ai pris habitude des promesses ; je sais oui mon amour de toi
Sans cesse que tes yeux soleils rythmeront la sève de mon sang
Et la floraison de Septembre est bien la plus suave

Que ta voix de roseau, ta voix d'huile illuminera ma nuit
Que tes gorges hâ ! tes buissons bourdonnant d'abeilles me feront toujours trembler
Me minant m'ébranlant sur les fondements de mon être.
Lumière musique senteurs, sens sans qui je ne serais pas.
Point de promesses : je serai ta joie quand tu es mon être.

TROMPETTES DES GRUES COURONNÉES

Trompettes des grues couronnées ? Ou est-ce ton visage en songe
En la lueur de l'aube, ta voix de bronze lisse qui chasse les angoisses ?
J'ouvre le ciel de ma fenêtre sur la mer.

Gorée dans la nuit qui s'attarde, prodigieuse comme un plésiosaure
Mais six bougies six vers luisants, un sémaphore à la pointe du Nord
La mer et ton sourire qui s'éclairent aux opalines du matin.

Voici mes pirogues qui rentrent, quand noyée la ligne de flottaison.
Elles ont la nuit durant long pêché tes pensées.
La mer s'embrase aux splendeurs de l'enfance.

Et fusent des parterres des bosquets, des brumes de mon cœur
Avec l'odeur d'or des jujubiers, ton parfum
Les cris vibrants des merles métalliques

Qui me consolent me confortent.

TA LETTRE

Ta lettre floraison de roses en Septembre
Précieuse. Je la lis sous la lampe et la lisse ambiguë.

Je sens le parc en fleurs, les promenades lentes et le sous-bois
Et les douces fleurs d'ombre, la lumière des cyclamens.
Je vois l'odeur des roses, l'arôme des vins vieux qui montent
Et de la plage monte le parfum de ta peau de pain brûlé

Ta peau d'or rouge. Sourdent les senteurs des jujubiers, bourdonnant d'abeilles de soleil.
Parfois je pense à toi si fort ! c'est splendeur de douleur
Comme flamme de physalie au plein de ma poitrine.
Contre le désespoir, mon refuge mon seul, le royaume d'Enfance.

Je marche sur la plage, à Joal-Popenguine
Le sable sous la paume de mes pieds : le baiser de la terre maternelle.
Joie de la marche dans le sable blond, qui déboule soyeux

Plaisir des muscles qui jouent libres aux plages de l'Éden
Joie de la nage dans l'eau tiède et le placenta primordial
Joie de nager, la bouche ouverte à l'eau au sel.

Puis de nouveau marcher me perdre, jusqu'aux raisins marins aux cerises sauvages.
Qui me rendra les plateaux d'Éthiopie, où le pâtre sur un pied se
Repose à l'ombre de sa flûte ?
Au loin répond une flûte amébée.

CAR JE SUIS FATIGUÉ

Car je suis fatigué. La sirène du paquebot derrière Gorée sonne l'hallali
Dans le soir, la lumière tressaille sur les murs roses, sur la mer sur le ciel
Un bateau blanc s'en va là-bas vers le Sud bleu et gris
Et je suis triste, vers Nagasaki la triste vers Valparaiso la belle
Oui vers Rio de Janeiro, où les mulâtresses sont des orchidées odorantes.

Or je suis fatigué qu'il soit l'heure du thé, et le jardin est clair
Autour de la fontaine, sous la statuette d'Afrique.
Mon cœur est couleur de l'ampélopsis quand je regarde tes yeux de mémoire
Et je suis fatigué, non las hélas ! mais fatigué
De n'aller nulle part quand me déchire le désir de partir.

TU TE LANGUIS

Tu te languis de Dakar de son ciel de son sable, et de la mer
Je me languis de toi, comme d'un bonheur adolescent en automne.
Je chante en t'écrivant, comme le bon artisan qui travaille un bijou d'or.
Alors je danserai, léger et grave, la danse de ma Dame
Et pour ma seule Dame !

Simplement ton pays au déclin de Septembre, où les nuits sont plus fraîches
Les jours plus cristallins. Et la lumière joue souple soyeuse
Dans les rideaux, et sonne sur les bronzes sombres, et chante sur les plats d'argent.
La lumière dans le ciel bleu, violet à peine, joyeux et léger innocent.
Fument au loin les brumes basses sur les villages alanguis.

Chanter la floraison de Septembre dernière, la confusion des parfums transparents
Ah ! chanter la lumière de tes yeux grands étales
Quand saigne mon cœur sur la vigne vierge, pour la dernière fois.
Dans l'arrière-saison, avant que ne soient les vendanges
Jamais mais jamais tu ne seras plus pathétiquement belle.

À la fin de l'été, pour chanter tes yeux tes senteurs beauté
Dieu ! que je vête la chape d'or des marronniers, non ! pourpre des érables sur les Laurentides
Ou sous la lune, le long pagne d'opale des peupliers au bord de l'eau.
Tu viendras, et je t'attendrai à la fin de l'hivernage.
Sous la rosée qui s'irise, tu seras comme le filao sous une neige de grâce.

J'AI FAIT RETRAITE

J'ai fait retraite à Popenguine-la-Sérère.
Retourné aux éléments primordiaux

À l'eau je dis au sel, au vent au sable, au basalte et au grès
Comme la blanche mouette et comme le canard noir, le crabe rose.

Me nourrir seulement de passion pure, comme d'un lait et très frais de coco
M'endormir sous le souvenir de toi, au chant des prosopis des filaos.

Mais déjà tu t'es annoncée aux marées de Septembre
Forte houle d'odeurs du côté des menthes sauvages.

TU PARLES

Tu parles de ton âge, de tes fils de soie blanche.
Regarde tes mains pétales de laurier-rose, ton cou le seul pli de la grâce.
J'aime les cendres sur tes cils tes paupières, et tes yeux d'or mat et tes yeux
Soleil sur la rosée d'or vert, sur le gazon du matin
Tes yeux en Novembre comme la mer d'aurore autour du Castel de Gorée.
Que de forces en leurs fonds, fortunes des caravelles, jetées au dieu d'ébène !

J'aime tes jeunes rides, ces ombres que colore d'un vieux rose
Ton sourire de Septembre, ces fleurs commissures de tes yeux de ta bouche.
Tes yeux et ton sourire, les baumes de tes mains le velours la fourrure de ton corps
Qu'ils me charment longtemps au jardin de l'Éden
Femme ambiguë, toute fureur toute douceur.

Mais au cœur de la saison froide
Quand les courbes de ton visage plus pures se présenteront
Tes joues plus creuses, ton regard plus distant, ma Dame
Quand de sillons seront striés, comme les champs l'hiver, ta peau ton cou ton corps sous les fatigues
Tes mains minces diaphanes, j'atteindrai le trésor de ma quête rythmique

Et le soleil derrière la longue nuit d'angoisse
La cascade et la même mélopée, les murmures des sources de ton âme.

Viens, la nuit coule sur les terrasses blanches, et tu viendras
La lune caresse la mer de sa lumière de cendres transparentes.
Au loin, reposent des étoiles sur les abîmes de la nuit marine
L'Île s'allonge comme une voie lactée.
Mais écoute, entends-tu ? les chapelets d'aboiements qui montent du cap Manuel
Et monte du restaurant du wharf et de l'anse
Quelle musique inouïe, suave comme un rêve

Chère !...

JE LIS « MIROIRS »

Je lis *Miroirs*, un roman un poème, un drame je ne sais
Miroirs comme la *Source* autrefois, voilà combien d'années ?...
« Mais que pensera-t-elle ?... Qui reconnaîtra-t-elle ?... Se reconnaîtra-t-elle ?... »
Semblable, toutes choses étant égales et n'étant pas égales.

Je te suis à l'odeur, tel le sloughi l'antilope des sables
Humant tes senteurs fauves, ta voix rauque et ce rire de la gorge

Qui m'engorge, et le rythme se fait plus pressant pantelant
Et le chant fuse des gorges de ma gorge

Dans l'hallali de ta beauté. Ah ! non pas ta beauté
Je dis bien cette terre partagée qui me déchire, et cette ville
Comme un parfum subtil : tous les mélanges de ton sang
Tous les quartiers de la ville, qui chantent à plusieurs voix.

Ce roman qui est poème, ce poème qui est drame : ta beauté me
Foudroie quand je te cherche, par-delà ton corps harmonieux
Dans le déchirement qui m'ouvrira l'aorte
L'identité primordiale de la même mort renaissance.

TOUJOURS « MIROIRS »

Toujours *Miroirs*. Or la Négritude et l'Antiquité. Prodigieux.

Prêtresse de Tanit, nourricière de Carthage l'opulente la stérile
Grand prêtre d'Amon-Râ, à Thèbes aux cent portes, qui donne sève et soleil aux vivants
Je suis dense la danse du bâtonnet mâle, qui provoque l'étincelle

La ténèbre si bleue de la forêt, où sont nées les images archétypes.

Général et commandant ses armées, j'ai tendu les ressorts de sa grandeur
J'ai conseillé leurs mouvements, paré d'or et d'ivoire ses triomphes, couronné de plumes d'autruche.
Dites-moi qui a volé le secret de la Parole ; au tréfonds des cavernes, la vérité des formes ?
Forgé l'ordonnance des rites et la matrice des techniques ?
Car des mots inouïs j'ai fait germer ainsi que des céréales nouvelles, et des timbres jamais subodorés
Une nouvelle manière de danser les formes, de rythmer les rythmes.
Prêtresse pédagogue général, philosophe artiste ou bien poétesse, je vous abandonne mes idées toutes
Ah ! j'ai choisi. Elle m'a distingué pour être son prince-servant, ou son faux eunuque qu'importe ?

Mes muscles sont longs sur les stades quand ma course légère.
Le Roi m'a touchée sa Première, qui respire par mes narines odorantes.
Oui mes mains sont fraîches l'été, et mes laves ont refleuri ses membres, fait son courage irrésistible.

Mais qu'importe si hétaïre aux lèvres bleues, je fais mûrir les rêves ?
Et tu me répondras :
– Il te faut brûler la Sorbonne, mon Athlète de nuit.
– Mais elle a choisi de brûler. Que ses cendres fertilisent les fièvres de nos vies !

AU BOUT DE MA LUNETTE

Au bout de ma lunette, les pêcheurs le filet
Les pêcheurs qui chantent ensemble, et qui marchent rythmés
Parallèles asymétriques, les pêcheurs sur la plage
Dans la mer prodigieuse, où fleurissent tous les poissons.

Au bout de ma lunette, il y a les pêcheurs parallèles et nus
Et leurs muscles longs sont rythmés, et beaux comme des statues de basalte.
Et les femmes laudantes et les femmes vibrantes, comme les courbes des collines
Leurs vallons sont parfumés plus que les gorges de Tyamassass.

Ah ! seulement serions-nous, et toi ici, dans la nudité si limpide des prétemps
Que jouent nos muscles dans la joie, dans les jambes dans les poitrines
Que flambent les passions pures, feux de brousse la nuit
Dans la transparente beauté des corps d'ambre de bronze sombre, des cœurs de musc.

OR CE MATIN

Or ce matin, le ciel lavé de pluie, le vert si frais des arbres

Et la baie de fraîcheur comme la courbe d'un sourcil
Et le soleil sur la mer qui grésille d'aise.
Parmi le bruit de la pénombre, je pense à ta lettre exquise
Chère, songe au printemps du Septentrion – pourquoi ?

Il y avait les mouettes messagères, comme fleurs de papillons dans l'Alizé.
Sous la grâce des ponts blancs, tous les cygnes
Qui remontaient les rapides, entre la mer et les lacs.
Et le premier soleil sur les palais, dont la force est sagesse, l'équilibre beauté
Oh ! le premier soleil sur les corolles des corps blonds...

Mais j'entends le roulement lent des autobus pimpants, automobiles nickelées.
Rien que des jouets en matière plastique – oui l'art est mort
Mais vive l'art ! – rien mais rien que des amours hygiéniques
Rien que cette richesse rien que cette tristesse.
Et pour l'apaiser tous les ans, toutes les princesses en allées
Fors vous !

Fors vous Östan Sunan, et tous les – *an* des bateaux en partance
Bateaux blancs des rêves blonds, les cheveux au vent
Rêves bleus des îles au loin, des fleurs de la Baltique belle.
Fors vous bateaux sonores, champagne des chansons gerbes des rires des écharpes
Des mouchoirs...

Fors vous Femme là-bas, comme cette île dont je rêve
Tu rêves parmi les bolongs indigo des Rivières du Sud.

LES MATINS BLONDS DE POPENGUINE

Les matins blonds de Popenguine !
Après les brumes de silence, les brumes basses – seul le roulement de la mer
Les angoisses de la mort ah ! que jamais plus ne m'aimerait m'amie
Le réveil des rossignols d'Orient et
Soudain, le gonolek de Barbarie, le soleil qui tinte à ma vitre.
Et ma fenêtre ouverte, les colonnes torsades d'or des prosopis.

Ce fut ce matin-là, je descendais en sommeil le sentier des chats sauvages
Quand une première caresse, qui retombe lasse, un second
Souffle ton souffle, l'haleine de fraîcheur.
Et s'en vinrent les Alizés, et sur leurs ailes lent rythmées
Comme des pétales de neige et de grâce
Des papillons blancs axés de noir, bordés brodés de noir
Des nuages de gaze blanche de grâce blanche, de velours noirs vibrants

Comme nous allions le Dimanche à Joal vers la messe
Et s'en allaient mon père et ses fils grands, sous l'honneur de leur nom en pyjama de soie.

Et nous marchions luisants et roides, dans l'éclat des percales et des drills
Et les vierges de tussor et d'ambre, froufroutant dans la floraison de leurs rubans
La taille cambrée le regard candide, les poitrines opimes.

J'ai bien lu ton message, Sopé !...
C'était jadis par les matins limpides, sous Koumba Ndofène Diouf.
Je te ramènerai dans l'île des Tabors
Que tu connais : je serai la flûte de ma bergère.

LE SALUT DU JEUNE SOLEIL

Le salut du jeune soleil
Sur mon lit, la lumière de ta lettre
Tous les bruits qui fusent du matin
Les cris métalliques des merles, les clochettes des gonoleks
Ton sourire sur le gazon, sur la rosée splendide.

Dans la lumière innocente, des milliers de libellules
Des frisselants, comme de grandes abeilles d'or ailes noires
Et comme des hélicoptères aux virages de grâce et de douceur
Sur la plage limpide, or et noir les *Tramiae basilares*
Je dis la danse des princesses du Mali.

Me voici à ta quête, sur le sentier des chats-tigres.
Ton parfum toujours ton parfum, de la brousse bourdonnant des buissons

Plus exaltant que l'odeur du lys dans sa surrection.
Me guide ta gorge odorante, ton parfum levé par l'Afrique
Quand sous mes pieds de berger, je foule les menthes sauvages.
Au bout de l'épreuve et de la saison, au fond du gouffre
Dieu ! que je te retrouve, retrouve ta voix, ta fragrance de lumière vibrante.

ÉLÉGIES MAJEURES

ÉLÉGIE DES ALIZÉS

À Colette, ma femme

(pour deux flûtes, une kôra et un balafong)

Ce Juillet, cinq ans de silence, depuis les trompettes d'argent.
Il fallait bien conduire le troupeau par tanns et harmattans, car la liberté est désert.
Maintenant que dissipés les mirages, je veux à l'ombre des tamariniers
Abreuver de miel fauve mon troupeau de têtes laineuses, lui chanter paroles de vie fortes comme l'alcool de mil.
Je chanterai le mufle humide et robe blanche et croissant d'or de ma génisse
À la Toussaint d'enfance, chanterai le retour des Alizés.

*
* *

Tornades tornades de juillet ! Trombes canons canons du Quatorze Juillet !
Amenez les drapeaux devant l'ire de Dieu, devant l'abondance de Dieu.
Tornades troubles dans l'azur, et sur terre jonchée de fleurs de flamboyant
Comme de blanches robes sacrifiées.

Et point de sommeil, ô tornade ! lorsque tout dort à l'abri des éclairs.
Bercé par la houle et le vent, je hurle hulule, gecko, face reverse
Et comme lion nocturne, sur les hautes terrasses tristes
Je tourne autour de quelle absence ? Vastes les stalles et vide le gynécée comme laisse de mer.
Absente absente, toi seule absente ma Présente ma Sopé
Toi, laisse de sable et de tendresse, rivière de délices
Et collines du Nord, collines bleues du rêve cette nuit.

*
* *

L'Hivernage m'occupe. Il a pris possession de ma poitrine, sentinelles debout aux portes de l'aorte
Et le vert despotique à devenir ténèbre ; et les stériles graminées, de ma tête champ d'arachides.
Les reptiles mous ont rampé sous mes genoux.
Il pleut à cataractes sur Dakar sur les pylônes du Cap-Vert ; je suis gorgé d'eau fade comme papaye d'hivernage.
La crue est annoncée à l'échelle de Bakel : rouge, toutes digues tendues et les calculs des ingénieurs.
Je suis gorgé d'eau trouble, qui inonde mon maës-trichtien.
Insomnie insomnie ! et tu n'es plus balsamine de Ngasobil, tu n'es pas cri au mitan d'août.
Sous les geysers du sang, qu'éclate donc l'écorce
Qu'il éclate l'oryx de ses ailes feux de brousse, et monte, comète d'or, et
Tombe la veuve à queue de foudre. Et flottent les essences séminales, vaines.

Non !...
Moi le Maître-de-langue, j'ai en exécration : ce sang chaud monotone et ce pullulement fétide
Ces miasmes mouches moustiques et fièvres, ces délires d'hiver en hivernage
Lorsqu'on pense doucement à sa mère et à ses amours de jadis
Avant de s'abîmer dans le néant béant.
J'ai en exécration : le poto-poto où s'enfoncent lentement toutes patiences
Ces pourritures spongieuses du cœur, qui vous aspirent, énergie ! de leurs ventouses insondables.
Elles chantent bas sous les forêts de silence, et il faut allumer la lampe de l'esprit
Pour que ne pourrisse le bois ne moisisse la chair, ah ! surtout que ne se rouille le soc.
À l'aurore soudain, jaillisse la pintade aboie le chien.
C'est en l'honneur des hommes rassemblés.

*
* *

Alizés de l'enfance mon enfance, ah ! qu'arrive octobre à sa fin, quand bombent les tombes des cimetières.
C'étaient les dernières moiteurs, c'étaient les dernières torpeurs
Les dernières fièvres, les premières fraises et les plus belles perles de rosée.
Et la rentrée des classes, les visages venus d'où qui s'ouvraient
Et ceux qui arrivaient de France, comme des pommes rouges, ceux qui tombaient de Kaolack, fruits lourds du rônier
– Velours des peaux noires, pétales des peaux roses !

Lors des amitiés toutes neuves, qui se cherchaient la main, et des sourires qui s'ouvraient sur des ciels d'aube.
Et puis un jour, était-ce veille de Toussaint ? à midi les premières hirondelles
Comme des Morts propices, les premiers vents alizés caressant les collines des Mamelles
Dédaignant la piste des longs courriers, les premiers Alizés.
Ils viraient en sifflant sur leur traîne sur leurs pennes sur leurs ailes
Tissaient un tour d'honneur sur la Métropole, avant de s'annoncer aux conques bouches de Gambie.
Un jour ou deux, et les drapeaux tombèrent, les souffles se fanèrent, comme une fausse joie.
Ce furent d'autres jours, poisseux pesants, des sueurs humides et des classes mornes.
On se disputait paresseusement une place, comme un os les chiens jaunes, et les faveurs du maître.
Et de nouveau une rumeur la nuit, et murmuré un chant si doux, qu'elles s'émurent les hautes palmes.
Un matin, donc, arrivèrent en courant Isabelle-la-belle aux yeux de transparence bleue, Soukeïna-de-soie noire, sourire de soleil sur les lèvres de mer !
« Mes amis oh ! voici les Alizés, les vrais Alizés sur leurs ailes, mer et ciel.
« Comme des anges, ils arrivent des Canaries, mais ils partirent des Açores, de je ne sais quelle île encore.
« On dit des Rivières du Nord, de l'île où jeunes filles se nourrissent de glace. »
Et pendant trente jours, soufflèrent sifflèrent les Alizés sur leurs ailes rythmées.
Et c'était douceur dans les rues, sur les places et dans les classes, c'était concorde dans les cœurs.

Sur le port les trompettes des grues couronnées, ah ! la musique des machines dans les manufactures.
Fraîcheur du lait de corossol au matin de décembre !...

*
* *

Joie de la délivrance !
D'échapper aux ventouses des humidités primordiales, et des chaleurs et des humeurs, du sang du sperme.
Joie de la liberté !
Comme le lézard bleu à tête jaune, jouir du soleil bleu de la fraîcheur des eaux
De la fraîcheur des Alizés la nuit, quand sous les draps noirs on les entend longuement murmurer alentour des hautes terrasses.
Je me fortifierai du mil nouveau ; de l'huile vierge, je m'oindrai le front et les yeux
La bouche. Mais danger de l'âme citerne, qu'on vide quand les greniers sont dru dressés
Danger d'hiverner pendant la belle saison.
Ma négritude point n'est sommeil de la race mais soleil de l'âme, ma négritude vue et vie
Ma négritude est truelle à la main, est lance au poing
Récade. Il n'est question de boire de manger l'instant qui passe
Tant pis si je m'attendris sur les roses du Cap-Vert !
Ma tâche est d'éveiller mon peuple aux futurs flamboyants
Ma joie de créer des images pour le nourrir, ô lumières rythmées de la Parole !
Maintenant que les greniers craquent et que les taureaux sont lustrés

Maintenant que poissons abondent dans nos eaux, aux franges des courants marins
Il ferait si bon de dormir sous les Alizés...
Or me voilà tout brillant d'huile comme l'or rouge, comme le champion du Sine au début de la saison
Miel dans la voix des jeunes filles – pour les noces du Printemps on se disputera ses aigrettes.
Je dis noces avec mon peuple, et que je m'y prépare par la veille et le jeûne.
Non, je ne suis pas prince au bandeau pourpre, pagne classique, poitrine crucifiée de cauris blancs
Je ne suis pas le guêpier de Nubie le gonolek de Barbarie
Mais combassou du Sénégal, j'ai revêtu ma livrée bise.

*
* *

Vienne le soir, tandis qu'appellent battent les tam-tams
Que je m'arrête sous la Voie lactée, pour écouter dans le vent dans les palmes la plainte des poétesses
Flamme aiguë à mon flanc ; il me faut bander mon cœur d'homme
Puis allumer la lampe, faire les comptes comme un bon lamarque
Préparer l'avenir d'un long regard fertile.
J'ai présidé les fêtes sous des plafonds austères, et les murs étaient durs et purs
Banni tout ce qui n'était pas algèbre ni géométrie
Noblesse – il n'est besoin d'être né noble pour avoir la démarche du méhari
Ou de la girafe, qui fait bien front au lion.
J'ai promu l'énigme au rang d'une institution, et seule la haute kôra fut à la hauteur de notre dessein.

J'ai laissé sept ans la négritude sans eau pour que naisse la vision
Et fleurisse la race humaine.
Ce soir, quand se sont inclinés les derniers dos et les derniers turbans et les aigrettes
Ont souri les derniers sourires de grâce
Je n'ai pas retrouvé les pagnes parfumés, j'ai regagné le bureau rouge que gardent les masques polis
Veillé jusqu'à la fin du troisième sommeil. L'étoile du matin frappa à ma fenêtre
Mais s'étaient réveillés les Alizés pour bercer mon sommeil à l'aube.
Nuit d'Afrique ma Nuit !
Tu le sais en cette saison des flamboyants, sous ces prémices promesses de l'Été
Tu sais quel fut mon labeur sous la lampe, quelle ma peine
Et les angoisses, tu te rappelles ô Nuit ! quand je me faisais bâillonner pour ne pas mes pieds crier
Me faisais garrotter comme un voleur, et ne pouvais bondir m'enfuir dans les ténèbres fourrés des forêts.
Nuit et Nuit claire Nuit blonde, que les Serpents avaient promise
À Nyilane la douce, Nuit calme et Nuit palmes, ma douce Nuit ma nuit nounou
Nuit alizéenne élyséenne Nuit joalienne, Nuit qui me rends à la candeur de mon enfance
Nuit Nuit, tu as été en les nuits sombres l'Amie qui cause avec l'Ami et peuple l'insomnie
L'Amie qui trouve la solution, qui s'incline et console.
Nuit amie en ces nuits, je dis ma Blonde qui consoles, soutiens le combattant au plus bas de la pente
Ô Nuit ma Nuit et Nuit non nuit !...

*
* *

Nuit Alizés du Royaume d'Enfance, qui chantiez à Joal
Jusqu'au milieu de l'hivernage – mouraient moustiques et moutou-moutous
J'ai besoin de vos palmes pour continuer mon chant, refroidir ma poitrine la gorge.
Je chante dans mon chant tous les travailleurs noirs, et tous les paysans pêcheurs pasteurs
Qui déchantent au chant de la moisson.
Et ils ne se contentent pas de traire, et de pousser l'âne et le dromadaire, pour ployer le genou devant la bascule.
Je chante la jeunesse qui ne se suffit pas de cueillir pagnes et poèmes aux arènes sonores.
Que je te chante de mon mètre d'argent, mesure ton flanc indigo
Toi le Mâle noir élancé, beau sur l'arène et beau les yeux fermés
Mais plus beau de tes fines mains de labeur laboureurs
Bien plus beau de ton soc poli !
Apprends-moi les chants de travail que tu filais de ta voix d'or vert.
Les voilà qui sans tour arrondissent greniers et cases
Relèvent les carrés, qui revigorent filets et flottes de pirogues, raniment les troupeaux sous l'Harmattan.
Ô tous mes frères, que je chante votre sang rouge, vos labeurs blancs mais vos joies noires
Que je chante pour qui je chante.
Je chante l'oriflamme de l'Afrique aux forces essentielles.
Écoutez regardez ! Alizés se sont tus, s'est levé l'Harmattan

Et la dent du désert sur le pays, et la soif des cailloux et des khakhams
Les narines qui rompent lèvres qui sèchent, et la peau pleine de crevasses comme le souvenir des sources.
Et le travail devient fatigue, mais nous n'avons pas reposé
Et s'en allait soudain l'Harmattan sous la pression de nos muscles.
Et soudain, sur la terrasse de Poponguine, tu retournais vers moi tes yeux de mer
Et rechantaient les Alizés à la floraison de nos joies.

*
* *

Et soudain, sur les collines grises, les premières fleurs au défi de l'Harmattan.
Ô sourds ô politiques, mais n'entendez-vous pas la sève qui sourd à l'appel de l'austère ?
N'entendez-vous pas les fleurs qui éclatent sur la monotonie de Poponguine ?
Vous ne voyez que les manguiers et leurs promesses rousses, comme dans leur graisse pesante les bosses des bisons ?
Mes narines ont humé la subtilité des mimosées
Et j'ai cueilli les fruits prémices de l'année : j'ai mangé le lait aigre à la farine de jujube
Comme un mets de méditation.
Voici les fleurs de pénitence : l'arbre-sorcier qui nous tend ses calices mauves.
Puis dompté l'Harmattan par la veille et le jeûne, aux aurores d'avril
Voici, pour dire la Bonne Nouvelle, les gliricidias comme des glycines de joie diaprées

Et à l'entour dans la lumière, les fleurs d'or et de vie des cassias de Sieber.
Partout l'odeur du printemps, et pas une goutte d'eau dans l'Alizé pascal
L'odeur du printemps vert blanc or, odeur de l'albiziazygia
Je dis odeur de citron, et l'on y a embaumé les cœurs les passions.
Et je salue leur surrection dans l'Alizé de l'allégresse
Que meure le vieux nègre et vive le Nègre nouveau !
Et l'esprit est descendu parmi nous dans la pourpre des flamboyants.
Gratuitement, Seigneur, tu es descendu en nous ah ! nous habitant, toi qui es plus-que-vie
Toi, l'intérieur qui es le rouge des corps des cœurs.
Je te salue, Esprit, qui t'incarnes dans les cœurs dans les corps.
Par la voix du tam-tam, louange à l'accord trinitaire : le poème s'est fait trois langues.
Ô mes frères dans la jubilation de la joie
Ô que vous chantiez avec moi, ô que nous dansions la gloire des athlètes des amants
Mais gloire bien plus gloire aux splendeurs de l'Esprit dans son exaltation
À sa fécondité : les branches sont lourdes de fruits au temps de la soudure, au temps de la laitance.

*
* *

Or voici souches et khakhams livrés au feu, que les terres font leur toilette
Pour semailles profondes. Nous choisirons des semences de choix

De telle dilection, semences des longues méditations.
Que je me hâte pendant qu'il fait encore bon
Ne succombe aux senteurs sucrées des lauriers-roses, comme des mulâtresses.
Déjà, j'entends au loin la rumeur de la pluie qui monte des ténèbres du Sud.
Remontent à ras de vague les canards sauvages sous les miaulements des mouettes.
De Kafountine à l'extrême Fongolimbi, sur l'empan du pays
J'entends au loin, de l'Orient au Ponant, la marée montante des ruts nocturnes.
Souffle sur moi, sagesse, quand grondent en moi les cataractes des sangs anciens.
Je vivrai ouvert à la mer, mère nourricière de l'esprit.
Me nourrissent l'eau et le sel, la chair des fruits et le mil des poissons.
La nuit venue, en attendant le déluge
Entre deux tornades sèches, soufflera, c'était lors à Djilor
Entre deux crises, le sourire de brise sur l'oseille de l'Aïeule.
Non, sous tes yeux je serai, soufflera sur ma fièvre le sourire de tes yeux alizés
Tes yeux vert et or comme ton pays, si frais au solstice de juin.
Où es-tu donc, yeux de mes yeux, ma blonde, ma Normande, ma conquérante ?
Chez ta mère à la douceur vermeille ? – j'ai prisé votre charme ô femmes ! sur le versant de l'âge –
Chez ta mère à la vigne vierge, avec le rouge-gorge domestique, les merles et mésanges dans les framboises ?
Ou chez la mère de ta mère au chef de neige sous les Ancêtres poudrés de lys

Pour retourner au Royaume d'Enfance ?
Te voilà perdue à me retrouver au labyrinthe des pervenches, sur la montagne merveilleuse des primevères.
Ne prête pas l'oreille aux lycaons ! Ils hurlent sous la lune, férocement forçant les daims du rêve.
Mais chante sur mon absence tes yeux de brise alizés, et que l'Absente soit présence.

*
* *

Fouette-moi, tendresse, douceur de cyclamen, lumière aux sous-bois de septembre ; je boive forces fraîches
Solidement, pour affronter l'ascension des sangs grondants des marées d'équinoxe
Les dernières tornades, octobre ses Morts ses cortèges – c'est mon anniversaire –
La hantise des Masques, minuit ! et il faut construire sous la rosée de l'aube.
Nous aurons moissonné parmi la pluie des mangues
Avant la rentrée, moissonné les cris neufs des enfants parmi les frondes
Offert au Dieu les prépuces de l'âge, mangé le mil hâtif
Et moi, tes yeux de miel longuement bu, pesé brut le poids de l'athlète
En attendant, parmi les vents, légères les ailes des Alizés
L'esprit ouvert comme une voile, mobile comme une palme.

ÉLÉGIE POUR JEAN-MARIE

Aux Coopérants du contingent

(pour orgue et deux kôras)

Durant les douze et une lunes, nous l'avons tous pleuré
Seize si longues nuits, nous l'avons tous veillé, les Blancs les Noirs
Dans la cire et l'encens, dans l'alcool et la graine de kola.
Je dis il faut le reposer en paix, il faut le magnifier comme aux funérailles d'un prince
Oui, de Toutankhamon, en attendant la robe nuptiale à l'appel des trompettes vermeilles.
Que le Poète le magnifie : l'Ivre de Dieu, qui proclame le Dieu unique et l'homme unique.
Paris l'acclame dans l'éclat, dans le faste funéraire des formes.
Moi que je prononce ton nom ton innocence, toi Jean-Marie
Pour que tu revives, ivre et pur !...

*
* *

Me voilà de nouveau ivre et vide, devant le papier blanc, comme ma bouche toujours sous le poids du cœur

Quand les flocons de larmes de sang se pressaient à la barrière des dents.
Et il est vrai que je n'ai pas l'aisance des pleureuses à tisser les thrènes nocturnes.
Mais avril est si beau ! Les collines ronronnent sous le soleil
Ma tête bruit de trilles de roulades, et bourgeon je frémis
Humide, comme les fleurs qui chantent sur l'odorant magnolia blanc.
Sans crier gare tout le temps, je passe de mes amours à mes racines, des palmiers aux pommiers
Et de la tristesse à la joie.
Voici que le temps et l'espace créent la distance favorable, le mètre même et le verset de l'orgue.
Seigneur, ah ! arrache de mes racines ces grappes mauves
Arrache arrache ces touffes de strigas, qu'elles n'étouffent pas mon chant.
Oins mes deux yeux de l'huile verte de l'hétéroptère, qui fait profonde la vision
Et soigne mon âme ma gorge avec la sève du figuier sauvage.

*
* *

Mon ami mon ami, te souviens-tu de ce jour de septembre ? Dans la transparence normande
Ton visage flamand était noble était long, j'aurais dit de Van der Weyden.
Tu sortais d'une noce promesse de bonheur, et nous jouions

Avec nos rêves, la lumière composait ton visage de vitrail.
Je rêvais, tu rêvais en Île-de-France
D'un village bleu blanc sur une colline aérienne, me diras-tu
« D'un paysage de pudeur souriante, de grâce sérieuse de fière délicatesse. »
Tu rêvais, je rêvais sous les Alizés
D'un pays d'eaux en saison sèche, de fleurs-papillons et d'oiseaux-hautbois
Je nourrissais de lentes antilopes et les yeux longs.
Tu me regardais de tes yeux trop bleus, tes yeux de masque blanc
Lorsque lancinante une main te toucha l'épaule
La Mort nous frôla de son aile, aigle fulgurant sur sa proie.
Et le peintre traçait dans la poussière : *« Souvenez-vous de Paul, de Léopold souvenez-vous. »*
Dieu nous avait pesés, il avait jugé notre poids notre foi faibles.
Nous n'avons pas compris ô ! Ta miséricorde, miséricordieuse mais juste
Imbéciles que nous étions, hommes vraiment de peu de poids.
Nous ne sommes pas tombés à genoux dans la poussière de la quête
Sous la fulguration du cœur du Christ, comme Paul sur le chemin de Damas.

*
* *

Tu es arrivé sur l'aile de l'Alizé
Tu es entré, un ange à tes côtés en robe solennelle

Blanche. La ceinture était d'or, les yeux bleus et les ailes
Sa chevelure un casque de platine, l'épée nue de lumière.
Il me regarda, l'Ange, d'un regard si clair qu'il incendia ma poitrine.
Un gant de feu sur moi dans moi, comme au coup des angoisses
La nuit. Je me confie à ma nourrice Dieu
Je le tutoie, et j'enlève toutes les majuscules, dont je suis fatigué.
Mais si aveugle, je n'avais pas compris quand tu nous as quittés
Jean-Marie, un week-end, sans prévenir et nous dormions
Un dimanche à l'aurore, tu as quitté le port.
Et toute la baie de fraîcheur sur quatre-vingt-dix kilomètres
Fut nuit. Et soudain le soleil sur la splendeur des plages
Jusqu'à l'espérance du cap de Nase, et sur la colline de Poponguine
A fulminé le visage noir de la Vierge.
Ton âme a glissé à travers les mailles, la voilà échappée, ton âme, de la maison des esclaves.
Elle a contourné l'île de Gorée, on l'a perdue de vue.
Virant à tribord la voilà, comme un long un lent bateau blanc vers les fjords de douceur
Et du Castel, saluent la Princesse vingt et un coups de canon.

*

* *

Que t'offrir, Jean-Marie, ô ! dans ton cercueil d'ouzougou
Couché ? Dis, que lui offrir s'il n'est blanc comme son corps d'opale
Bleu comme le paradis de ses yeux ? Ne lui offrez lys ni lilas
Couchez son corps embaumez parmi les fleurs de frangipanier.
Fermez le cercueil, ne lui offrez pas, je dis posez dessus
Rouges de son cœur rouge, offrez des lys de Pobéguin au masque blanc du Messager.
Taisez-vous taisez-vous, que monte l'encens et la joie basse de l'orgue
La jubilation de l'Alléluia !
Que descendent les Anges peuls, de son trône d'ivoire la Vierge et ses mains de paix noire
Que dans ses bras le berce Marie Sarr, comme les berceuses lors à Diakhâw des nourrices royales.
Doucement l'étendra dans l'avion du Seigneur en partance pour l'Île-de-France.
Entre Hurepoix et Yvelines, qu'il repose aérien en attendant le Jugement.
À l'entour de l'Agneau pascal, qu'il chante en attendant, comme autrefois
Dans ses rêves d'innocence, dans tous mes rêves d'enfance.
Tu reposeras dans le cœur du Christ, colibri y puisant de ta langue double tubuleuse
Le nectar, dans la corolle du Christ.

*
* *

Tu as fait l'homme unique à l'image du Dieu unique
Tu t'es fait Nègre Jean-Marie parmi les Nègres.
Tu as rendu gentillesse aux Gentils, honneur aux hommes d'honneur de susceptibilité
Tu n'as pas distribué tes chemises, donné ta chaussure droite et tu as gardé la gauche.
Ton pain, tu ne l'as pas rompu, tu nous as enseigné
Comment multiplier le mil le riz, comme Jésus aux noces de Cana.
Tu nous as partagé ton savoir louis d'or, ne laissant rien pour toi
Pour nous moquer et dominer.
Je te bénis toi Jean-Marie, je bénis les bataillons de tes compagnons
Dans la communion des hommes des âmes, des nations et des confessions
Et il n'y a plus, sur toute la surface de la terre, une seule terre ignorée.
Béni soit ton pays et ta patrie, bénie soit la fille aînée de Marie
Et je sais qu'elle est irritante, que je ne décolère pas
Mais je sais ses mains maternelles, si calmes on dirait des palmes.

*
* *

Jean-Marie, ton père ta mère, Dieu les a frappés à la tête.
Je les ai vus sang et poussière, sous les sabots des chevaux sombres.
Comme des paysans solidement solidairement enrochés malgré tout dans leur foi
Ils ont tenu. Je les vois qui se lèvent dans un effort

Immense, et T'appellent Toi qui guéris – et eux paralytiques !
Et Tu les entends et Tu les soutiens les confortes, arcboutant puissamment
Et les voici debout comme s'ils avaient vu venir la main de plomb et l'esquivaient.
Par Ta grâce gratuite, on les y avait préparés et nourris deux mille ans
Du pur froment de la terre de France, du lait de sa douceur
Mais d'une longue chaîne, au long des jours des fêtes des saisons
Nourris de veilles et de jeûnes, de prières qui leur ont sur les vitraux
Donné ces fines mains ces visages de saints de lumière.
Et je tombe à genoux pour les prier qu'ils prient pour moi
Non ! pour la trinité des chères têtes noires.

*
* *

Mais moi, de quel droit prier exiger, qui patauge poto-poto ?
Moi qui n'ai pas d'humus, et l'on n'emploie que l'hilaire que le bâton fouisseur.
Dans sa tornade, Il aurait pu me couper la tête comme au cocotier
Ou me gifler sous le coup du vent méridien.
On m'aurait retrouvé, stupide hémiplégique, dans la fraîcheur du crépuscule
Et bas s'agenouillant, l'Ancien m'aurait donné à boire la lie des libations.

Mais qu'Il ait pitié du pécheur, que le Seigneur ne mesure sa grâce à ses mérites
Qu'il ait merci de moi : je n'ai pas deux générations de jeûnes de génuflexions
Mais tant de mal à confesser l'orgueil de ma race et ma caste.
Éclaire-moi dans la forêt, les ténèbres et le poto-poto.
À Ta voix je lève la tête, me reprends et regrette
À Ton verbe à Ta force, je me lèverai sur mes pieds
Et tendu et tremblant sous Ton tonnerre, jetterai le filet de ma prière.
Ô Dieu mon Dieu, ouvre mes yeux par la grâce de Jean-Marie.

*
* *

Bien sûr que Tu le sais, Seigneur, depuis deux douzaines d'années
Voilà Paul voilà Léopold, deux compagnons deux frères, deux vases communiants dans la communion de la même foi
Du même appel de la même réponse – mais si petite ma part dans la Communion des Saints !
Je suis le bourricot de Toko'Waly qui ruait sous le bâton, le petit Sérère tout noir et têtu.
Donc prends pitié, protège ma Gardienne et protège mon sang
Ah ! cette jeune pousse, si fragile sous l'harmattan des honneurs.
De mes pauvres amours que Tu prennes pitié, des fleurs de ma tendresse.
Que bénie soit la colline de Poponguine aux odeurs vierges de menthe et de jasmin

La plage de sable blanc la mer merveilleuse
Les roses de Verson, le labyrinthe lumineux dans le parc paradis.
« Le cœur n'est pas un genou qui se plie. »
N'empêche, par Ta volonté vivante, s'il faut que Tu tonnes Tu frappes ma maison sans paratonnerre
Oui, je veux Ton vouloir, Seigneur !
Mais par la passion de Paul et par la grâce de Jean-Marie
Frappe ce chef grisonnant et sec comme une meule de foin.
Je veux Ton vouloir et qu'elle soit faite, Ta Volonté !

Verson, avril - Poponguine, juillet 1968.

ÉLÉGIE POUR PHILIPPE-MAGUILEN SENGHOR

À Colette, sa mère

(pour orchestre de jazz et chœur polyphonique)

I

Les jours ont défilé en lugubres boubous, et les nuits-jours sans le sommeil.
Les pleureuses ont épuisé l'abîme de leurs larmes sans engourdir notre douleur rebelle.
Contre elle, nous avons recherché le fondement dans la vieille demeure
Où asseoir notre espoir, et le parc garde les pas les jeux la joie des générations.
Quand nous tournons au coin du mur moussu, voilà
De nouveau les senteurs tendrement mêlées du chèvre-feuille et du jasmin.
Le soir à dix-huit heures, sur le gazon que rasent à cris menus aigus les hirondelles
C'est déjà transparente la lumière de septembre, comme sur l'île de Gorée
Après une pluie d'hivernage. Et nous voyons voler les Anges sur leurs ailes diaphanes.
Tu te rappelles, comme il embaumait le bonheur, l'enfant fleur de l'échange ?
Entends-tu donc sa voix vibrante de trombone, qui chante *Steal away to Jesus*

Lorsque sonne le téléphone, comme au cœur un coup
de fusil ?...

II

Or c'était le sept juin, c'était la Pentecôte.
Tu étais tout de blanc nimbée et rose, ma Normande,
sous ta capeline aérienne
Pour recevoir la splendeur du mystère.
Dans la lumière limpide, nostalgiques tes yeux chantaient l'Absent, quand
Soudain, le coup de téléphone blanc, qui te faisait
toujours trembler de frissons blancs
Le coup de foudre blanc. Et fleur vaporeuse soudain,
tu tombas dans mes bras
Et lianes, nous enlacions l'enfant de l'amour, absent et
beau comme Zeus – l'Éthiopien.
C'est son appel, le coup de téléphone long, et nous
Voilà dans le grand oiseau blanc, comme une flèche
éclair
Et les ailes obliques. Et le voici qui perce le mur Mach
du son
Par-delà Mach 2 droit sur le Cap-Vert, proue sombre
sur l'océan bleu.
C'est le grand Dieu blanc qui défie l'espace, mais ne
sait, je ne dis donner
Je dis retenir la vie d'un enfant, les larmes blondes de
sa mère.
Voici donc notre enfant, souffle mêlé de nos narines,
qui s'éteint, ha !
Dans son odeur de laurier-rose, lors même que cinq
femmes, oui cinq Normandes ont amassé géré mais
tricoté
Pour faire de lui l'enfant du bonheur.

III

Et j'ai dit « non ! » au médecin : « Mon fils n'est pas mort, ce n'est pas possible. »
Pardonne-moi, Seigneur, et balaie mon blasphème, mais ce n'est pas possible.
Non non ! ceux qui sont mignotés des dieux ne meurent pas si jeunes.
Tu n'es pas, non ! un dieu jaloux, comme Baal qui se nourrit d'éphèbes.
De notre automne déclinant il était le printemps ; son sourire était de l'aurore
Ses yeux profonds, un ciel cristallin et frangé d'humour.
Il était vie et raison de vivre de sa mère, lampe veillant dans la nuit et la vie.
Brutalement, tu nous l'as arraché, tel un trésor le voleur du plus grand chemin
Qui nous a dit : « La route est fatiguée, le marigot est fatigué, le ciel
Est fatigué. » Nous avions tout donné à ce pays, à ce continent nôtre :
Les jours et les nuits et les veilles, la fatigue la peine et le combat parmi les nations assemblées.
Or Sénégalaise aux Sénégalaises s'était voulue la Normande de long lignage, aux yeux de moire vert et or.
Et de son fils elle avait fait l'enfant de la terre sénégalaise, et un jour il reposerait
Profond dans le tertre de Mamanguedj, près de Diogoye-le-Lion.
Mais déjà tu le réclamais, cet enfant de l'amour, pour racheter notre peuple insoumis
Comme si trois cents ans de Traite ne t'avaient pas suffi, ô terrible Dieu d'Abraham !

Et tu as crucifié sa mère, haut sur un arbre de braise
 et de glace.
Et la foi de la mère a chancelé sous l'éclair et la foudre,
 comme le cèdre fracassé qui ombrage la maison
 vaste.
Elle s'est relevée, mais nous nous sommes relevés,
 ayant foi dans la foi.
C'est Paul dans la poussière, et sur le chemin de
 Damas, la lumière soudain.
Seigneur, il est impénétrable, le labyrinthe de tes
 desseins : on en perd le fil si ne vous dévore le
 Minotaure.
Que donc ta volonté soit accomplie
Qu'au jour de la Résurrection, notre enfant se lève
 soleil d'aurore
Dans la transfiguration de sa beauté !

IV

On l'a baigné pour les noces célestes, parfumé frais de
 vétiver
Allongé son corps long dans une bière de bois précieux.
Des jeunes gens ses camarades l'ont soulevé, porté sur
 leurs épaules hautes.
Sous les fleurs du printemps, les chants comme des
 palmes, son peuple lui a fait cortège
Tout son peuple tressé en guirlandes serrées.
Les prêtres et les marabouts, les employés les ouvriers,
 les délégations des nations amies
Les notables bien sûr ; je dis voici le Sénégal montant
 des profondeurs :
Les paysans les pêcheurs les pasteurs, et toute la
 Jeunesse qui se dit sans couture

De Bakel à Bandafassy, de Ndialakhar et Ndiongolor jusqu'au Cap-Rouge.
Et tout au long des rues en pleurs, des noires avenues prostrées sous le soleil de juin
La jeunesse pieuse, le portant sur son cœur, comme une médaille d'or vert.
Mais elles savent, les étudiantes si studieuses, que seuls vivent les morts dont on chante le nom.
Et les voici rivalisant avec les vierges de Ndayane au pagne pur
Chantant des chants gymniques, comme jadis au bord des arènes sonores.
Voici Guignane et Guiléna, Soukeïna, Rokhaya, Dominique, Doris, et Linda et Mélinda
Qui chantent : « Dior de Joal !
« Éclate en applaudissements quand entre le champion de Gnilane-la-Douce.
« C'est le cavalier à la toque noire et panachée de pourpre
« Qui dompte les chevaux de sang sur les sables mouvants.
« Il est élégant à l'antagoniste, prévenant d'attentions comme fleurs à la jeune fille.
« Rameau greffé du Viking sur Tabor, cavalier de la planche à voile
« Le voilà buste de bronze élancé et bandeau flottant
« Qui écrit, vert et or, son message en courbes gracieuses sur la mer des merveilles,
« Ô Prince de la Gentillesse, nous aurons toujours soif de ton sourire ! »

V

À toi qui as beaucoup aimé, il sera beaucoup pardonné :
Aimé tendrement ton père et ta mère, tes frères
Et tout comme des frères, le maître-de-terre et l'aveugle aux mains d'antennes, le mendiant chassieux
Le Noir et le Toubab tout blanc, les hommes du Soleil levant
L'Arabe et le Berbère, le Maure, mon petit Maure
Mon Bengali, comme nous t'appelions, le Toutsi, le Houttou.
Quand sera venu le jour de l'Amour, de tes noces célestes
T'accueilleront les Chérubins aux ailes de soie bleue, te conduiront
À la droite du Christ ressuscité, l'Agneau lumière de tendresse, dont tu avais si soif.
Et parmi les noirs Séraphins chanteront les martyrs de l'Ouganda.
Et tu les accompagneras à l'orgue, comme tu faisais à Verson
Vêtu du lin blanc blanc, lavé dans le sang de l'Agneau, ton sang.
Plongeant en bas ta main fine nerveuse, tu enracineras basses et contraltos dans la polyphonie.
Lors avancera doucement, telle une frise de sveltes Linguères, le chœur des Puissances.
Elles évolueront lent lentement, tissant de nobles soyeuses figures
Jusqu'au mouvement soudain du brise-cou, et
Tu souligneras la syncope d'un cri de douleur de joie
Du cri même du paradis, qui est bonheur.

VI

Oh ! que revienne septembre et sa tendresse, que tu aimais
La lumière plus pure, les jours plus courts qui chanteront
Les regrets des adieux. Et dans les sentiers du matin
Au Labyrinthe, nous revivrons et les jeux et les rires du Royaume d'Enfance.
Laissant à leurs splendeurs dernières, altières, altéas et hortensias
Et nous laissant guider par l'éventail doucement du vent d'ouest – odeur verte des cèdres
Odeur des rosiers odorants, odeur mêlée métisse des fleurs de la passion
Et il faut se défendre – je surprendrai tes yeux de cyclamens dans les sous-bois
Qui éclairent le lierre, comme jadis les constellations dans le ciel si serein du Sine.
Je sors du Labyrinthe, pensant à toi pensant aux adieux de septembre
Et je m'approche de ta case aux senteurs de chants de musique
Quand j'entends monter vers le ciel : *Steal away, steal away, steal away to Jesus !*

ÉLÉGIE POUR MARTIN LUTHER KING

(pour orchestre de jazz)

I

Qui a dit que j'étais stable dans ma maîtrise, noir sous l'écarlate sous l'or ?
Mais qui a dit, comme le maître de la masse et du marteau, maître du dyoung-dyoung du tam-tam
Coryphée de la danse, qu'avec ma récade sculptée
Je commandais les Forces rouges, mieux que les chameliers leurs dromadaires au long cours ?
Ils ploient si souples, et les vents tombent et les pluies fécondes.
Qui a dit qui a dit, en ce siècle de la haine et de l'atome
Quand tout pouvoir est poussière toute force faiblesse, que les Sur-Grands
Tremblent la nuit sur leurs silos profonds de bombes et de tombes, quand
À l'horizon de la saison, je scrute dans la fièvre les tornades stériles
Des violences intestines ? Mais dites qui a dit ?
Flanqué du sabar au bord de l'orchestre, les yeux intègres et la bouche blanche
Et pareil à l'innocent du village, je vois la vision j'entends le mode et l'instrument

Mais les mots comme un troupeau de buffles confus se cognent contre mes dents
Et ma voix s'ouvre dans le vide.
Se taise le dernier accord, je dois repartir à zéro, tout réapprendre de cette langue
Si étrangère et double, et l'affronter avec ma lance lisse me confronter avec le monstre
Cette lionne-lamantin sirène-serpent dans le labyrinthe des abysses.
Au bord du chœur au premier pas, au premier souffle sur les feuilles de mes reins
J'ai perdu mes lèvres donné ma langue au chat, je suis brut dans le tremblement.
Et tu dis mon bonheur, lorsque je pleure Martin Luther King !

II

Cette nuit cette claire insomnie, je me rappelle hier et hier il y a un an.
C'était lors le huitième jour, la huitième année de notre circoncision
La cent soixante-dix-neuvième année de notre mort-naissance à Saint-Louis.
Saint-Louis Saint-Louis ! Je me souviens d'hier d'avant-hier, c'était il y a un an
Dans la Métropole du Centre, sur la presqu'île de proue pourfendant
Droit la substance amère. Sur la voie longue large et comme une victoire
Les drapeaux rouge et or les étendards d'espérance claquaient, splendides au soleil.
Et sous la brise de la joie, un peuple innombrable et noir fêtait son triomphe

Dans les stades de la Parole, le siège reconquis de sa prestance ancienne.
C'était hier à Saint-Louis parmi la Fête, parmi les Linguères et les Signares
Les jeunes femmes dromadaires, la robe ouverte sur leurs jambes longues
Parmi les coiffures altières, parmi l'éclat des dents le panache des rires des boissons. Soudain
Je me suis souvenu, j'ai senti lourd sur mes épaules, mon cœur, tout le plomb du passé
J'ai regardé j'ai vu les robes fanées fatiguées sous le sourire des Signares des Linguères.
Je vois les rires avorter, et les dents se voiler des nuages bleu-noir des lèvres
Je revois Martin Luther King couché, une rose rouge à la gorge.
Et je sens dans la moelle de mes os déposées les voix et les larmes, hâ ! déposé le sang
De quatre cents années, quatre cents millions d'yeux deux cents millions de cœurs deux cents millions de bouches, deux cents millions de morts
Inutiles. Je sens qu'aujourd'hui, mon Peuple je sens que
Quatre Avril tu es vaincu deux fois mort, quand Martin Luther King.
Linguères ô Signares mes girafes belles, que m'importent vos mouchoirs et vos mousselines
Vos finettes et vos fobines, que m'importent vos chants si ce n'est pour magnifier
MARTIN LUTHER KING LE ROI DE LA PAIX ?
Ah, brûlez vos fanaux Signares, arrachez, vous, Linguères vos perruques
Rapareilles et vous militantes mes filles, que vous soyez de cendres, fermez laissez tomber vos robes

Qu'on ne voie vos chevilles : toutes femmes sont nobles
Qui nourrissent le peuple de leurs mains polies de leurs chants rythmés.
Car craignez Dieu, mais Dieu déjà nous a frappés de sa gauche terrible
L'Afrique plus durement que les autres, et le Sénégal que l'Afrique
En mil neuf cent soixante-huit !

III

C'est la troisième année c'est la troisième plaie, c'est comme jadis sur notre mère l'Égypte.
L'année dernière, ah, Seigneur, jamais tu ne t'étais tant fâché depuis la Grande Faim
Et Martin Luther King n'était plus là, pour chanter ton écume et l'apaiser.
Il y a dans le ciel des jours brefs de cendres, des jours de silence gris sur la terre.
De la pointe des Almadies jusqu'aux contreforts de Fongolimbi
Jusqu'à la mer en flammes de Mozambique, jusqu'au cap de Désespoir
Je dis la brousse est rouge et blancs les champs, et les forêts des boîtes d'allumettes
Qui craquent. Comme de grandes marées de nausées, tu as fait remonter les faims du fond de nos mémoires.
Voici nos lèvres sans huile et trouées de crevasses, c'est sous l'Harmattan le poto-poto des marigots.
La sève est tarie à sa source, les citernes s'étonnent, sonores

Aux lèvres des bourgeons, la sève n'est pas montée pour chanter la joie pascale
Mais défaillent les swi-mangas sur les fleurs les feuilles absentes, et les abeilles sont mortelles.
Dieu est un tremblement de terre une tornade sèche, rugissant comme le lion d'Éthiopie au jour de sa fureur.
Les volcans ont sauté au jardin de l'Éden, sur trois mille kilomètres, comme feux d'artifice aux fêtes du péché
Aux fêtes de Séboïm de Sodome de Gomorrhe, les volcans ont brûlé les lacs
Et les savanes. Et les maladies, les troupeaux ; et les hommes avec
Parce que nous ne l'avons pas aidé, nous ne l'avons pas pleuré Martin Luther King.
Je dis non, ce ne sont plus les kapos, le garrot le tonneau le chien et la chaux vive
Le piment pilé et le lard fondu, le sac le hamac le micmac, et les fesses au vent au feu, ce ne sont plus le nerf de bœuf la poudre au cul
La castration l'amputation la crucifixion – l'on vous dépèce délicatement, vous brûle savamment à petit feu le cœur.
C'est la guerre postcoloniale pourrie de bubons, la pitié abolie le code d'honneur
La guerre où les Sur-Grands vous napalment par parents interposés.
Dans l'enfer du pétrole, ce sont deux millions et demi de cadavres humides
Et pas une flamme apaisante où les consumer tous.
Et le Nigeria rayé de la sphère, comme la Nigritie pendant sept fois mais sept fois soixante-dix ans.
Sur le Nigeria Seigneur tombe, et sur la Nigritie, la voix de Martin Luther King !

IV

C'était donc le quatre Avril mil neuf cent soixante-huit
Un soir de printemps dans un quartier gris, un quartier malodorant de boue d'éboueurs
Où jouaient au printemps les enfants dans les rues, fleurissait le printemps dans les cours sombres
Jouaient le bleu murmure des ruisseaux, le chant des rossignols dans la nuit des ghettos
Des cœurs. Martin Luther King les avait choisis, le motel le quartier les ordures les éboueurs
Avec les yeux du cœur en ces jours de printemps, ces jours de passion
Où la boue de la chair serait glorifiée dans la lumière du Christ.
C'était le soir quand la lumière est plus claire et l'air plus doux
L'avant-soir à l'heure du cœur, de ses floraisons en confidences bouche à bouche, et de l'orgue et du chant et de l'encens.
Sur le balcon maintenant de vermeil, où l'air est plus limpide
Martin Luther debout dit pasteur au pasteur :
« Mon frère, n'oublie pas de louer le Christ dans sa résurrection, et que son nom soit clair chanté ! »
Et voici qu'en face, dans une maison de passe de profanation de perdition, oui dans le motel Lorraine
– Ah, Lorraine, ah, Jeanne la blanche, la bleue, que nos bouches te purifient, pareilles à l'encens qui monte ! –
Une maison mauvaise de matous de marlous, se tient debout un homme, et à la main le fusil Remington.
James Earl Ray dans son télescope regarde le Pasteur
Martin Luther King regarde la mort du Christ :

« Mon frère n'oublie pas de magnifier ce soir le Christ dans sa résurrection ! »
Il regarde, l'envoyé de Judas, car du pauvre vous avez fait le lycaon du pauvre
Il regarde dans sa lunette, ne voit que le cou tendre et noir et beau.
Il hait la gorge d'or, qui bien module la flûte des anges
La gorge de bronze trombone, qui tonne sur Sodome terrible et sur Adama.
Martin regarde devant lui la maison en face de lui, il voit des gratte-ciel de verre de lumière
Il voit des têtes blondes bouclées des têtes sombres frisées, qui fleurissent des rêves
Comme des orchidées mystérieuses, et les lèvres bleues et les roses chantent en chœur comme l'orgue accordées.
Le Blanc regarde, dur et précis comme l'acier, James Earl vise et fait mouche
Touche Martin qui s'affaisse en avant, comme une fleur odorante
Qui tombe : « Mon frère chantez clair Son nom, que nos os exultent dans la Résurrection ! »

V

Cependant que s'évaporait comme l'encensoir le cœur du pasteur
Et que son âme s'envolait, colombe diaphane qui monte
Voilà que j'entendis, derrière mon oreille gauche, le battement lent du tam-tam.
La voix me dit, et son souffle rasait ma joue :
« Écris et prends ta plume, fils du Lion. » Et je vis une vision.

Or c'était en belle saison, sur les montagnes du Sud comme du Fouta-Djallon
Dans la douceur des tamariniers. Et sur un tertre
Siégeait l'Être qui est Force, rayonnant comme un diamant noir.
Sa barbe déroulait la splendeur des comètes ; et à ses pieds
Sous les ombrages bleus, des ruisseaux de miel blanc, de frais parfums de paix.
Alors je reconnus, autour de sa Justice sa Bonté, confondus les élus, et les Noirs et les Blancs
Tous ceux pour qui Martin Luther avait prié.
Confonds-les donc, Seigneur, sous tes yeux sous ta barbe blanche :
Les bourgeois et les paysans paisibles, coupeurs de canne cueilleurs de coton
Et les ouvriers aux mains fiévreuses, et ils font rugir les usines, et le soir ils sont soûlés d'amertume amère.
Les Blancs et les Noirs, tous les fils de la même Terre-Mère.
Et ils chantaient à plusieurs voix, ils chantaient *Hosanna ! Alléluia !*
Comme au Royaume d'Enfance autrefois, quand je rêvais.
Or ils chantaient l'innocence du monde, et ils dansaient la floraison
Dansaient les forces que rythmait, qui rythmaient la Force des forces : la Justice accordée, qui est Beauté Bonté.
Et leurs battements de pieds syncopés étaient comme une symphonie en noir et blanc
Qui pressaient les fleurs écrasaient les grappes, pour les noces des âmes :
Du Fils unique avec les myriades d'étoiles.

Je vis donc, car je vis, George Washington et Phillis Wheatley, bouche de bronze bleue qui annonça la liberté – son chant l'a consumée
Et Benjamin Franklin, et le marquis de La Fayette sous son panache de cristal
Abraham Lincoln qui donna son sang, ainsi qu'une boisson de vie à l'Amérique
Je vis Booker T. Washington le Patient, et William E. B. Dubois l'Indomptable qui s'en alla planter sa tombe en Nigritie
J'entendis la voix *blues* de Langston Hughes, jeune comme la trompette d'Armstrong. Me retournant je vis
Près de moi John F. Kennedy, plus beau que le rêve d'un peuple, et son frère Robert, une armure fine d'acier.
Et je vis – que je chante ! – tous les Justes les Bons, que le destin dans son cyclone avait couchés
Et ils furent debout par la voix du poète, tels de grands arbres élancés
Qui jalonnent la voie, et au milieu d'eux Martin Luther King.
Je chante Malcolm X, l'ange rouge de notre nuit
Par les yeux d'Angela chante George Jackson, fulgurant comme l'Amour sans ailes ni flèches
Non sans tourment. Je chante avec mon frère
La Négritude debout, une main blanche dans sa main vivante
Je chante l'Amérique transparente, où la lumière est polyphonie de couleurs
Je chante un paradis de paix.

ÉLÉGIE DE CARTHAGE

À Habib Bourguiba, le Combattant suprême

(pour orchestre maghrébin, avec komenjahs, rebabs, naï, oud, quanoun, *sans oublier* tar *ni* darbouka*)*

I

C'est encore toi mon Amie, qui me viens visiter m'habiter m'animer
C'est bien toi ce soulèvement soudain dans ma poitrine, ces palmes harmonieuses
Qui du fondement de mon être, jusqu'au front d'ébène bleue de mon père
S'agitent, sous la menace de l'orage.
Mais non, tout est clair dans la brume, oh ! tout est joie :
Le bateau blanc où chante le champagne, clair parmi les fleurs des sourires
Et plus près de nous virant à bâbord, la grâce ailée d'un voilier
Qui salue le palais de marbre maure, asymétrique, et le souvenir de Carthage.
Embaument les lauriers de leur parfum berbère, lorsque légères sur la brise rose
Les hirondelles striquent de cris leurs arabesques d'ombre.
Et de nouveau le coup de foudre dans l'aorte, et flamboient les palmiers jumeaux.

II

C'est donc ici qu'abordèrent jadis le courage et l'audace
En cette Afrique ici, qu'affadis par la lymphe consanguine, les Tyriens s'en vinrent chercher
Une seconde fois le fondement et floraison. Souvenir souvenir !
De nouveau tu me soulèves, souvenir, au battement du tam-tam
De nouveau me monte à la nuque ton long corps d'ambre à l'odeur de jasmin
L'odeur de ton élan rythmé, Didon ; mais non ! Devant les belles-de-nuit qui m'encerclaient m'obsédaient
Je fermais et je ferme toutes mes fenêtres.
N'empêche. Que baveuses débouchent de ma bouche les paroles, comme l'écume semence de Cumes
Qu'importe ? Je dis je suis rythmé par la loi du tam-tam.
Je me rappelle, Didon, le chant de ta douleur qui charmait mon enfance
Austère – je fus longtemps enfant. Et je te sentais si perdue
Que pour toi j'aurais bien donné – que n'aurais-je donné ? la ceinture de Diogoye-le-Lion.
Tu pleurais ton dieu blanc, son casque d'or sur ses lèvres vermeilles
Et merveilleuses, tu pleurais Énée dans ses senteurs de sapin
Ses yeux d'aurore boréale, la neige d'avril dans sa barbe diaprée.
Que n'avais-tu fidèlement consulté la Négresse, la Grand-Prêtresse de Tanit couleur de nuit ?
Elle écoute au loin les sources des fleuves dans la

ténèbre des hautes forêts, tous les battements du cœur de l'Afrique.
Elle t'aurait dit le chiffre d'Iarbas, fils de Garamantis.
Mais tu dédaignais sa sombre splendeur, à l'indomptable.
Que n'avais-tu donc percé l'entente des dieux aryens, de leurs fidèles
Si infidèles comme ton Énée. Pourtant ce soir
Sur toi je pleure, sur toi Didon, ma trop grande désolation.

III

Et sur toi Hannibal, qui héritas de son ressentiment, assumas ses imprécations comme le serment d'Hamilcar.
J'appelle la charge de foudre et les éclairs sur ton front gauche, toi le sourire hellène sur la puissance des Barcides.
La puissance du Nord, tu fus bien près de la crouler
Qui étendait toutes les serres de ses aigles d'or, avançant sans césure de ses murs massifs de légions.
Tes éléphants blancs blindés oh ! je les salue, qui dévalent les montagnes des neiges.
Leurs barrissements naufragent les cœurs des vétérans, au moment que les cavaliers numides
Sur les ailes, en javelines de feu font flamber leurs fureurs berbères barbares.
Nous l'assumons, la substance avec la pulpe des mots.
Sur le cou de l'Afrique-Mère, jamais tu n'as posé ton pied.
Les Gétules et les Libyens, les Numides et Nasamons, les Massyles et Massaesyles, les Maures
Les Garamantes à la peau de daim noir et de soleil, à

l'extrême Occident les Éthiopiens, compagnons fidèles d'Atlas
Tu les as tous reconnus de ta race. Et les Ibères avec les Berbères. Que ne t'eût imité Carthage ?
Au Tessin et Trébie, dans la pourpre de Trasimène, ils saluaient leur dieu Monocle
Ils t'adorèrent à genoux avec leurs boucliers, bouches bruissantes et qui n'en finissaient plus dans la lumière si transparente de Cannes.
Mais il y a Carthage, l'ivre de sang fumant de fumeuses subtilités, de fièvres intestines
Qui dérobe ses flottes dans les baies de prudence, lorsque saisi par la fureur rythmée de ton Afrique
Oui ! tu voyais, sur la Mer du Milieu, des flottes d'honneur engagées, lancées comme des vols de milans blancs :
L'audace contre le courage, la résistance la patience, et la passion parfaite la sage raison.
Je ne lamente pas ta défaite Hannibal. La mort en Bithynie te trouva droit debout
Héros sombre et sans ombre.
Ce soir, telle la stèle sur le promontoire, les pieds vineux dans la boue du Désastre
Je ne chante pas ton courage : en lettres d'or et sur le marbre
Noir Hannibal, je rythme ta passion aux yeux de lynx.

IV

Jugurtha Jugurtha, mon héros mien enfin, et mon Numide
Dans la jeunesse du matin soleil, m'a frappé ta beauté, celle de ton regard d'or blanc

– Que ta mère était belle, la Préférée, perle en sa peau sombre de bronze ! –
Et comme l'aigle de l'Atlas, la beauté du profil de ton visage, de ton âme volcan
Féroce comme une meute aboyant de lycaons dans la nuit, huile d'olive à tes amis.
Je suis Scipion sous les murs de Numance, et calligraphiant tes vertus.
Que je lui prête ma navette, pour dire ta langue de miel de fines herbes
Ton esprit plus subtil que l'aiguille de la brodeuse.
Scion de Massinissa, que je module tes visions dans les conseils et ta prudence de couleuvre
Dans les assauts, ta fureur de serpent cracheur, ton élan de venin de mamba noir.
Or te voici dans l'horreur vide et la prison, ton ventre vide
Le prisonnier des murs de Mamertine, mais libre en ta vision puissante
D'une Numidie bien numide : une nation nation, une terre totale.
Et une seule cible : frapper au cœur la puissance de l'être
Les aigles d'or sur leurs ailes superbes, courbés sous les fourches numides.
Si stable dans ton droit, tu n'as rien pardonné, tu as tout oublié :
La trahison numide, et Bacchus et ses maureries.
Dans l'ivresse lucide du délire, de l'Océan à l'Océan tu vois
Une seule nation sur une seule terre, et sans couture.
Et comme un enfant apaisé, tu dors dans les bras de la Mort.

V

Dans ton palais maure à Carthage, je t'ai nommé, toi Combattant extrême
Yeux d'acier et d'azur, menton de proue et fils du Peuple de la Mer
Venu dernier pour l'accomplissement de la Parole.
De ton regard, et circulaire aux quatre horizons de l'Afrique, tu en as pris le nombre d'or
Et tu l'as remontée du cap Blanc au cap des Tempêtes
Pour en mesurer la structure et l'asseoir sur ses fondations capsiennes.
Je ne dis pas tes yeux d'acier et d'azur, ton menton de proue
Ni ne loue ton combat de léopard contre le Mastodonte blanc
– Pourtant, quelles moissons furent couchées, et pas en perte pure !
Or je chante après la vaillance, panachée au cœur du combat
L'honneur je chante, et la susceptibilité
Mais les paroles de paix transparentes et ton sourire d'aube.
Je salue ton salut à l'Afrique : aux faces noires d'ivoire comme aux visages vermeils.
Il n'y aurait pas de chant si *tar* et *darbouka* n'accomplissaient l'orchestre, prêtant leur
Rythme syncopé aux *kamenjabs* et aux *rebabs*, au *naï* suave *oud* lyrique, au *quanoun*.
Ce soir, où tu salues l'Afrique d'un seul salut de tes deux mains unies
Je te salue de ton salut de paix, toi Combattant ultime !

Colloque de Tunis, 1er-7 juillet 1975

ÉLÉGIE POUR
GEORGES POMPIDOU

À Madame Claude Pompidou

(pour orchestre symphonique, dont un orgue et des instruments négro-africain, indien et chinois)

I

Et j'ai dit non ! je ne chanterai pas César
Je ne chanterai le foie de l'Arverne, ni sa queue ruisselante d'alezan
Si je chante les forêts de Guinée-Bissao
Chante Amilcar Cabral : son nom soleil sur les combattants noirs.
Mais voilà, la nuit ton regard me ronge, comme les punaises des bois
Je me réveille parmi des tourbillons de sueur, et il faut me barricader dans ma siniguitude
Pour ne pas hululer huhurler au ciel panique, sans ciel sans lune.
Ton regard me poursuit, muet, jusque dans le vent du printemps
Me poursuivait, tandis que je montais le long de la Grande Muraille
Contemplais la splendeur des Ming, si bleue si blanche et d'or et de pierres précieuses
Que je causais avec le camarade Tchen Yong-kouei, sa pureté bien nouée sur la tête
Debout sur les collines de la brigade de Tatchaï.

Or soufflait le vent du printemps, mauvais, et claquaient tous les drapeaux rouges.

II

Ami, si je te chante par-delà les haines de race, et delà les murs idéologies
C'est pour bercer l'enfant si blanc.
On l'a trouvé emmaillotté de souffrances, se débattant
Muet. Étrange enfant, jeune homme et homme plus étrange
Les cheveux noirs sur la peau pâle, avec tes yeux clairs sous les longs sourcils de brousse brûlée.
Si je te chante ami, c'est pour bercer mon enfant blanc dans son savoir et sa puissance
Sa solitude élyséenne. Il a besoin d'un camarade, qui lui tienne compagnie
Rien que de sentir son épaule dans la tranchée, la chaleur rythmée de son souffle.
Sans quoi toute parole est vaine.
Tu te rappelles dis, je me rappelle, notre dernier revoir
Sous le versant laiteux du jour, comme si souvent l'hiver à Paris.
J'avais besoin de toi, te voir : l'appel d'un songe.
Tu étais tombé du lit et, très blanc, doucement tu râlais
Muet. En vain tu cherchas les yeux de ciel bleu, ta joie, que si tendrement tu avais voilés.
Je te sentais maintenant dans la distance de l'au-delà
Je te voyais sur l'autre rive, et à certains moments, haut si haut dans l'éther
Que j'avais bien de la peine à te suivre.
Soudain, tu revenais pour plaisanter ta « maladie », qu'ils disent.

Je jouais à ne pas savoir, nous jouions au qui perd gagne de l'amitié.

III

Georges ami, toi qui avais déjà le masque blanc sur le visage
– Ainsi les sculptent vos voyants pour figurer les hôtes des Champs Méridiens
As-tu vu dis-moi son visage ? Est-elle, la Mort, au vrai sans visage
Comme le néant béant ? Ou bien t'a-t-elle souri de son sourire fétide
Avec de rares dents et qui sentent le soufre jaune ? Toi l'ami de son grand ami
Parle, a-t-elle une tête de dragon ? Non, les dragons de la souffrance, tu les as bien connus.
Ils étaient là avec leurs neuf têtes, et leurs écailles d'acier féroce
Des langues de napalm hors des antres pestilentielles. Leurs griffes
Des éclairs, et leurs clameurs des coups de foudre dans la tornade.
De la moelle humaine ils font leurs délices.
Tu n'as pas fui, pas sous les nuages ardents comme l'Askia à Tondibi
Tu as tenu, lucide et le foie formidable, Celte dans ta celticité.
Ton Saint Patron à tes côtés, luttant muscle contre muscle acier contre acier
L'esprit contre la chair, tu as bien tenu dix-huit mois. Mais elle prendra sa revanche
La gueuse. Au troisième assaut, les tranchées envahies de gaz poison, les os éclatés de coups de mine

Brusquement, ton cœur a flanché
Oh ! doucement. Et dans un grand retournement vers les deux yeux d'azur
Tu es parti très calme, vers ta joie bleue vers la porte du Paradis.

IV

Maintenant que tu es parti – tu me l'avais promis, nous nous l'étions promis
Ce devait être à qui le premier –, est-ce vrai que tu vas me dire l'au-delà ?
Toi qui à la porte du Paradis, entrevois la béatitude, dis-moi ami, est-ce comme cela le ciel ?
Y a-t-il des ruisseaux de lait serein, de miel radieux au milieu des cèdres
Et des jeux juvéniles parmi les myrtes les cytises, et les menthes et les lavandes
Sur des pelouses toujours fraîches, fraîches toujours ?
Que le bonheur soit dans les yeux, est-ce vrai et qu'on s'abîme dans la contemplation du Dieu unique ?
Que l'Enfer c'est l'absence du regard ?
J'ai pourtant rêvé d'un autre ciel dans ma jeunesse illuminée.
À l'église de Ngasobil, nous chantions en dansant avec les Anges
Dans l'odeur des orgues, de la myrrhe de l'encens.
J'ai rêvé d'un ciel d'amour, où l'on vit deux fois en une seule, éternelle
Où l'on vit d'aimer pour aimer. N'est-ce pas qu'ils iront au Paradis
Après tout, ceux qui s'aimèrent comme deux braises, deux métaux purs mais fondus confondus ?

On l'a dit, qu'il leur serait beaucoup pardonné, beaucoup beaucoup.

V

Ainsi qu'à ceux qui aimèrent leur terre : leur peuple
Et tous les peuples, toutes les terres de la terre dans un amour œcuménique
Et qui tinrent fidélité à leurs amis. Ami, quand tu seras au Paradis
Avec saint Georges, je te prie de prier pour moi
Qui suis un pécheur d'avoir tant aimé : *amabam amare*.
Donnez-moi votre foi vos forces, pour qu'au milieu des dragons, je prévaille contre mes peurs
En quoi réside le courage
Qu'au milieu des périls je tienne ferme, et fidèle comme l'écorce au tronc.
Donc bénissez mon peuple noir, tous les peuples à peau brune à peau jaune
Souffrant de par le monde, tous ceux que tu relevas fraternel, ceux que tu honoras
Qui étaient à genoux, qui avaient trop longtemps mangé le pain amer, le mil le riz de la honte les haricots :
Les Nègres pour sûr les Arabes, les Juifs avec, les Indo-Chinois les Chinois que tu as que j'ai visités
– Pour les Grands Blancs aussi pendant que nous y sommes, priez, avec leurs super-bombes et leur vide, et ils ont besoin d'amour.
Et je vois les Indiens, qui préfigurent l'homme trinitaire, dans l'aurore nouvelle d'iridium
Je vois les Latino-Américains, leurs frères tes frères sur l'autre face du monde
J'entends les appels des trompettes de toutes les angoisses

De toutes les souffrances, pour qui tu offris tes souffrances
Tel qu'enfant dans ses épreuves, j'offris souvent mes chagrins et mes Morts
Pour ton peuple rebelle, ton peuple douloureux et généreux.

VI

J'ai choisi un jour de semaine, l'après-midi, quand sur le cimetière la lumière est transparente.
Il y avait toujours de bonnes gens de France : des Auvergnats bien sûr et des Bretons
Des Corses et des Catalans, des Alsaciens et toute la périphérie, et l'Outre-Mer
Des ouvriers des paysans des petits commerçants, et des concierges avec leurs enfants
Pas un seul bourgeois, naturellement.
Dans le printemps trop clair, je t'ai chanté de longs thrènes, comme en pays sérère.
C'étaient de grandes filles de palmes, noires et bleues.
Elles chantaient en se balançant, chantaient sur le ton haut des pleureuses
Et dans le printemps blanc, les ombres bourdonnaient sur les prés vert et or.
Les thrènes tordaient leurs bras dolents, ils étaient tristes *ndeïssane !* jusqu'aux larmes
Tandis que dans les artères les fûts, les jambes des poulains des pommiers des coqs des champignons
Des herbes folles, montait la sève odorante en chantant
Que soudain éclatait la vie, jaillissant de la tendre tension des bourgeons.
Car c'est si triste de mourir
Par un jour de printemps, où la lumière est d'or blanc

Et que les jambes vous fourmillent de danses de chansons.

VII

Dans la nuit tamoule, je pense à toi mon plus-que-frère.
Au fond du ciel, les étoiles chavirent sous les madras dénoués.
Comment dormir en cette nuit humide, odeur de terre et de jasmin ? Je pense à toi.
Pour toi, rien que ce poème contre la mort.
J'ai contemplé le Taj Mahal, je l'ai trouvé splendide
Et je l'ai dédaigné, si froid pour un amour si grand.
Sur l'autel des paroles échangées, je t'offre ce poème, comme une libation
Non pas la bière qui pétille et qui pique, je dis bien la crème de mil
La sève tabala, que danse élancé le Seigneur Shiva.
Écoute la noire mélopée bleue, qui monte dans la nuit dravidienne.

Pékin - Madras, 1974.

ÉLÉGIE POUR
LA REINE DE SABA

(pour deux kôras et un balafong)

Moi noire, et belle...
(Cantiques des cantiques)

I

Oui ! elle m'a baisé, *banakh*, du baiser de sa bouche
Et ma mémoire en demeure odorante de l'odeur fraîche du citron, du mimosa indien
Bruiteur de senteurs en avril. C'était au temps du jardin de l'enfance
Quand les puits étaient purs, et si transparentes les aubes nimbées de rosée.
Nous épluchions des mandarines dans l'eau froide, et nos mains étaient innocentes.
Je dis *banakh* du baiser de sa bouche, la Bien-Aimée, Maïmouna mon amie ma sœur
Et Maïmouna mon amour mon amante. Et son regard sur moi comme une tour tata.
Tu m'as visité à chaque degré parmi les six, ma Noire, à chaque printemps solennel
Ma Belle, quand la sève chantait, dansait dans mes jambes mes reins ma poitrine ma tête.

Et toi debout, le maska marguerite d'or sur ton phare de front, comme un feu dans la nuit.
Tu délivras une parole : que je retourne sur mes pieds vers toi, vers moi-même ma source
Mon rêve amour au jardin de l'enfance.
Ô désir suspendu à l'octobre de l'âge, où comme du rhum blanc tu brûles ma mémoire !
Il me faut chanter ta beauté pour apaiser l'angoisse, vers la colline
Entrer au Royaume d'Enfance pour accomplir la promesse à Sîra Badral
Comme Mohammed El Habib le Terrouzien, célébrant Diombeutt Mbodj dans sa splendeur d'ébène
Ainsi Moïse la nuit nubienne, et Miriam se fâcha contre elle, et Dieu de lui jeter la lèpre blanche.
Moi je te chante, comme le roi blond Salomon, faisant danser dansant les cordes légères de ma kôra.
Et à l'Orient se lève l'aube de diamant d'une ère nouvelle
Car tu es noire, et tu es belle.

II

Ô Mémoire mémoire, qui brûles dans la nuit trop bleue, pour chanter le printemps souffle sur mes narines
Quand éclate l'écorce, et ma bouche est blanche de bave, odeur de la semence odeur de la parole.
Que je me place sous ton dôme, étoile étincelante, pour guider mes pas sur la terre froide.
Donc des caravaniers m'avaient dit sa beauté, fille de l'Éthiopie pays de l'opulence, de l'Arabie heureuse
Je ne sais plus. Les hommes de vermeil y sont bien de quatre coudées, et les hommes d'ébène bleue

Les hommes d'ambre et ceux d'olive mûre, et leurs cheveux sont noirs, raides parfois.
Ils m'ont dit les formes des femmes ainsi que des palmiers, et leur charme de gaze.
Et la plus belle est la fille du Roi des rois, la Reine-Enfant, Reine du Sud ombreux et du Matin en l'an de l'ascension.
Son nom est cousu dans les bouches : j'en donne les masques mouvants.
Elle a l'éclat du diamant noir et la fraîcheur de l'aube, et la légèreté du vent.
Comme l'antilope volante, elle bondit au-dessus des collines, et son talon clair dans l'air est un panache de grâce.
Genoux noirs devant les jambes de cuivre rouge, élan souple du sloughi aux chasses de la saison
Mouvement musique harmonie, que je vous chante de la voix d'or vert du dyâli !
Ils m'ont dit sa bravoure d'amazone, sa langue de soie fine, la poseuse d'énigmes.
Je retins mon cœur au bord du ravissement. Les six mois furent longs à ma poitrine
Jusqu'au jour où je confiai ma récade au Maître-des-Secrets : « Gueule du Lion et Sourire du Sage. »
Elle attendit trois fois six mois, battant mon impatience mais son impatience.
Et sa nourrice, noire comme la Grand-Prêtresse de Tanit, me remit deux écrins.
Et j'ouvris la gueule du lion avec la clef parfumée du sourire.
Et je souris au sourire du « Oui ! » striquant et modulant le cantique de joie :
« Ô Roi de la Sagesse, tu es bien plus subtil que le serpent

« Mais lion qui fais face et debout quand on te charge, lycaon qui dévores ta proie au galop.
« Tu es plus fort que l'arc bandé par l'Éthiopien ; ton odeur est forte à l'égal du lys.
« Que tu es beau lorsque tu danses ! Tu virevoltes comme le papillon
« Comme l'oiseau royal, les ailes déployées, tu tournes lentement
« Lentement, non ! comme le possédé du Dieu qui le cherche à l'entour.
« Que tu es beau, soleil au zénith sur le silence sacré
« Ô mon Poète, ô qui danses penché sur les cordes hautes de ta kôra !
« De l'abysse de sa sagesse, Nourrice m'a nourrie, m'apprenant à puiser d'un œil clair de guépard
« Car tu es splendide en l'aurore juvénile, et jasmin sauvage au matin sonore
« Ô mon Sage ô mon Poète, ô ! faisant danser tes doigts sur les cordes de ta kôra. »

III

Le jour promis, l'aurore en fête embaumant frais les arbres odorants
Les héros d'armes, sonneries haut levées, annoncèrent sa présence à trois mille pas
Quand sous les tentes rutilantes, la précédaient soixante-dix-sept éléphants, sombres avançant d'un pas pachyderme.
Et leurs cornacs, nattes fleuries d'or rouge, tenaient leurs longues gaules balancées en poussant de brefs cris rythmiques.
Puis à pied des guerriers plus noirs, nombreux serrés, leurs peaux de léopard en bandoulière.

Suivaient les présents de Saba
Apportés par soixante jeunes hommes, soixante jeunes filles, cambrées et seins debout
Qui avançaient plus souriants que les nénuphars dessus le lac des Alizés
Et neuf forgerons marteau sur l'épaule, qui enseignaient les nombres primordiaux, tous nés du rythme du tam-tam.
Et d'autres présents que je tais : leur liste serait longue.
Tels étaient les desseins de Dieu, quand fiancée tu montais vers la Colline sainte.
Je me souviens du soir de la soirée de mon festin
Quand doucement, comme un flamant prenant son vol, dans ta robe de boubou rose
Le cou frêle sous le cimier des nattes, des tresses constellées d'or blanc
Lentement tu levas ton buste, après moi avec moi à mon appel
Pour fermer l'éventail des danses, dansant la danse du Printemps.
Froidure sécheresse hiver, adieu ! La pluie répond à l'appel du printemps, et le printemps est pluie.
Doucement lentement, une deux gouttes graves
Et c'est l'ébrouement qui bruit des nuages, des épaules ébranlées pour gagner
Le ventre vierge, et brise-mottes les pieds pilons battant la terre
Dans le temps que, tes lèvres ouvertes à peine, les bras nagent dans le torrent comme des lianes.

IV

Tombe le boubou. Au coup sec de la syncope
Fuse le buste transparent sous la chasuble noire, striquée d'or vert consonant au cimier
Dont la jupe est ouverte sur les flancs, sur les jambes vivantes.
C'est le deuxième mouvement
Qui germe dans le sol quand battent les plantes des pieds
Secoue les hanches, et c'est la montagne volcan qui tangue, cambre les lombes
Pour exploser, la gorge éclose, dans l'éclat serein du Printemps, le parfum sombre du gongo, la terre de la chair.
Puis sous le ciel délié diaphane, s'ouvrit le mouvement des pollens d'or.
Ce sont deux danses parallèles, regardant respirant l'haleine de la brise.
Mais pivotant avançant l'un vers l'autre, l'onde tremblante nous saisit
Nous poussa l'un vers l'autre : toi ondulant
Les bras les mains, comme une corbeille de fleurs signant l'offrande, et moi
Autour de toi, la tornade de sable ardent en saison sèche, le feu de brousse.
Brusquement, d'un coup de reins je fus jeté loin
T'abandonnant, bien malgré moi, à ton attente vide.
Et tu courus à moi dans une trémulsion de la nuque à tes talons roses
Descendant bas si bas, sur tes genoux à mes genoux
Chantant le chant qui m'ébranle à la racine de l'être :
« Dis-moi dis-moi mon Sage mon Poète, ô dis-moi les paroles d'or

« Qui font poids et miracle dans mon sein.
« Que ton rythme et la mélodie en disposent les sphères dans le charme du nombre d'or ! »
Retourné soudain, je t'atteins en coup de vent, et nous fûmes debout, et face à face
Comme lune et soleil, mains dans les mains, front contre front, nos souffles cadencés.
De nouveau tes genoux fléchis au bout des longues jambes et galbées
Nerveuses sous l'ondoiement des épaules, oh ! le roulis rythmé des reins
Je dis les labours profonds du ventre de sable.
Je me souviens de mon élan à ton appel, jusqu'à l'extase
Des visages de lumière, quand tu reçus, angle ouvert cuisses mélodieuses
Le chant des pollens d'or dans la joie de notre mort-renaissance.

V

Or notre attente fut encore de neuf nuits et neuf jours pour nous entrer au Royaume d'Enfance.
Mais nous voici tout neufs, ressuscités au jardin de l'enfance.
Te voici sous la lampe, sous ta peau qui se moire
Moi à tes pieds, dans la ferveur de mes genoux, devant ma statue de basalte noir, mais de grès rouge :
Ta peau de bronze bleu de nuit bleue sous la lune, ta peau couleur odeur d'huile de palme
Tes aisselles de broussailles qui fument, où je brûle l'encens de mon amour.
Je me rappelle ton corps de sourire et de soie aux caresses de la tendresse

Hâ ! aux abîmes de l'extase, ton corps de velours de fourrure, la toison de ton vallon sombre à l'ombre du tertre sacré.
Si elle me sourit, je sens fondre mes neiges au soleil d'avril
M'ouvre son cœur, je tombe droit dedans comme l'aigle sur l'agneau tendre.
Tu es mon bois sacré, mon temple tabernacle, tu es mon pont de lianes mon palmier.
Ta taille entre mes coudes, je contemple j'ai traversé mon pont de courbes harmonieuses
Je monte cueillir les fruits fabuleux de mon jardin, car tu es mon échelle de Jacob.
Quand ta bouche odeur de goyave mûre, tes bras boas m'emprisonnent contre ton cœur et ton râle rythmé
Lors je crée le poème : le monde nouveau dans la joie pascale.
Oui ! elle m'a baisé du baiser de sa bouche
La noire et belle, parmi les filles de Jérusalem.

POÈMES PERDUS

NUIT BLANCHE

Voici la nuit,
Cris et colères,
La nuit
Bourreau des dormeurs éveillés,
Des martyrs brûlant sur leur lit d'idéal.
J'étouffe aux sables des problèmes mouvants,
Je délire aux générosités d'or, mirages
De palais fleuris dans les oasis vertes.
Puis rejeté dans la fournaise des angoisses,
Je sens l'odeur de ma chair qui rôtit comme un quartier de gazelle,
J'entends mes poumons se froisser au souffle desséchant du Vent d'Est.
Heureux si la fée des solutions,
À la lucidité de l'aube,
Me fait boire à sa gourde de fructueuse fatigue
Ayant séché sur mon front la sueur des cauchemars
Et me fait dormir au pied des dakhars
Sous les caresses et la brise marine
De la sérénité matinale.

RÉGÉNÉRATION

Sous le pagne lisse du ciel d'été,
Le soleil a saccagé
Le velours vert des jours d'enfance.
Et les grêles, les orages
Ont déchaîné la fureur de leurs bandes barbares.
Dans la plaine où soupire le silence
Affaissé, les cigales tout ivres de sang
Trompètent mes défaites.
Qu'ils dorment les morts d'hier !

Dans tes yeux de fraîcheur et d'aube,
Parfumés de l'odeur d'automne,
A reverdi mon idéal régénéré,
Je veux, sous les étendards de tes cils, bercé
Par la flûte matinale des pelouses tendres,
Dormir en attendant quel grand réveil sanglant !

À LA NÉGRESSE BLONDE

Et puis tu es venue par l'aube douce,
Parée de tes yeux de prés verts
Que jonchent l'or et les feuilles d'automne.
Tu as pris ma tête
Dans tes mains délicates de fée,
Tu m'as embrassé sur le front
Et je me suis reposé au creux
De ton épaule,

Mon amie, mon amie, ô mon amie !

PRINTEMPS DE TOURAINE

Mais moi
Plus faux qu'une maîtresse je te sais,
Printemps de Touraine.

Tu n'es qu'une pâle jeune fille
Aux yeux d'émail bleus,
Aux poignets de lait blanc.

Tu ne saurais résister à une seule torsion de ma main,
À une seule petite lame du raz de marée
Qui flue en mes veines, emportant digues, troupeaux
et villages.

Printemps de Touraine,
Je suis un sauvage, un
Violent.

Printemps de Touraine,
Laisse-moi dormir.
On ne badine pas avec le Nègre.

BLUES

Je suis envahi de brume
Et de solitude
Aujourd'hui,
Et je fuis.

Livre ouvert en moi.
Dans mon cerveau gris
Défilent des mots vides
Et défilent des pages, rues désertes
Sans cabarets.

Chère âme, allonge-toi sur le divan long
Et jette l'ancre,
Et laisse descendre jusqu'au fond.
Oui, jette l'ancre !

À UNE ANTILLAISE

Princières tes mains sous les chaînes,
Aérienne ta grâce légère,
Plus fine, plus fière la cambrure de tes reins.
Le soleil qui viole les mornes rouges,
Le soleil, qui enivre de sueur chaque heure
Des quinze heures qui te rivent au sol chaque jour,
Mûrit ton cœur riche de sucs
Pour les combats conscients du futur.
Et penché une fois au bord de tes yeux
Ouverts comme des palais ombreux, j'ai vu
Surgir la fierté triomphante des vieux Guélwars.

ENCORE TOI

Je sens une présence dans le noir
Comme une haleine et le souvenir de Soukeïna
Sur ma nuque nue. Voilà
Que tout mon corps hennissant s'en émeut,
Que mon sang, complice malgré moi, chuchote
Dans mes veines.

C'est encore toi, Printemps de Touraine.
Tu es entré par le jardin comme un voleur –
J'ai fermé la porte, je m'en souviens –
Et tu as glissé ta douceur susurrante
Par les fissures de mes fenêtres closes
Triplement, avec rideaux et volets mats.

Printemps de Touraine, si seulement tu étais fidèle !
Tu ne sais ce que tu veux, tu te donnes et te refuses
Plus capricieux que Parisienne.
On dit que midinettes et petits oiseaux
S'y sont laissés prendre, et ont pondu
De tendres œufs.

Les arbres dans les squares
Font prendre l'air à leurs bourgeons
Sans cache-col mais en gants.
Des chants d'oiseaux montent
Lavés dans l'aurore primitive,
L'odeur nue de l'herbe verte monte, Avril !
La sève d'Avril en mes veines chante,
Des pirogues de passion sur leurs rapides dansent,
Les sveltes Négresses décochent leur fougue,
Flammes dansantes de clairs boubous,
Cavales du Fleuve au plein galop.
Griots,

Accompagnez-les de vos tamas !
Accompagnez-les de vos voix de tornade !

SPLEEN

Je veux assoupir ton cafard, mon amour,
Et l'endormir,
Te murmurer ce vieil air de blues
Pour l'endormir.

C'est un blues mélancolique,
Un blues nostalgique,
Un blues indolent
Et lent.

Ce sont les regards des vierges couleur d'ailleurs,
L'indolence dolente des crépuscules.
C'est la savane pleurant au clair de lune,
Je dis le long solo d'une longue mélopée.

C'est un blues mélancolique,
Un blues nostalgique,
Un blues indolent
Et lent.

DÉPART

Je suis parti
Par les chemins bordés de rosée
Où piaillait le soleil.

Je suis parti
Loin des jours croupissants
Et des carcans,
Vomissant des laideurs
À pleine gueule.

Je suis parti
Pour d'étranges voyages,
Léger et nu,
Sans bâton ni besace,
Sans but.

Je suis parti
Pour toujours
Sans pensée de retour.
Vendez tous mes troupeaux,
Mais pas les bergers avec.

Je suis parti
Vers des pays bleus,
Vers des pays larges,
Vers des pays de passions tourmentés de tornades,
Vers des pays gras et juteux.

Je suis parti pour toujours,
Sans pensée de retour.
Vendez tous mes bijoux.

LES LÉGIONS

Des légions d'ailes fauves se sont abattues
Sur moi, dru,
En bataillons serrés.

Des légions de sauterelles
Ont dévasté le jardin
De mon bonheur païen.

Une brume magicienne
L'avait refleuri de l'eau de sa rosée
Quand l'incendie de brousse
Passa consumant tout.

Une mélopée parfois,
Un chœur sauvage le soir
Jaillit du fond de mon enfance
Et tombe ruisselant.

Parfois une pensée fille de mon amour
Me verse quelques gouttes fraîches.
Et je marche en ma saison sèche, barrissant
Aux fleuves débordés d'un hivernage enivrant.

LES HEURES

C'est le glas des heures
En sueur,
C'est le glas des heures,

Lent
Tenace,
Implacable.

C'est la ronde des Sorcières
Dans ma chambre hurlant au frais.
C'est la ronde des Sorcières
Tournant l'effroi,
Tournant l'angoisse,
Tournant la mort.

Tous ces meubles sorciers
Secouant leurs cheveux ardents,
Tirant la langue !
C'est la course des poignards qui se bousculent
En s'injuriant. Vite la fenêtre au Sud
Ouverte sur la nuit tendre et claire !

Et je vais, flamme vagissante par les prés échevelés,
Criant à boire à la mousse des cascades d'amour,
Grimpant aux arbres mélodieux,
Sautant sur les toits langoureux
Aimés de la lune et des étoiles, vers
Les clartés sereines du ciel impalpable.

Ah ! noyons-nous dans la mare !

ÉMEUTE À HARLEM

Et je me suis réveillé un matin
De mon sommeil opiniâtre et muet,
Joyeux, aux sons d'un jazz aérien.
Ils ont débandé les plaies de leur monde gangrené.

Et lors, j'ai vu leurs turpitudes
Sous le velours et la soie fine.
J'ai voulu avaler ma salive,
Je n'ai pas pu.
Ma tête est une chaudière bouillante
D'alcool,
Une usine à révoltes
Montée par de longs siècles de patience.
Il me faut des chocs, des cris, du sang,
Des morts !

FIDÉLITÉ

Non, je n'ai point fêlé mon vase d'or.
Tes yeux font délirer toujours comme un vin de palme
  nouveau.
La terre n'a rien bu de mon amour.
Sur les roniers, sentinelles à l'aube,
Ramiers et tourterelles
Roucoulent l'appel aux libations quotidiennes.
Les jours ont avalé les nuits,
Les saisons sèches ont bu Niger et Gambie,
Des hordes de baisers farouches
Assiègent depuis longtemps ma puissante Tombouctou.
Mais ton parfum, qui reste frais, brise
Pour moi seul son flacon au lever.
Et dans l'ivresse, je sacrifie
Après l'ablution à la fontaine claire.

JE VIENDRAI

Je viendrai, mon Seigneur élancé,
Je viendrai,
Toute fervente et frémissante de ma longue attente
Et bientôt toute engourdie de bonheur.

Je viendrai, mon ami,
Je viendrai,
Je vois tes gestes, je vois tes yeux.
Je me laisserai submerger sous tes caresses
Profondes.

Je viendrai, mon Aimé,
Je viendrai.
Je toucherai tes mains fortes et fines,
Tes paupières lourdes,
Et je serai la proie de ta bouche violente.

Je viendrai, mon Sadio,
Je viendrai.
Ton amour m'est chose si intime, si dense,
Que je le sens en moi net comme couteau de jet,
Mais mêlé à mon moi,
Mais confondu désormais avec le sang de mes veines.

OUBLI

J'ai oublié la mécanique des thèmes,
Les catéchismes récités durant quinze ans.
J'ai oublié l'huile rance d'hier.

La mer des prés m'attend,
La mer verte et son odeur de rosée,
La mer fleurant des baisers d'enfant.
Et m'appelle
Le plongeon dans l'herbe
Rejaillissant en rires sonores.

Mon corps
Où s'ouvrent des bouches neuves
Filtre les courants des fraîcheurs,
Des sons, des couleurs, des senteurs,
Toutes les voluptés païennes
Loin de la rancœur des livres d'hier.

OFFRANDE

Je viens t'offrir l'offrande de mon amour
Printanier.

Il est rouge comme l'autel
Du sacrifice ancestral,
Droit comme un fût de rônier,
Pur comme l'or de Galam.

Je viens t'offrir l'offrande de mon amour
À genoux.

REGRETS

À LA MÉMOIRE DE SOUKEINA

La gracilité de la gazelle
S'est fondue au crépuscule mourant
Dans la vallée.

L'éclair d'un trait d'ambre
Immuable en mon cœur s'est fixé,
En mon cœur saignant d'un regret inapaisé.

Car le parfum de mon songe inouï,
Splendeur du ciel tropical,
M'a trop bien ébloui pour les temps à venir.

Amie, quelles peines as-tu éteintes ainsi ?
Dis-moi, quels incendies au feu dévorant
As-tu donc plongés au fleuve froid

D'amertume ?
Pour toi j'eusse donné tant,
Pour toi plus belle que le crépuscule.

BEAUTÉ PEULE

Ah ! qui me rendra
L'arc frémissant des seins de Salimata Diallo,
Sa taille amicale
Et l'opulence fine de ses hanches ?...

INTÉRIEUR

Nous baignerons dans une présence africaine,
Des tapis étincelants et doux de Tombouctou,
Des coussins maures,
Des parfums fauves,
Des meubles de Guinée et du Congo
Sombres et lourds,
Des nattes bien épaisses de silence,
Des masques primitifs et purs aux murs,
Primitifs et durs.
Et, lampe amicale, ta tendresse
Adoucira l'obsession de cette présence
Noire, fauve et rouge, oh ! rouge comme la terre d'Afrique.

TO A DARK GIRL

Tu as laissé glisser sur moi
L'amitié d'un rayon de lune.
Et tu m'as souri doucement,
Plage au matin éclose en galets blancs.
Elle règne sur mon souvenir, ta peau olive
Où Soleil et Terre se fiancent.
Et ta démarche mélodie
Et tes finesses de bijou sénégalais,
Et ton altière majesté de pyramide,
Princesse !
Dont les yeux chantent la nostalgie
Des splendeurs du Mali sous les sables ensevelies.

COMME JE PASSAIS

Comme je passais rue Fontaine,
Un plaintif air de jazz
Est sorti en titubant,
Ébloui par le jour,
Et m'a chuchoté sa confidence
Discrètement
Comme je passais tout devant
La Cabane cubaine
Un parfum pénétrant de Négresse
L'accompagnait.

Voilà des nuits,
Voilà bien des jours au sommeil absent.
Réveillés en moi les horizons que je croyais défunts.
Et je saute de mon lit tout à coup, comme un buffle
Mufle haut levé, jambes écartées,
Comme un buffle humant, dans le vent
Et la douceur modulée de la flûte polie,
La bonne odeur de l'eau sous les dakhars
Et celle, plus riche de promesses, des moissons mûres
Par les rizières.

NOSTALGIE

Gouttelettes blanches,
Lentes gouttelettes,
Gouttelettes de lait frais,

Clartés fugitives le long des fils télégraphiques,
Le long des longs jours monotones et gris,

Où vous en allez-vous ?
Où vous en allez-vous ?
À quel paradis ? Je dis : paradis,
Clartés premières de mon enfance
Jamais retrouvée.

LE TRAIN PERDU

C'est un train en perdition dans la nuit
Et que guettent jalousement les requins des abîmes.

CORRESPONDANCE

C'est l'heure de la veilleuse amie.
Ta présence nimbe la lampe assoupie.
Sur la plage blanche du papier
Mes mains cherchent tes mains de rêve.

Chère, nos voyages par le rapide
Du silence. Que de cils inouïs
Ouverts sur la nuit de tes yeux vastes !
À l'horizon que de foulards déployés !

Reverrai-je jamais la ville saignante
D'où monte la plainte sempiternelle des minarets ?

PRINTEMPS

Des nuages s'étirent, s'étirent irréels,
Entre les branches noires enlacés.
Tout l'hiver devant ma fenêtre, qui s'en va
Et la danse de lumière sur les crêtes lointaines.

Cet oiseau jamais aperçu !
Et le printemps et mon amour.
Mes yeux qui s'éclairent, mes lèvres qui éclosent,
Mon corps...

Il fait très doux et très clair.
Le monde est calme autour, en tendresse.
Oh ! un moment, rien qu'un moment de calme pour
  toute souffrance,
Car Dossie pleure les cris matinaux de ses enfants.

Du monde je ne vois qu'un rectangle bleu
Strié de noir luisant.
Les branches tendent leurs bourgeons au soleil,
Lèvres ouvertes, lèvres offertes.

Je n'entends que le chant de l'ami inconnu,
Le pas monotone d'un pion
Et mon amour qui pousse dans le silence
Du printemps.

TRISTESSE EN MAI

C'est la douceur fondue du soir
Transparent vers dix-sept heures au mois de Mai.
Et monte le parfum des roses.
Comme pièces de monnaie au fond de l'eau en zigzaguant
Tombe le compte lourd de ma journée.

Des cris – qui sait si c'est de haine ? –
Des mots de fronde sur des visages d'adolescents.
Poussière et dos ruisselants, enthousiasmes, essoufflements.
Des enveloppes douloureuses avec paysages de baobabs,
Corvées en file indienne et charognards sur fond d'azur.
Bien des confidences encore.
Et pour relever mes épaules,
Pour donner le courage d'un sourire à mes lèvres défaites,
Pas un rire d'enfants fusant comme bouquet de bambous,
Pas une jeune femme à la peau fraîche, puis douce et chaude,
Pas un livre pour accompagner la solitude du soir,
Pas même un livre !

DIALOGUE
SUR LA
POÉSIE FRANCOPHONE

Ce dialogue sur la poésie francophone est né de l'initiative d'Alain Bosquet. Je l'avais invité à Dakar pour m'entretenir, avec lui, de son idée d'une « capitale mondiale de la poésie ». Il me parla de mes poèmes, et je saisis l'occasion pour lui montrer le manuscrit des *Élégies majeures*. De retour à Paris, il m'en fit l'éloge, rédigea le texte intitulé *Lettre à un poète - Lettre à un continent*, qu'on va lire ici, et il m'en demanda deux exemplaires pour nos deux amis, Pierre Emmanuel et Jean-Claude Renard. Ceux-ci, à leur tour, m'ont envoyé, Jean-Claude Renard, un autre texte, qui porte le titre de *Ma négritude est truelle à la main*, et Pierre Emmanuel, le beau poème qu'on lira plus loin.

Je devais une réponse à mes amis. Je l'ai faite sous forme de lettre.

Je livre donc ces quatre textes à mes lecteurs. Ils les éclaireront, non seulement sur les *Élégies majeures*, mais, ce qui est mieux, sur la poésie francophone qui, en ce XXe siècle, s'élabore, s'informe, s'épanouit aux dimensions des cinq continents et des civilisations différentes : aux dimensions de l'Universel.

C'est précisément parce que je parle de la poésie francophone et que la « Révolution nègre », malgré ce qu'on a écrit sur elle, est mal perçue, surtout mal sentie, que je serai plus long dans ma réponse.

L.S.S.

I

LETTRE À UN POÈTE
LETTRE À UN CONTINENT

Un quart de siècle durant, je vous ai lu en Occidental et, sans doute, dans le secret espoir de devenir, grâce à vous, un peu moins un Occidental. Non point que j'eusse le remords si facile : l'Occident, à mes yeux, a des vertus durables, à côté d'une conscience qui a vite fait de s'accuser. Quelque chose, dans la poésie de cet Occident – mettons, à partir de la Renaissance –, m'a souvent gêné : j'y vois un choix péremptoire, et comme un devoir de traiter de l'homme en potentat, assis sur une nature destinée ou à lui obéir ou à l'amuser. Le langage aussi, que ce soit chez Gongora ou chez Mallarmé, chez Goethe ou chez Pouchkine, chez Whitman comme chez Leopardi, y est affaire de préméditation : ou bien le cerveau précède l'économie des mots, ou bien il passe après eux, pour y installer la raison.

Je n'avais que deux recours contre ces habitudes de poésie. La première échappatoire était dans l'arrangement de petits objets lyriques, sorte de certificats de politesse ; la Chine et le Japon m'en offraient de jolis exemples. Coquillages ou bijoux, ces œuvrettes me persuadent toujours de ma fragilité : entre le dire et le refus de dire, il ne me suffit pas de balancer. L'exercice d'Extrême-Orient ne me transporte pas : il me rapetisserait plutôt. Mais il m'arrive aussi de chercher, chez les Hindous de toutes époques, un antidote à la prétention occidentale. Après Hiroshima, est-il possible pour l'homme assoiffé de vérité invisible de ne point se mesurer au non-être, et à cette abstraction qui dort en chacun de nous, comme pour annoncer notre futur évanouissement ?

J'ai donc fait, par vos poèmes, l'apprentissage de la négritude. Je vous lisais comme on lit Claudel, ou Cendrars, ou Saint-John Perse, dans une éloquence où tout est fraternité. Je découvrais une vibration inconnue pour moi, un vocabulaire qui roulait ses rocs et ses écorces, un esprit qui ne correspondait pas à celui de mes latitudes. Comme vous écriviez dans ma langue, je n'avais aucun mal à assimiler vos soucis et vos enthousiasmes. Vos « trois kintars d'ivoire », votre « stratégie des fourmis », votre « aube sur les tamarins » n'étaient pas qu'exotisme ou douce magie ; ils devenaient, avec lenteur, avec bonheur, partie de mes propres horizons intimes. Vous vous faisiez solidaire à la fois par la véhémence de votre discours, et à votre insu, ainsi qu'il se doit pour un poète qui sait ses prestiges et leur permet quelquefois de le hausser à leur niveau par une lévitation à lui-même peu explicable. Vous me forciez – et c'était fascinant – de me désincarner un peu, pour m'incarner enfin en ce que vous êtes ; ce genre de transsubstantiation entre poètes ne passe pas par le rite religieux : le rite lucide de la poésie y suffit.

Or, voici quelques mois, vous m'avez invité à Dakar. Quelque chose d'assez rare s'est produit entre nous, sans que pour autant vous cessiez d'être le premier citoyen de votre pays, ni que j'eusse à enlever ma cravate d'homme trop civilisé, tout imbu en même temps de sa colossale fragilité. Avons-nous beaucoup parlé ? Avions-nous à échanger des propos trop explicites ? Je crois que vous voir sur votre sol, au milieu de vos compatriotes, m'a soudain suggéré un diapason entre votre verbe et les gestes quotidiens, non seulement des hommes, mais aussi, s'il se peut, des arbres et des oiseaux. La voix et son appareil de vocables, en bon Occidental, je les ai toujours un peu séparés du corps qui leur donne naissance, l'esprit détaché en somme et du crâne et de la terre qui lui servent à la fois de berceau et de tombe. Là, au bord du Cap-Vert, la réconciliation s'est effectuée comme par miracle.

Dans les rues de Pikine, la dialectique des vieillards se loge aussi dans les veines du cou, les chevilles qui s'animent, le torse qui se bombe, les talons qui se mettent à virevolter. Les syllabes surgissent et vivent ailleurs que sur les voies respiratoires. Les pêcheurs de Kayar, quand ils déposent leur thiof sur le sable plus blanc que neige, avec solennité et grâce, ont, dans les mains et les sourcils, la taille et les genoux, une prière qu'il n'est point nécessaire de proférer. Les articles des bidonvilles, à Rufisque, s'ils manipulent le vide et ses épluchures, caressent aussi de petits mots, pareils à des insectes. À Joal, pour encourager leur monture, c'est-à-dire le cocotier aux façons de pur-sang, les adolescents chevauchent des phrases au souffle d'alizé. Et les filles de Gorée, souriantes comme des bougainvillées, n'ont-elles pas les hanches au subjonctif imparfait, comme au temps de Boufflers ? Il m'est apparu que l'espèce humaine, chez vous, donnait au langage un rythme de chair et de sang, de vertèbre et de peau lisse, de sorte que se refait la greffe de la parole sur l'anatomie.

J'y ajoute comme un assentiment de la nature, devenue en Occident un spectacle extérieur aux besoins spirituels de l'homme. J'ai parlé – cela allait de soi pour lui, mais pour moi l'audace était nouvelle – longuement, et avec sérieux, au vautour, cet impavide inspecteur de l'azur qui, perché sur sa branche maigre, veille aux cérémonies de la propreté et de la mort, afin de leur donner une harmonie sans accroc. J'ai surtout parlé au baobab, le seul arbre douloureux de la création, avec son tronc en peau d'éléphant, ses bras de lépreux, son élan qui se termine par une cassure dérisoire ; il vient, cet être-là, de Hölderlin, de Dostoïevski et de Kafka : je veux dire qu'il me permet de situer en lui la source de mille troubles de la mémoire, de mille drames de la conscience, de mille peurs qui tiennent, face aux termitières, à l'interrogation et à la crucifixion de l'âme. Vous voyez à quelles métamorphoses la conjugaison de vos poèmes et de vos paysages m'a conduit !

C'est donc – me dicte mon esprit trop cartésien – l'Afrique tout entière qui me vient en vos poèmes, ce quatrième continent de la poésie, avec l'Occident, l'Inde et l'Extrême-Orient, dans sa singularité, qui est d'appréhender le monde autrement que ne le font les poésies déjà entrées depuis des siècles dans notre sensibilité planétaire. Que cette acclimatisation ait lieu en français prouve que rien d'essentiel ne peut être aliéné. Vous nous faites l'honneur de nous aider à vous comprendre, l'Afrique et vous, dans notre langue. Pour vous en remercier, cette lettre est presque inutile : il y faut le « téléphone de l'aorte ».

Alain Bosquet

II

« MA NÉGRITUDE EST TRUELLE À LA MAIN[1] »

« Moi le Maître-de-langue », écrit Léopold Sédar Senghor, « Ma tâche est d'éveiller mon peuple aux futurs flamboyants / Ma joie de créer des images pour le nourrir, ô lumières rythmées de la Parole ! » Et voilà, me semble-t-il, définies la nature et la fonction de sa poésie : la *voix* d'un grand poète qui a su fonder un langage exactement conforme à sa situation d'Africain francophone imprégné de plusieurs cultures, – c'est-à-dire un langage capable d'être originel et original tout en unifiant les divers courants qui l'alimentent. Un langage, donc, où (comme chez la plupart des poètes nègres qui sont avant tout des auditifs) parole, chant et musique s'identifient, et où l'image analogique surgit « sous l'effet du rythme », – « le temps et l'espace » créant « la distance favorable, le mètre même et le verset de l'orgue ». Mieux encore, Senghor écarte « tous les mots qui ne sont pas essentiels » au profit d'une *Incantation* qui, fût-elle enrichie de termes abstraits issus de la langue française, vibre d'abord des « Forces du Cosmos » et donne par

1. Cette citation comme toutes celles qui suivent sont extraites de *Poèmes* ou de *Lettres d'hivernage* (Éd. du Seuil), ainsi que des *Élégies* ici rassemblées.

suite au poème le « pouvoir », quasiment magique, de rendre « transparentes toutes choses rythmées ».

On comprend alors que, pour Senghor, le poète soit non seulement l'homme de « la danse » – mais qu'en oignant ses yeux de « l'huile verte de l'hétéroptère, qui fait profonde la vision », et en mangeant « le lait aigre à la farine de jujube / Comme un mets de méditation », il soit aussi le « Diseur-des-Choses-très-cachées », l'initié qui opère « un grand déchirement des apparences », « devine la musique de l'Énigme », « poursuit le pur de (sa) passion », travaille à la quête du « lait frais de la vérité », à la « Re-naissance du Sens et de l'Esprit » et à la « révélation de la Beauté ».

Rien, là, de hasardeux. Il faut au contraire y lire la respiration précise d'une poésie dont l'intériorité est comme « la ténèbre si bleue de la forêt, où sont nées les images archétypes » ; comme les « cavernes » où gîte « le secret de la parole » et où mûrit « la vérité des formes » ; comme le lieu où le réel et le surréel se mêlent et sont à la fois vécus et interprétés. Il faut y voir une « profération » et une « nomination » aptes à produire quelque chose de fondamental qui émeut et, par conséquent, qui meut et qui métamorphose tout ce qu'elle atteint.

Ce qui conduit, à tort ou à raison, à tenir également le poète (comme on le fit sans doute longtemps et comme certains peuples ou certaines personnes le font encore aujourd'hui) pour un homme qui, à certains moments, devient une sorte de mage, de sorcier, de prêtre : « ... il faut allumer la lampe de l'esprit / Pour que ne pourrisse le bois ne moisisse la chair ». En somme (et parmi beaucoup d'autres poètes on sait que Blake, Hölderlin, Hugo, par exemple, le croyaient), un *voyant* relié aux mystères sacrés et un *officiant* chargé de les « manifester » à autrui par des célébrations ou des alchimies verbales particulières.

Mais l'acte poétique est aussi, pour Senghor, une *manière de vivre* et *de faire vivre* : « Pour toi, rien que ce poème contre la mort. » Car le poète se veut, comme sa parole, « signe de reconnaissance » entre les êtres et les choses. Il se veut l'homme du « sang fidèle qui requiert fidélité ». J'entends qu'il est et reste avant tout un Africain qui refuse de laisser son sang s'affadir « comme un assimilé, un civilisé », et même sa foi chrétienne s'opposer à celle de ses pères. Ce pourquoi sa poésie me paraît incarner cette « noblesse, qui est de chanter / Les Ancêtres les Princes et les Dieux » ; d'écouter vraiment « battre [...] le pouls profond de l'Afrique » ; d'en exprimer la « voix vivante » avec la bouche même qui rend « lyrique » sa propre bouche et lui permet de « manifester l'Afrique » ancienne et future ; d'en être le « cœur » et le « rythme » ; d'être la « trompette » de sa « libération ». Si bien que Léopold Sédar Senghor peut à juste titre (comme Aimé Césaire) se déclarer « Ambassadeur du peuple noir », de « la négritude debout ». Mais sa grandeur est également de demeurer un homme de la *fraternité*. « Sans quoi toute parole est vaine », – un homme hanté par la « vision » d'une société où « les Blancs et les Noirs, tous les fils de la même Terre-Mère », apprendraient ensemble, dans l'« alizé de l'allégresse », à chanter l'« innocence du monde » et à danser les « forces » que rythme la « Force des forces : la Justice accordée, qui est Beauté Bonté ».

Jean-Claude Renard

III

À LÉOPOLD SÉDAR SENGHOR

Léopold Sédar Senghor !
Je chante ce nom annonciateur du poème
Cette triple vague, ce palier de gloire, la fugue aux lointains de silence et d'or !
Sept syllabes constellant un destin d'homme,
Sept voyelles donnant mesure d'une voix !
Dès le premier souffle issu de l'enfant
Il y eut cette grande phrase solennelle
Que le chant et la pensée vaste de l'âge
Ont su soutenir.
Tu n'as pas menti à ton nom.
Il plane sur toi, son envergure est plus large
Que tu ne le sais.
Ce n'est pas sur tes royaumes visibles
Où règnent en leur midi tes idées
Que son ombre est la plus immense et durable
Mais sur tes gouffres à toi-même cachés,
Abîmes d'une archaïque mémoire
Qui est nôtre par toi.
Toi l'Africain
Héritier par droit de naissance
d'Empires de l'âme qui nous sont inconnus,
Comme son amant se choisit son aimée

– Et c'est aussi adopter une mère –
Tu es devenu le fils et l'époux
D'une autre ténèbre d'une autre lumière
Grecque et numide Méditerranée.
Et de toutes ses langues mariées à la tienne
De la vague intérieure au lexique océan
Tu as fait ton unique parole
Pareille aux premiers jours.
Ce français d'ébène aux odeurs si cambrées
Aux rythmes rutilants de cymbales,
C'est l'espace entier où ton nom se déploie
Sa patrie plurielle que tu nous inventes parce que l'aigle en toi l'a perçue
Bien avant que ne l'ait formée la matrice des grands rêves de l'homme,
C'est le vieil Hexagone par toi retaillé et serti au foyer de trois continents
Dans la triple pupille de l'oiseau qu'est ton nom arquant ses rémiges de Dakar à Byzance.

Pierre Emmanuel

IV

LETTRE À TROIS POÈTES DE L'HEXAGONE

Chers Poètes, chers Amis,

En répondant à vos messages, je ne fais, au fond, que continuer le dialogue des poètes francophones, relancé, à Hautvillers, le 3 octobre 1975, par Pierre Emmanuel et Édouard Maunick : un Français et un Mauricien. Ils avaient intitulé leur colloque, modestement, *Rencontre des poètes francophones*. J'y ai donné, vous vous en souvenez, une communication qui avait pour sous-titre *Apport des Nègres à la poésie francophone*. Aujourd'hui, je voudrais parler non seulement en Nègre, mais aussi en francophone. J'essayerai de dire la symbiose que nous avons voulu réaliser ensemble, à partir de nos différences.

*

* *

Commençons donc par les différences avant de parler des premières convergences. Et d'abord des origines, ethniques et culturelles.

Vous êtes des Albo-Européens, et moi, un Négro-

Africain ; vous êtes français, moi, sénégalais. Voilà, pour commencer, des différences extrêmes. Mais je remarque que vous êtes, tous les trois, des métis européens quand je suis au croisement de trois ethnies africaines. Je vous nommerai selon l'ordre de primogéniture, comme en Afrique. Vous, Pierre Emmanuel, vous êtes né d'un père dauphinois et d'une mère béarnaise ; vous, Alain Bosquet, vous êtes né en Russie, d'un père d'origine russe et d'une mère française ; et vous, Jean-Claude Renard, d'un père lyonnais – je parle de la région – et d'une mère provençale. Pour moi, c'est tout aussi complexe. Encore que je sois culturellement enraciné dans la *sérérité*, mon père, sérère, était de lointaine origine *malinké* avec un nom et, probablement, une goutte de sang portugais, tandis que ma mère, sérère, était d'origine *peule*.

Je vous avoue que ce métissage biologique, qui nous caractérise au départ, ne me déplaît pas, encore que j'aie commencé par le cacher lorsque j'étais jeune. Comme le disait le général de Gaulle, confirmé par les historiens et les biologistes, « l'avenir est au métissage ».

Quant aux autres convergences, culturelles celles-ci, ce qui m'a d'abord frappé, ce sont nos lectures communes sinon les principales influences que nous avions subies quand nous avons commencé d'écrire. Bien sûr, il y a les poétesses populaires de mes villages d'enfance, Djilôr (pour employer la nouvelle orthographe officielle) et Joal, mes *Trois Grâces*. Il reste que, si celles-ci ont été mes premières *audiences*, avant l'âge de dix ans, elles n'ont pas été mes premières lectures. Mes premiers auteurs, je les ai partagés – c'est une manière de dire – avec vous trois. En me référant à vos biographes, ce furent, entre autres, Hugo, Baudelaire, Rimbaud, Mallarmé, Valéry, Claudel, Saint-John Perse. Des poètes de la rigueur dans la forme, de la liberté, voire du délire dans l'imaginaire.

Avant d'aller plus loin, pour aborder le problème de ce dernier quart du XXe siècle, je voudrais parler de la révolution introduite dans la poésie française par Arthur Rimbaud, bien sûr, mais, auparavant, on ne l'a pas dit assez, par Charles Baudelaire. Il reste, cependant, que cette révolution fut surtout préparée par le grand Hugo. Je dis « grand », car il était de mode, quand j'étais en Khâgne, de parler du « Père Hugo » avec un sourire aux lèvres. « Grand », car, maître magnifique de sa langue comme de sa parole, il fut le premier, en France, à prôner une *poésie totale :* à la fois idée et vision, verbe et action, sacerdoce.

Or donc, après le Parnasse, qui reprenait la tradition du discours français en poésie, vint Charles Baudelaire. Le premier à chanter la « Vénus noire », il fit entrer la poésie française dans la forêt noire des « correspondances », des « symboles », où Arthur Rimbaud fit exploser la bombe de son délire lucide.

Emmanuel Berl, pensant à l'influence de l'*art nègre* sur l'École de Paris, a parlé de « Révolution nègre ». J'ai toujours pensé qu'elle avait été plus profonde qu'on ne l'a dit. Les peintres et sculpteurs de l'École y ont vu essentiellement une esthétique, quand, par-delà les lois du beau, il exprimait, en même temps, une *méta-physique*, je veux dire une ontologie, et une éthique. Paradoxalement et à long terme, c'est, peut-être, en poésie plus que dans les arts plastiques que la révolution nègre aura eu l'influence la plus profonde. C'est ce que je voudrais expliquer mieux que je ne l'ai fait à Hautvillers.

Donc, dans son *Introduction à la poésie française*, Thierry Maulnier écrit : « Le poète a besoin de matériaux qu'il puisse porter à leur suprême incandescence, soumettre à une transmutation poétique intégrale, et qui soient, pour cette transmutation, débarrassés à l'avance du gros de leurs gravats. » En effet, depuis leur *Re-naissance*, aux XVIe et XVIIe siècles, les lettres et arts français, et singulièrement la poésie, ont reçu et digéré, non seulement les « matériaux », comme le souligne Maulnier, mais encore les valeurs des autres civilisations. Ce furent, d'abord, des apports européens – méditerranéens, germaniques et slaves –, puis des apports asiatiques – arabes iraniens et indiens, chinois et japonais –, maintenant, des apports négro-africains. J'ai montré, à Hautvillers, pour illustrer la proposition et prenant l'exemple des Nègres, que, si ceux-ci avaient « bousculé » cette vieille dame de langue française, ils ne l'avaient pas maltraitée. Ils ont inséré leurs néologismes, pas toujours exotiques, leurs images folles et leurs rythmes syncopés dans le génie de la langue française, qui est, en poésie, moins dans la logique, la précision, la clarté que dans l'économie des moyens. À quoi ne répugne pas la Négritude, comme le prouve notre art, tectonique.

C'est sur les valeurs nègres, oubliées par Thierry Maulnier, comme sur celles des autres civilisations, que je voudrais m'arrêter pour montrer comment elles ont été assimilées par la poésie française moderne : sur le rythme, mais, d'abord, sur le sens des « correspondances » et « symboles » dont parlait Baudelaire.

Je commencerai par rappeler, de nouveau, les propositions de Rimbaud, dans *Une saison en enfer*, qu'on a trop souvent interprétées dans un sens européen, français : intellectualiste. « Je suis une bête, un nègre », écrit le poète... « mais je puis être sauvé. Vous êtes de *faux nègres... J'inventai la couleur des voyelles !...* Je réglai la forme et le mouvement de chaque *consonne*, et, avec des *rythmes instinctifs*, je me flattai d'*inventer un verbe poétique* accessible, un jour ou l'autre, à *tous les sens*. »

J'ai souligné les mots importants après avoir fait, de ces quelques lignes, une *relecture négro-africaine*.

Partons, pour expliquer cette parole de Rimbaud, de la définition classique du *symbole*, que la sémiologie a améliorée sans la transformer complètement. Le *sumbolon* grec, d'où vient le mot, était un signe de reconnaissance, l'expression d'une idée quand on avait rassemblé les deux parties de l'objet en question. Je dis « une idée », je veux dire celle d'un lien entre deux entités. Pour le dictionnaire Robert, le symbole, c'est un « objet ou fait naturel qui évoque, par sa forme ou sa nature, une association d'idées "naturelle"... avec quelque chose d'abstrait ou d'absent ». La faiblesse de cette explication, européenne, qui s'appuie sur la raison discursive est qu'elle simplifie le symbole en nous le présentant comme une équation : concret = abstrait, signifiant = signifié. Comme j'ai essayé de le montrer à Hautvillers, les symboles nègres, mieux, les *images analogiques*, comme, au demeurant, celles de la poésie contemporaine en Europe, sont complexes, ambivalentes, multivalentes qu'elles sont.

Avant d'y revenir, voyons ce qu'est le symbolisme négro-africain dans la vie mystique. Je vous renvoie à la thèse du professeur Alassane Ndaw, intitulée *la Pensée africaine*[1], plus spécialement, dans le chapitre premier, au paragraphe portant le titre de « Pensée africaine et vie mystique ».

Comme on le sait, la vie mystique en Afrique noire, qui compte plusieurs degrés, plusieurs initiations, se développe tout au long de la vie. Ces initiations ont pour but ultime l'intégration du monde terrestre dans l'univers cosmique, de l'homme en Dieu. Elles comportent

1. La thèse porte le sous-titre de *Recherches sur les fondements de la pensée négro-africaine*.

l'enseignement, non seulement des liens entre la terre et l'univers, la créature et son créateur, mais encore des techniques d'intégration de l'un en l'autre. Les instruments de ces techniques d'essentialisation, ce sont les temples et les cérémonies d'initiation avec leurs rituels : paroles, gestes, danses, chants, poèmes, etc.

Comme l'écrit Alassane Ndaw, « la vie mystique apparaît comme une pratique du symbolisme ». Et d'abord, l'enseignement donné aux initiés, qui a comme double objet de leur permettre « la saisie intellectuelle de la signification des symboles, mais aussi la saisie intuitive du sens, c'est-à-dire la vision totale, immédiate et individuelle de la relation ontologique homme-Cosmos ». Cette pratique du symbolisme apparaît également au lieu de l'initiation, au temple, dont l'architecture figure les rapports terre-cosmos, homme-Dieu, homme-femme. Tout comme dans le rituel des cérémonies : dans les gestes, les danses, les chants, les poèmes. Jusque dans la langue initiatique, différente de la langue courante et dont le style se caractérise par le tissu des images analogiques, qui, encore une fois, sont ambivalentes, multivalentes.

Rien ne le prouve mieux qu'un des masques nègres de mon bureau de vacances, peint aux trois couleurs noire, rouge, jaune clair, qui représente le dieu Lune-Taureau, symbole de la Fécondité. Mais, au masque traditionnel, s'ajoute, ici, en relief sur le front et le nez, un léopard, un calao et un animal que je n'ai pu identifier. L'oiseau calao représente toujours la fécondité. Mais le léopard et l'autre animal ? Visiblement, nous avons affaire à un symbolisme d'une richesse foisonnante. Nous le retrouverons, tout à l'heure, en parlant des mythes.

Nous ne quitterons pas la mystique négro-africaine sans rappeler que son symbolisme n'est pas seulement objet de connaissance, mais encore objet de pratique :

non seulement par les cérémonies du rituel, avec leurs paroles, poèmes et chants, gestes et danses masquées, mais surtout par la vie des initiés, qui vivent leur symbolisme, chacun dans son esprit, bien sûr, encore plus dans son corps et dans son âme – en se transformant, se « convertissant » en un dieu, plus exactement, en Dieu.

Donnée, avec des exemples, la définition du symbolisme nègre, que l'on retrouve aussi bien aux Amériques qu'en Asie et en Océanie, la parole de Rimbaud nous apparaît dans son sens le plus authentique. Paradoxalement pour l'époque, en proclamant, dans *Une saison en enfer*, qu'il était un « nègre », le poète se référait consciemment aux valeurs essentielles de la Négritude : à l'« instinct », c'est-à-dire à l'intuition du Nègre, exactement à sa puissance d'imagination symbolique. C'est ce que suggèrent les expressions : « la couleur des voyelles », « la forme et le mouvement de chaque consonne », « des rythmes instinctifs », « un verbe poétique accessible... à tous les sens ». Il suggère le symbolisme rayonnant du Nègre, où tous les sens – les sons, les odeurs, les saveurs, les touchers, les formes, les couleurs, les mouvements – entretiennent de mystérieuses correspondances et donnent naissance aux images analogiques. Il y a plus. Rimbaud ne sépare pas la pensée de l'action, l'esprit de l'âme, ni celle-ci du corps. Le but du poète est de « posséder la vérité dans une âme et un corps ». Comme l'initié noir, encore une fois, de se convertir en Dieu. Cette symbiose de l'âme et du corps, cette greffe du verbe dans la chair et le sang, Alain Bosquet l'a bien vue, sentie pendant son séjour sénégalais. Il l'a écrit : « Il m'est apparu que l'espèce humaine, chez vous, donnait au langage un rythme de chair et de sang, de vertèbre et de peau lisse, de sorte que se refait la greffe de la parole sur l'anatomie. »

Tout cela, mes Amis, pour en venir à la poésie francophone du XXe siècle : à vos poèmes comme aux miens, qui sont l'essence de nos vies. Je dis que vos poèmes, voire vos vies, ont affaire à, et à faire avec, la « Révolution nègre ». Car celle-ci a bouleversé, non seulement l'esthétique de l'École de Paris, des arts plastiques, mais encore la musique, la danse, voire la manière de marcher ou de rire du monde du XXe siècle, comme le soulignait Paul Morand pour l'Amérique, jusqu'à la philosophie, exactement l'*ontologie.* Et la poésie ?

Au lieu de la « Révolution nègre », j'ai l'habitude de parler de la *Révolution de 1889*, en pensant à l'*Essai sur les données immédiates de la conscience*, qui a préparé les artistes de l'École de Paris à assimiler l'art nègre. Je me rappelle Picasso dans son appartement du quartier Saint-Germain, qui, en me reconduisant, me disait : « Il nous faut rester des sauvages. » Et les écrivains, surtout les poètes surréalistes, subirent, à leur tour, l'influence des artistes. À quoi il faut ajouter l'enseignement de l'Institut d'ethnologie de Paris, avec les grands explorateurs des civilisations exotiques qu'étaient le sociologue Marcel Mauss, le linguiste Marcel Cohen, sans oublier l'anthropologue Paul Rivet, qui avait le don de découvrir, avec le sang, l'esprit nègre sur les cinq continents.

Bien sûr, les créateurs, en France, de l'art et de la littérature du XXe siècle n'ont pas suivi, comme moi, l'enseignement des maîtres que voilà, d'autant moins que ceux-ci étaient trop jeunes pour eux. Il reste qu'ils ont respiré, à pleins poumons, l'atmosphère de la Révolution de 1889. La vérité est que les précurseurs, les révolutionnaires eux-mêmes, en tournant le dos au « stupide XIXe siècle », au scientisme, au réalisme, voire à l'exotisme, ont rencontré les Nègres aux sources de l'intuition, de l'imaginaire. J'irai plus loin : il leur suffisait de remonter l'Histoire, jusqu'à la *Pré-histoire*, de réactiver la mémoire ancestrale, jusqu'au temps où les Celtes, les premiers Albo-Européens arrivés en Europe occidentale, se mêlaient aux Négroïdes, dont ils ont hérité les statuettes de fécondité, transformées, plus tard, en « Vierges noires ». Pour quoi l'art celtique ressemble, par certains de ses aspects, à l'art nègre : par son abstraction symbolique et son rythme. Pour quoi, dans les années 1930, nous, les militants de la Négritude, appelions Claudel et Péguy : « nos poètes nègres ». Ils nous ont, avec les surréalistes, influencés – moins au demeurant qu'on ne l'a dit – parce qu'ils écrivaient en français et qu'ils ressemblaient, par leur style, à nos poètes populaires. Quant à Saint-John Perse, comme l'a montré un Antillais, agrégé de philosophie, il a emprunté son style au « parler » antillais.

Je voudrais, maintenant, essayer de montrer comment, à partir d'origines différentes, nous avons, à peu près à la même époque, conçu, sinon élaboré, la même poétique, mais surtout fait la même – et pourtant diverse – poésie francophone.

Il y a, pour commencer, le fait que, pour chacun de nous, la poésie est, dans notre vie, non pas le métier, mais l'activité majeure : la vie de notre vie, sans quoi celle-ci ne serait pas vie. Dans l'introduction à l'étude que lui a consacrée Alain Bosquet dans la collection *Poètes d'aujourd'hui*, Pierre Emmanuel confesse : « Mon vrai domaine est la poésie. La poésie et la réflexion sur elle. » Comme en écho, Alain Bosquet, préfaçant l'étude de Charles Le Quintrec sur lui-même, note : « La Poésie donc, avant le reste, au lieu du reste, malgré le reste. Je me ferai tuer pour elle. » Pour répondre à la même question, Jean-Claude Renard, dans « Liminaire » du recueil *Incantation des eaux*, fait allusion à son attitude en face de la poésie lorsqu'il écrit : « Il est probable que le poète ne peut parler que d'une seule chose, de l'unique mystère qui habite ses cavernes et ses labyrinthes, l'obsède, le fascine, le foudroie ; mais finalement le mène... jusqu'au centre de ce silence où commence la seule parole importante : celle qui justifie l'homme. » Pour moi, l'on m'a quelquefois posé la question : « S'il fallait choisir, que voudriez-vous sauver de votre triple vie d'homme politique, de professeur et de poète ? » J'ai toujours répondu : « Mes poèmes. C'est, là, l'essentiel. »

Mais en quoi consiste cette poésie, qui est le but, la raison et l'essence de nos vies ? C'est la deuxième question – je ne dis pas la plus importante. Je parle du concept avant d'en arriver à son expression : à sa réalisation.

*

* *

Dans *Poésie raison ardente*, Pierre Emmanuel annonce : « La poésie largement humaine que nous attendons sera l'œuvre de quelques grands intuitifs, qui auront compris qu'une œuvre... est une vision générale, et qui va s'amplifiant, des rapports régissant les divers mondes de l'homme, c'est-à-dire de ses divers mouvements au sein de son devenir total. » Bien sûr, il s'agit toujours de l'*homme* – comment pourrait-il en être autrement ? –, mais surtout, peut-être, de l'au-delà de l'homme. Nous sommes loin de la définition classique. Alain Bosquet, tout en se défendant, dans son étude sur Emmanuel, de vouloir « définir la poésie », finit par avancer : « La poésie n'est ni dans la perfection, ni dans l'invention de vocables nouveaux, ni dans l'abdication devant un langage admis, elle est dans la philosophie explicite et implicite de sa vision du monde. » Et Jean-Claude Renard ne dit pas autre chose quand il définit la poésie moderne comme « une certaine vision globale, non *décantée*, de l'univers intérieur et extérieur où le poète se meut lui-même ». Je ne romprai pas, je n'ai pas rompu l'unanimité lorsqu'à Hautvillers, j'ai dit que je restais « marqué, ma vie durant, par les *visions* que j'avais eues dans mon enfance sérère, quand je voyais se dérouler, sur les *tanns*, la procession des Morts de l'année, tandis que les petits bergers, mes camarades, avaient vu les *Esprits*, je veux dire les dieux eux-mêmes : leur avaient parlé ». Une bonne partie de mes poèmes, je l'ai dit ailleurs, sont l'expression de ces « visions ».

Cette convergence sur la *poésie-vision* n'est pas fortuite ; elle est significative. Elle rompt avec la tradition de la poésie française, héritée de la Renaissance. Elle remonte au-delà, pour s'enraciner dans la vieille tradition grecque, plus exactement, méditerranéenne, où elle rencontre l'Afrique. En effet, Thierry Maulnier, qui est de ma génération, caractérisait, encore une fois, la poésie française, non par son « contenu », ses « matériaux », mais par ses « moyens poétiques ». En un sens, il avait raison, et nous y reviendrons, encore que Platon lui-même, contempteur des poètes et inventeur de la censure littéraire, pensât que la seule *tecknê* ne suffisait pas à faire le poète. Il reste que, pour les poètes francophones d'aujourd'hui, ce qui compte d'abord, c'est l'objet du poème, qui est une vision ontologique de l'univers : de l'homme dans l'univers.

Or donc, pour Homère et les Grecs de son époque, le poète est visité, habité par un dieu, qui lui donne la force de l'inspiration. Pour quoi on le qualifiait de *theios*, « divin », on l'appelait *aoïdos*, « chanteur », et pas encore *poïêtês*, « fabricant ». Possédé par une divinité, la Muse, le poète-récepteur modulait le chant que lui chantait celle-ci, mais non sans y apporter sa marque, c'est-à-dire sa forme propre : sa *technê*. C'est ici que l'on rejoint l'Afrique noire, et c'est d'autant plus révélateur que les Grecs reconnaissaient le caractère métis de leur civilisation, qui, disaient-ils, avait reçu les apports complémentaires du Nord, de l'Est et du Sud. Singulièrement de l'Égypte, qui, au dire de ses habitants, avait été, à son tour, civilisée par les « Éthiopiens », c'est-à-dire les Noirs.

Sur les bancs du lycée, me frappaient, déjà, certaines similitudes entre les civilisations grecque et négro-africaine, que met en relief l'*École de Dakar*, singulièrement entre l'*aoïdos* grec et le *griot* soudano-sahélien, entre les mystères grecs et les cérémonies négro-africaines de l'initiation, dont j'ai parlé plus haut. C'est au cours de ces cérémonies, spectacle total d'intégration de l'homme dans le cosmos, d'identification de l'homme à Dieu, que le geste et la danse masquée, la parole et le chant acquièrent, dans la plénitude de leur réalisation, leur signification symbolique parce que leur *force*. Le poète, pour prendre cet exemple, se « convertissant » en Dieu par la force de sa parole, fait plus que reproduire le cosmos : par la force du verbe divin, mais aussi par sa maîtrise de la langue, il le *re-crée*. Un mythe négro-africain va jusqu'à nous suggérer que l'artiste – poète, musicien, sculpteur – travaille au perfectionnement de Dieu, qui a, ainsi, besoin de lui [1].

Cependant, sur ce point fondamental, les Grecs d'Homère avaient, déjà, une conception quelque peu différente de celle des Négro-Africains de la tradition. Pour les premiers poètes, la poésie s'identifie, bien qu'inspirée par la Muse, à la *phuséôs mimêsis*, à l'« imitation de la nature ». Il s'agissait de reproduire les gestes des héros mythiques et, partant, de les éterniser. Bien sûr, comme l'écrit Alassane Ndaw, « on trouve, chez les

1. Cf. *La Pensée africaine*, Dakar.

Grecs d'avant Socrate, la même structure mythique, à peu de chose près, que chez les Africains [1] ». Il reste que ce « peu de chose » marque plus qu'une différence de style. Chez les Négro-Africains, les héros, surtout les dieux, sont plus proches : plus présents. Il y a surtout que leurs poètes, et leurs artistes en général, tournent le dos à la nature, comme, très justement, l'a fait remarquer André Malraux, que, comme les initiés, ils recréent, en les actualisant, les gestes des héros : la vie *sur-naturelle* de Dieu. Poésie-vision, ai-je dit, « nature » si l'on veut, mais une nature au sens de *phusis*, une nature-création, animée par la force du dieu, de Dieu. Un cosmos dynamique, fait de relations entre les *forces vitales* : entre la terre, les astres et l'univers, les plantes, les animaux, les hommes et Dieu.

Donc, d'Homère à Platon, en passant par les poètes Hésiode et Archiloque, les relations ontologiques s'étaient distendues. Le philosophe, comme on le sait, entreprit, dans ses *Dialogues*, de ravaler la poésie au niveau d'instrument d'une morale de l'honnête homme, en l'idéalisant, ou la *dénaturant*, sagement suivant le but éthique, pour conduire vers le Beau, mais surtout le Bien. Aristote aura beau redresser l'enseignement de son maître et essayer de faire servir les passions, légitimées, à la *catharsis*, à la « purification », comme vaccin des âmes, l'orientation éthique et instrumentale de la poésie n'aura pas changé fondamentalement. C'est cette conception, reprise peu ou prou par la Renaissance, qui a triomphé jusqu'à Rimbaud et à la Révolution de 1889. C'est ce que confirme l'excellente étude, précitée, de Thierry Maulnier.

Heureusement, entre le Ier et le VIIIe siècle de l'ère chrétienne, s'étaient levées, sur la terre fertile de l'Asie

1. Cf. *La Pensée africaine*, Dakar.

antérieure, trois religions – la juive, la chrétienne et l'islamique – qui allaient faire resurgir *Dieu*, en le rendant encore plus présent parce que unique. Et, avec lui, ses prophètes, ses califes, ses saints. Dieu et ses nouveaux « héros » allaient être plus proches, intégrés dans notre monde humain, même si, de la Renaissance à la fin du XIXe siècle, les poètes les avaient éloignés, *abstraits* sinon oubliés. Je l'ai dit aux premières *Journées claudeliennes de Brangues,* si Claudel – et Péguy avec lui – nous a conquis dans les années 1930, nous les militants de la Négritude, c'est que, par-delà la Renaissance, il était remonté aux sources de la *celticité*, mais aussi au Moyen Âge chrétien : plus exactement, au merveilleux de la Vulgate, avec sa langue si souple et imagée, populaire, à ce merveilleux auquel s'accordent si bien, aujourd'hui, les églises d'Afrique noire.

Cette nouvelle référence à la Grèce antique pour nous faire revenir, mieux armés, à la poésie francophone du XXe siècle, à la poésie-vision, singulièrement aux apports de l'inspiration et du divin : aux *mythes*.

Je viens de le dire, avec Platon et Aristote, les dieux s'étaient éloignés, voire les héros, tandis que nous les voyons présents en Afrique, jusqu'à maintenant. Ce sont ces héros, ces dieux, ce Dieu, que la poésie contemporaine nous a ramenés, soit en créant de nouveaux mythes, soit même en reprenant les anciens, mais en les chargeant de nouvelles images et, partant, de nouvelles significations, modernes.

Mais qu'est-ce qu'un *mythe* ? Pour les dictionnaires, c'est, d'abord, un « récit fabuleux d'origine populaire », faisant vivre des êtres – dieux, hommes, animaux, plantes, phénomènes – qui symbolisent des forces de la nature ou des aspects de la condition humaine. Mais n'oublions pas de noter qu'il y a des mythes modernes, voire contemporains, qui ont pour objets un homme vivant, un fait actuel : la Deuxième Guerre mondiale, de Gaulle, Churchill, la Bombe atomique, Carter, Brejnev, etc.

Le mérite de Pierre Emmanuel, c'est d'avoir continué la poésie religieuse, chrétienne, de Péguy et de Claudel, mais en la révolutionnant par l'introduction, dans les mythes anciens, des thèmes de ce siècle : guerres mondiales, atome, civilisation panhumaine. Au-delà de l'orthodoxie chrétienne, qu'il ne renie pas pour autant, il fait vivre, dans nos esprits et nos corps, nos *âmes*, l'angoisse et le désespoir, le néant et la fatalité, l'absurde. Mais il reprend aussi les éternels thèmes de la poésie universelle, comme l'amour et la femme, l'espoir et la liberté, sans oublier la Parole poétique :

Rien ne subsiste que par la Parole
Rien n'est créé que pour la Parole.

Mais ces derniers thèmes, c'est pour les présenter dans une tension dramatique, transformatrice, qui anime ses symphonies mythiques : *Tombeau d'Orphée*, *le Poète et son Christ*, *Sodome*, *Babel*, *Jacob*, *Sophia*, *Tu*.

Le lecteur distrait, accroché aux vieilles définitions, n'aura pas noté l'aspect mythique de la poésie d'Alain Bosquet, comme si tout poète authentique ne vivait pas, ne chantait pas des mythes. Il y a simplement que, chez Bosquet, ils sont modernes, actuels ; car son histoire, à lui, est « d'échapper à la Grèce, à Malherbe et aux Pharaons ». Dès l'*Image impardonnable*, il vit et dit le mythe de la Femme, qui l'obsédera tout au long de ses recueils, auquel se mêle celui de la « planète terre ». Celui-ci, qui apparaît avec *À la mémoire de ma planète*, vit en symbiose avec le thème du « Jeune atome ». La parenthèse de *Quel royaume oublié* n'est qu'une parenthèse, qui lui permet, dans la même idée-sentiment, de moduler les mythes – point défunts en Amérique latine – de la civilisation précolombienne, que l'Europe a détruite. Avec le *Premier* et le *Deuxième Testament*, nous sommes au cœur du mythe dans son mystère ; de notre « pauvre terre », du « monde qui s'amuse à se faire sauter » par l'atome. Jamais le poète de la fantaisie et de *Danse mon sang* n'a été aussi désespéré, et aussi humain en même temps :

Je t'aime humanité, car je te sais perdue.

La première mythologie de Jean-Claude Renard est solidement greffée sur la Bible, car son christianisme est alors celui-là même de l'orthodoxie catholique. Et ce n'est pas hasard si le père Tillette l'a consacré « poète théologien ». Il reste que ce christianisme, contrairement à celui d'Emmanuel, est plus axé sur le Père que sur le Christ. Plus tard, Renard le nourrira de « mythes » empruntés à d'autres religions, mais recréés en fonction de sa foi chrétienne.

De prime abord, les thèmes « mythologiques » originels de Renard – je garde le même vocabulaire – ne surprendront pas. Il reste qu'ils sont toujours maintenus dans une tension dynamique, comme chez ses deux prédécesseurs. Du premier au dernier de ses recueils, de *Juan* à *la Lumière du silence* – en passant par *Cantiques pour des pays perdus*, *Métamorphose du monde*, *En une seule vigne*, *Incantation des eaux*, *Incantation du temps*, *la Terre du sacre*, *la Braise et la Rivière*, *le Dieu à nuit* –, ses thèmes se présentent en couples : désir-don, vide-plénitude, soif-eau, division-unité, nuit-jour, angoisses-noces, absence-présence, amour charnel-amour divin, non-être-être, homme-Dieu, mais dans une dramatisation diabolique, dynamique, qui nous mène, par incantation, du désert du désir à la terre sacrée des noces. Je dis « incantation » comme le poète, c'est-à-dire conversion, métamorphose :

L'eau d'une avidité faite d'un tel ferment
Qu'en dépassant déjà le désir qu'elle incante
Elle profile en lui la figure sacrée
Du mystère vivant qui l'ayant engendrée
Pourra seul en combler l'espérance vivante.

Ce que je retiens, d'abord, quand je jette, sur mon œuvre, le regard du professeur, c'est que, comme l'*Initié* d'Afrique à sa première « étape », dès le premier poème que je n'ai pas brûlé – parce que débarrassé de Malherbe –, j'ai vécu l'image symbolique avec le poème. Encore sur les bancs du « cours secondaire », à Dakar, j'ai vécu le mythe, essentiel, de l'*Afrique*. D'une part, l'Afrique depuis cinq siècles, comme le Christ, crucifiée par la traite des Nègres et la colonisation, mais l'Afrique rédimée et, par ses souffrances, rachetant le monde, ressuscitant pour apporter sa contribution à la germination d'une civilisation panhumaine ; d'autre part, l'Afrique Afrique noire, Féminité, Amour, Poésie, qui apparaîtra ici, dans la dernière des *Élégies majeures*, sous la figure de la reine de Saba, avec qui, pendant des années, j'ai vécu en adoration. En vérité, chacune des élégies que voici exprime un mythe, ancien ou actuel.

De nouveau, ce qui me frappe, chers Amis, dans nos vies, dans nos consciences, dans nos âmes parallèles, c'est, avec l'*inspiration*, dont je vais parler maintenant, notre commune fidélité à nos idées-sentiments, à ces *images archétypes* surgies de l'expérience personnelle comme de la conscience ancestrale, que l'on nomme « mythes ».

Dans ses « Réflexions préliminaires » sur Pierre Emmanuel, Bosquet nous parle, pour définir l'inspiration du poète, d'« élan vital ». Rien ne paraît plus juste, car, en Afrique noire, la réalité qui sous-tend toutes les réalités apparentes, c'est la *Force vitale*. C'est cette réalité dont parle Emmanuel dans ses études sur la poésie, singulièrement dans *le Goût de l'Un*, et qu'il désigne par des expressions comme « un appel dans la nuit », le « messager précédé de son cri », « la visitation silencieuse de l'Autre ». Il la résume dans cette phrase : « Cela – cette réalité qui parle la nuit, qui profère le silence nocturne – vient à toi du profond de toi-même, et bien avant d'apparaître *donne de la voix.* » Paraphrasant Emmanuel, je dirai que, solidement enraciné dans la mémoire ancestrale, qui garde les strates des images-archétypes, le poète va les enrichir du terreau de son expérience personnelle, pour aboutir au dialogue fécondant entre lui et l'Autre, entre le moi et le Toi. Ainsi, la réalité, que le poète a mission mais surtout besoin et joie de chanter, est-elle son moi profond, tel que l'ont formé son ethnie, son histoire, son environnement. C'est la création à refaire et parfaire avec des images symboliques, archétypes ou actuelles : avec des mythes. Pour quoi Bosquet parle, en définitive, d'« élan créateur ».

Nous ne sommes pas si loin d'Homère et de ses Muses, encore que nous ne parlions plus de celles-ci, ni de Diotime de Mantinée. Ce qui est revenu, c'est la ferveur ancienne et, pour parler comme Emmanuel, la foi dans l'« intuition », dans le « caractère sacré de la parole poétique ».

Bien sûr, l'image que nous présente Alain Bosquet de l'inspiration est bien proche de celle d'Emmanuel. Il y ajoute, cependant, de précieuses précisions. C'est ainsi que, dans *Verbe et Vertige*, il nous offre une sorte de tableau comparatif de l'inspiration et de la création poétique chez les Anciens et chez les Modernes, ceux-ci commençant avec Rimbaud. Il oppose l'*inspiration-*

intuition du XXe siècle à la « préméditation » qui sévissait depuis Malherbe et Boileau. Nous le connaissons bien, ce discours poétique à la française, qui est *dis-cursion*, pour avoir souvent « *dis-serté* » au lycée. Je ne retiendrai donc que les deux premiers temps de l'inspiration moderne. C'est, d'abord, « un soulèvement de tout l'être... non plus "inspiré", mais traversé par un flot de sensations qui exigent de lui de les exprimer ». Sensations cependant accompagnées de « sentiments », voire de « rythmes ». C'est, ensuite, « la certitude que cette envie d'écrire » est d'une intensité extrême, qui tient de la « révélation mystique ». Il ne reste, dès lors, qu'à suivre l'« impulsion première », à prendre sa plume et à écrire. Qui de nous quatre ne se reconnaîtrait dans ce tableau, à commencer par Jean-Claude Renard ?

À André Alter, qui lui demandait de lui donner une définition de sa poésie, Renard fit cette réponse : « Un langage. Mais pas un langage gratuit. Il y a toujours, au départ, un choc. Pas un choc physique. Même pas intellectuel : un poids spirituel. En moi se creuse un vide qui a besoin d'être comblé : le poème sera ce comblement, le seul remède à l'absence, ainsi éprouvée. » « Un poids spirituel » : l'expression caractérise bien Renard. Ce n'est plus la Muse ; c'est un être moins aérien, moins léger, plus dense, bref, plus *être*, qui s'adresse au poète, homme intégral, « chair et âme ensemble ». C'est l'Esprit, comme le révèle Renard dans *Métamorphose du Monde* :

... l'Esprit ouvert
sur toute la mer, sur toute la mort
ouvrira le Dieu et le dieu ouvert,
le dieu assouvi, le dieu dans le dieu
miraculera en éternité
l'homme spirituel et l'homme fait Verbe.

Ainsi, est-ce Dieu lui-même qui, par son inspiration, confond, en une symbiose miraculeuse, la Parole du poète et le Verbe divin, comme nous le verrons bientôt. Auparavant, il me faut dire mon expérience, vécue en Nègre.

Paradoxalement, c'est moi qui ai conservé le plus de liens avec les Muses sous les formes de mes *Trois Grâces*, les poétesses populaires de mon village : Koumba Ndiaye, Marône Ndiaye et Siga Diouf. Ce sont elles qui, par leurs poèmes-chants et leurs commentaires, m'ont révélé les caractères essentiels de la poésie *sérère* et, partant, de la poésie négro-africaine. Quand, à la première version d'un poème, écrit d'un seul jet, je me désole, pensant à la beauté de celui que l'une ou l'autre m'avait chanté à mi-voix, je crois souvent les entendre qui me plaisantent en faisant un jeu de mots sur mon prénom : « *Sédar, sediro ?...* » Que je traduis : « Qui - n'a - pas honte, n'as-tu pas honte » de t'assoupir sous notre incantation ?

On a parlé de mes « poèmes chrétiens », et que j'y mêle mes héros aux saints et mon Dieu sérère au Dieu chrétien. J'ai « assimilé » ceux-ci à ceux-là, « acculturé », comme vous dites, ceux-là à ceux-ci. Je sais que, derrière mes Trois Grâces, enracinées dans la terre sérère, et les inspirant, il y a toute une lignée d'ancêtres, d'initiés, qui, dans les bois sacrés, les « Serpents » comme nous disons, ont entendu la voix, chanté et dansé la danse du Dieu. Et, à leur tour, ils ont recréé le monde et l'univers, plus vastes, plus complexes, plus vivants. Ce que, par mes poèmes, je voudrais refaire : plus actuels, plus fraternels, plus beaux. C'est pourquoi je vis mes poèmes un jour, des jours, des semaines, des mois, parfois des années, comme l'*Élégie pour la reine de Saba* – en attendant que me rende visite « la pure grâce du dire », pour employer l'expression de Pierre Emmanuel.

*
* *

Nous voici, ainsi, arrivés à la dernière question : à la réalisation du poème, à l'*écriture*. Nous sommes d'accord que si, dans la poésie, l'élan créateur ou la puissance mythique doit avoir la primauté, la priorité revient à la maîtrise du langage, mais aussi de la langue. Sans quoi, il ne peut y avoir de parole poétique. Surtout lorsqu'il s'agit de la langue française. Et ce n'est pas par hasard que les meilleurs poètes francophones du Tiers Monde sont passés par l'université ou la « grande école ». Je constate, au demeurant, que plus nous mûrissons et plus nous attachons d'importance à la langue comme au langage, ainsi qu'en témoigne le dernier recueil de chacun de vous : *Tu* d'Emmanuel, *le Livre du doute et de la grâce* de Bosquet, *la Lumière du silence* de Renard. S'agissant de moi, je vous rappellerai qu'en Afrique noire le griot, le troubadour, est souvent appelé « Maître-de-la-Parole ».

Cette fois-ci, et pour la troisième question, je commencerai par la fin, par les poètes nègres, pour remonter jusqu'à Pierre Emmanuel. Moins les poètes nègres de langue française que les poètes populaires, enracinés dans la Parole nègre. D'autant qu'à Hautvillers, j'ai surtout parlé de ceux-là, les francophones.

Comme j'aime à le rappeler, le poème, en Afrique noire, ce sont des « paroles plaisantes au cœur et à l'oreille ». Ce ne sont pas des idées, pas même des sentiments comme tels ; c'est le « bien dire » parce que le dire accordé au cœur est consonant à l'oreille. Mais encore, pourquoi « au cœur » ? Parce que les paroles, pour *charmer* au sens étymologique du mot, pour « incanter » doivent être exprimées en images analogiques, qui cachent et dévoilent en même temps, non des idées pures ou des sentiments, mais des *idées-sentiments*, qui cachent, en dévoilant, le signifié sous le signifiant.

Il faut souligner que l'image analogique ou symbole est bien plus complexe qu'on ne le dit généralement. Je voudrais m'arrêter d'abord à l'idée du « secret », dont nous parle l'auteur du *Goût de l'Un*, en disant qu'il est la « raison d'être du symbole ». La pensée négro-africaine nous explique cette raison. En effet, Alassane Ndaw nous dit, dans sa thèse : « Il n'y a pas adéquation parfaite entre le signifiant et le signifié, et c'est dans cet écart que prend naissance, que s'installe le secret. La fonction fondamentale de la parole est de cacher. Cacher n'est pas une fin en soi et contient, implique le fait de révéler. La parole fonde ainsi l'initiation dans la nécessité. » Ce qui mérite explication.

Pour le Négro-Africain, la réalité d'un être, voire d'une chose, est toujours complexe puisqu'elle est un nœud de rapports avec les réalités des autres êtres, des autres choses. Et ce n'est pas la première fois que la pensée nègre aura précédé une découverte scientifique. Or donc cette réalité multivalente, la raison discursive et l'expression abstraite ne peuvent l'embrasser intégralement, qui simplifient, et d'une manière univalente, tandis que la raison intuitive saisit l'ensemble des rapports, dans leurs quantités, bien sûr, mais surtout dans leurs qualités. Pour quoi celle-ci s'exprime par images analogiques, qui suggèrent des rapports, et où le symbole multivalent dépasse l'équation « signifiant = signifié » ; d'autant qu'il est vécu par le Maître-de-la-Parole, par le poète, et que les images analogiques ne sont pas isolées les unes des autres.

C'est ce qui fait la différence entre l'*allégorie* et le *mythe*. La poésie issue de la Renaissance, la poésie-discours lyrique, est toujours une sorte d'allégorie : une suite de mots concrets et abstraits, de comparaisons et de métaphores, le tout relié par un fil logique. D'où l'absence de secret et, partant, de substance. Le mythe, lui, est un ensemble, une *symbiose* d'images analogiques – de comparaisons, encore plus, de métaphores –, liées par leurs qualités, je veux dire leurs sens, parce que participant toutes à l'expression d'une vision intuitive : ontologique. Ce que prouve l'étude de la poésie orale de l'Afrique. Je me contenterai, ici, de citer deux poèmes gymniques, deux poèmes-chants de mon village :

Voici le premier :

Mon assemblée ne sera point solitaire
Car j'ai puissance de chants de festin,
Moi, le lion de Lat Dior,
L'aimé des hommes, (champion de) Koumba.

Une suite d'images analogiques, et pas un seul mot abstrait. Et s'il y a, dans le poème, un mot de logique, « car », une conjonction de subordination, c'est une exception qui confirme la règle. Mais quel est le thème du poème ? Vous le devinez, c'est la puissance de la Parole poétique, mais aussi le plaisir du cœur et de l'oreille qu'elle procure, mais encore l'idée que la règle des règles est de « plaire », pour parler comme Molière. Et ce mythe, très ancien en Afrique, du Dieu-Soleil-Lion, symbole de la puissance, est vécu par le poète, qui est – ou se fait – du clan du Lion. Mais le Dieu que voilà n'est pas seulement signe et sens de puissance ; il l'est de beauté et de plaisir en même temps, comme la parole poétique. D'où l'on peut se demander si le Lion est symbole de la Parole ou celle-ci de celui-là.

Voici le deuxième poème-chant :

Je ne dormirai point, sur l'arène je veillerai.
Le tam-tam de moi est paré d'un collier blanc.

Il est question d'une jeune fille, la poétesse, qui a vu, aux luttes de la soirée, son fiancé, son « champion », triompher sur l'arène. Son cœur-tam-tam est si inondé de joie qu'il est paré – je ne dis pas « comme paré » – d'un collier blanc. Le « collier » dont on parle ici, c'est le bandeau de l'athlète, transformé en collier de cauris. Pour l'habitant de mon village, qui sait que le cauris signifie beauté, fécondité et, partant, puissance, ce poème est plein de sens. Comme dans le poème précédent, la poétesse chante la puissance et la beauté de son athlète-fiancé, qui est son plaisir et fait son bonheur.

C'est le moment de m'arrêter sur la notion de la *Parole* en Afrique, avant de m'attarder sur les qualités sensibles, sensuelles du poème. Depuis Marcel Griaule, celle-ci a fait l'objet de nombreuses études, et importantes, dont *la Dialectique du verbe chez les Bambara* par Dominique Zahan [1] et *la Parole chez les Dogon* par Geneviève Calame-Griaule [2]. Mais je préfère m'arrêter sur *Kuma*, l'étude d'un Sénégalais, qui vient de paraître [3].

Précisément celui-ci, Makhily Gassama, dans son remarquable essai-anthologie, nous rappelle la multiple signification du mot *kuma*, qui signifie parole en *bam-*

1. Mouton et Compagnie, Paris, La Haye.
2. Gallimard, Paris.
3. Les Nouvelles Éditions africaines, Dakar.

bara, un des dialectes de la langue mandingue. « Le mot, écrit-il, ne se contente pas de symboliser l'être à la manière traditionnelle, de le représenter à l'esprit du lecteur. Il a la prétention d'*être* cet objet. » D'origine divine, « la puissance du mot échappe ainsi à l'homme... en symbolisant le monde invisible, qui n'est pas composé d'*idées* abstraites, mais qui est un prolongement concret du monde visible ». C'est moi qui souligne. Pour résumer, conclut Gassama, la parole, *kuma*, a trois significations en bambara :

1. « *créer*, à la manière de Dieu » ;
2. « *bouche...* », comparable à « la demeure du Créateur où tout se forme et se pétrit » [1] ;
3. « *marmite* : la cuisson étant considérée comme une création ; le produit en sort complètement transformé. »

En accord avec ces idées, j'ai souvent dit qu'en Afrique noire, tout être, voire toute chose, mieux, toute forme et toute couleur, tout mouvement et tout rythme, tout timbre et toute mélodie, toute odeur et toute saveur, tout son avaient, chacun, sa valeur symbolique : sa signification. Pour quoi tout mot, toute parole est enceinte d'une image analogique quand ce n'est pas de plusieurs. Ce que j'ai voulu souligner, tout à l'heure, par mes commentaires de deux poèmes gymniques, en montrant comment leurs « paroles » étaient « plaisantes au cœur ».

Il me resterait à montrer comment la parole poétique nègre est « plaisante à l'oreille ». J'ai traité, à Hautvillers, des « charmes » des poètes nègres de langue française, qui avaient bien bousculé, dérangé la langue de Boileau, mais sans la *dé-naturer*, parce qu'ils se coulaient dans l'élan vital de la phrase celtique. Il reste que tous ces charmes proviennent, en définitive, des vertus

1. Cette dernière citation est de Dominique Zahan.

des langues négro-africaines, comme j'ai essayé de le montrer dans une communication faite à la 2e Biennale internationale de poésie de Knokke-le-Zoute, en 1954 [1].

Ce que je voudrais, ici, c'est revenir sur ces vertus.

Je commencerai par dénoncer le préjugé qui, en Europe, dénie l'élégance à ces langues quand leur qualité majeure est, au contraire, l'*économie des moyens*. Ce sont, en effet, des langues « agglutinantes », synthétiques. Au moyen d'affixes, elles expriment des rapports grammaticaux, qui, dans les langues indo-européennes, analytiques, sont rendus par des mots séparés. Ainsi, l'expression « il ne m'a pas tué » est-elle rendue, en sérère, par l'unique mot *wareeraam*. D'autre part, comme je l'ai constaté dans les langues du groupe sénégalo-guinéen, tous les mots non essentiels – et pas seulement les articles – ont tendance à être éliminés par le poète. Surtout les mots-outils, les mots-gonds, de la raison discursive, comme les conjonctions de subordination. Alors, comme les poèmes surréalistes peuvent en donner une idée, nous avons affaire à une syntaxe de coordination ou, mieux, de juxtaposition, chère à la raison intuitive.

Ces vertus de la parole poétique nègre, outre l'image analogique, sont essentiellement le *rythme* et la *mélodie*. Je dis *vertus* et non qualités, car il s'agit de la puissance de la mélodie et du rythme comme forces créatrices.

Et, d'abord, du *rythme*. C'est de lui qu'il faut partir, qui engendre non seulement la mélodie, mais aussi l'image par son élan itératif et, partant, suggestif, créatif.

Gassama, dans *Kuma*, nous parle du « mot-accoucheur ». C'est souvent, en effet, un mot. D'autres fois, c'est une expression, voire une phrase. J'ai retenu ce court poème *mandingue* du griot Lalo Kéba Dramé :

1. Cf. *Liberté I*, p. 159-172, Éditions du Seuil.

Papa Jabi *Suko muso dimmaa*
Jabii
Papa Jabi *Suko muso dimmaa*
Jabii
Jabi *Jato*
Ntero
Dua le jaabitamaa.

En voici la traduction :

Papa *Diabi* enfant de la femme Souko
Diabii
Papa *Diabi* enfant de la femme Souko
Diabii
Diabi le Lion
Ô mon *ami*
Voilà les vœux exaucés.

Il y a répétition du mot-accoucheur *Jabi* (*Diabi* en français), mais répétition nègre, qui, pour l'auditeur – ou le lecteur aujourd'hui –, est faite d'attentes comblées ou des chocs délicieux de la surprise. Et c'est tout cela qui fait le charme du poème, comme, tout à l'heure, de l'image analogique, qui voilait et dévoilait, en même temps, le signifié.

Encore une fois, le rythme nègre, ici comme dans les autres domaines, ce sont des *parallélisme asymétriques*. Revenant au poème de Dramé, nous remarquerons que la troisième ligne est la répétition de la première, comme la quatrième celle de la deuxième. Mais, dans ces deux versets – si l'on peut dire –, nous avons *Jabii* avec *i* long au lieu d'un bref. Ce n'est pas tout. Le charme du rythme, c'est que la répétition n'est pas toujours simple redite, comme nous venons de le voir. Très souvent, le mot-accoucheur joue au jeu poétique avec d'autres. C'est le cas de *Jabi* avec *Jato* et *jaabitamaa*, qui provoquent le « court-circuit » poétique. Dans le premier cas, en faisant allitération, les deux mots *Jabi Jato* font flamber l'image analogique et lui donnent toute sa signification par l'identification de Papa-Diabi et de Papa-Lion.

Pour achever de vous convaincre, voici un poème bantou, plus long, que j'ai traduit en l'intitulant *Chant du feu* :

Feu que les hommes regardent dans la nuit, dans la nuit profonde,
Feu qui brûles et ne chauffes pas, qui brilles et ne brûles pas,
Feu qui voles sans corps, sans cœur, qui ne connais case ni foyer,
Feu transparent des palmes, un homme sans peur t'invoque.
Feu des sorciers, ton père est où ? Ta mère est où ? Qui t'a nourri ?
Tu es ton père, tu es ta mère, tu passes et ne laisses traces.
Le bois sec ne t'engendre, tu n'as pas les cendres pour filles, tu meurs et ne meurs pas.
L'âme errante se transforme en toi, et nul ne le sait.
Feu des sorciers, Esprit des eaux inférieures, Esprit des airs supérieurs,
Fulgore qui brilles, luciole qui illumines le marais,
Oiseau sans ailes, matière sans corps,
Esprit de la Force du Feu
Écoute ma voix : un homme sans peur t'invoque.

Nous voilà déjà entrés dans le domaine de la mélodie.

Mais qu'est-ce que la *mélodie* ? C'est, vous le savez, au sens général du mot, une succession de sons qui produit une impression agréable à l'oreille. Dans un poème chanté, c'est la succession des notes qui compte le plus, tandis que c'est, dans un poème déclamé, la succession des mots, avec les timbres, les intensités et les durées non seulement des voyelles, mais aussi des consonnes. Le plaisir de l'oreille provient de l'harmonie, de l'accord établi entre les trois éléments que voilà. Je parle de l'*accord* qui naît, comme tout à l'heure dans le rythme, non seulement des similitudes sinon des identités, des répétitions qui ne se répètent pas, mais encore des différences, voire des contrastes complémentaires.

Pour revenir au poème de Dramé, la mélodie est faite des allitérations et des assonances, mais encore, plus subtilement, du jeu des sémantèmes et des morphèmes, qui renforce celui des signes et des sens : des images analogiques.

Nous avons déjà noté l'allitération *Jabi Jato*. Ce sont surtout les assonances que nous retiendrons maintenant. Il y a, en contact, *Suko muso* et *Jato utero* ; à distance, *dimmaa* et *jaabi tamaa*. Dans les langues du groupe sénégalo-guinéen que j'ai étudiées, les allitérations et assonances sont d'autant plus fréquentes qu'elles peuvent donc être à distance et que les déterminants du nom se présentent, souvent, sous forme de morphèmes qui ont les mêmes sons que la première ou la dernière syllabe du nom. Comme dans cette expression peule : *ngal teddungal ngal*, « cet honneur ».

Ces commentaires sur la poésie orale négro-africaine me dispenseront d'être long sur mes poèmes. Pour moi, si les deux premiers moments de l'écriture d'un poème, exactement, si ses deux premières versions, me donnent, souvent, l'impression d'être pénibles, comme d'une femme en gésine, la troisième est celle de la joie. Qu'on me comprenne, quand je dis « pénibles », il ne s'agit pas de l'inspiration, car, alors, les mots se bousculent à ma porte, et c'est justement cette profusion qui est pénible. Quant au troisième moment, où le poème-enfant est né, tout embarrassé de ses images, de sa mélodie, de son rythme, c'est bien celui que je préfère, lorsque, fait sage-femme ou redevenu professeur, je m'occupe à le débarrasser de son enveloppe charnelle : de ses scories. Pendant ma relecture critique, je voile un peu plus ou dévoile le secret de l'image, je souligne ou atténue les effets du rythme comme de la mélodie. Il s'agit d'arriver à l'*expression*, non pas nécessairement la plus expressive, mais la plus parfaite possible parce que la plus humaine, qui plaise, à la fois, « au cœur et à l'oreille ».

Il est temps d'en arriver à vous, mes Amis, en commençant par Jean-Claude Renard, comme je l'ai annoncé plus haut.

Ce qui m'a frappé dans son dernier recueil, *la Lumière du silence*[1], c'est que, plus que dans les précédents, le poète est, maintenant, maître, je ne veux pas dire de sa langue, mais de son langage : de sa parole. Dans les « strates » de ce recueil, et même en dehors d'elles, cette parole prend souvent le style de l'aphorisme, comme chez mes Trois Grâces, si économes de leurs mots :

> *Lave toute trace pour accueillir l'anonymat du labyrinthe : la pure illisibilité*[2].

Que nous sommes, ici, loin des grands textes « catholiques », où les comparaisons, voire les métaphores, étaient, parfois, plus ou moins attendues parce que bibliques. C'est vraiment la ténèbre illuminant l'image, où l'éloignement, la contradiction des mots éclaire le sens.

1. Éditions du Seuil, Paris, 1978.
2. *Carnet 3*, p. 86.

Ce sont, pour employer le titre des cinq premiers poèmes, « incantations des transparences » :

L'abîme ne déchire, ne feinte, ne s'absente en sa propre ténèbre que pour mieux rassembler
comme un grand buisson blanc derrière chaque blessure,
sa véritable gloire[1].

Il reste que le « stupéfiant image » ne règne pas dans *la Lumière du silence* au point d'y étouffer le rythme – encore que je ne doive pas insister sur lui – ni surtout la mélodie. Du début à la fin, Renard, devenu le maître magnifique de son troupeau, joue avec les mots : jeu de sons comme de sens, jeu mélodique. Jusque dans le titre du dernier poème : « *NU* CONTRE *NUL* », où l'on reconnaît, à distance, une allitération doublée d'une assonance.

Voici deux versets plus complexes sous leur apparente simplicité :

Toute fuite s'y fige en fuyant[2]

Puis :

si le Livre des signes, des songes, du silence est pour autant ouvert[3].

Dans le premier, les *f* et les *i* nous font sentir, à la fois, l'immobilité et le mouvement, tandis que, dans le second

1. *Carnet 1*, p. 28.
2. *Strate 7*, p. 98.
3. *Ibid.*, p. 97.

verset, où l'assonance du *i* intervient encore [1], mais pour se mêler à l'allitération du *s*, c'est le silence qui est rendu sensible.

J'aurais pu multiplier les citations. Celles-là suffisent. Caractéristiques parmi d'autres versets, elles prouvent, une fois de plus, que la foi religieuse, quand elle est profonde, enracinée, s'exprime naturellement par l'art. Comme Pierre Emmanuel nous en donnera, bientôt, un nouveau témoignage.

Or donc, le dernier recueil de poèmes d'Alain Bosquet a pour titre, significatif, *le Livre du doute et de la grâce*.

Né, métis, en Russie, « grandi » en Belgique et ayant vécu aux États-Unis d'Amérique, Bosquet est, pour moi, comme certains écrivains antillais, le type exemplaire de l'écrivain « francophone ». Ce qui ne l'empêche pas d'être intégralement « français », tout au contraire. Dès son adolescence belge, dès la période de l'*omnispectivisme*, en tout cas, dès 1942, le voilà amoureux, non pas de beau langage, mais de forme impeccable, soucieux de l'écriture. Charles Le Quintrec nous apprend que, dès l'*Image impardonnable*, « il possède son vocabulaire ». J'ajouterai : et son style, léger, ailé, vif, plein de fantaisie, impertinent dans sa pertinence même. Tandis qu'Emmanuel et Renard sont solidement enracinés dans leur foi chrétienne, Bosquet est, lui, accroché à ses idées, mais, en même temps, soulevé par sa sensibilité, frémissante.

C'est dire que ses poèmes sont des tissus d'images, d'où, cependant, l'esprit, au sens de l'*intellect*, n'est jamais tout à fait absent. D'où, dans les images, les entrelacs des mots abstraits, à la française :

1. C'est une manière de parler, car il s'agit du même poème, où j'ai interverti l'ordre des versets.

L'arbre ne tombe pas s'il est l'esprit de l'arbre.
Le sacré dort
comme un insecte grimpant sur la vigne[1].

D'où ces images où comparaisons et métaphores s'équilibrent :

Alors le saule esquisse un pas à danse avant de s'envoler ;
la pierre dans sa boue
gémit comme une femme enceinte ;
l'étang se gonfle à devenir montagne,
et l'hirondelle grave dans l'azur
un poème à la gloire du néant[2].

Et, souvent, le grammairien se demande si c'est métaphore ou comparaison.

Bien sûr, poète, c'est-à-dire « chanteur », Alain Bosquet ne se défend pas de faire ses vers mélodieux ; il y a seulement qu'il est beaucoup plus fils du rythme que de la mélodie. Sans doute, cela lui vient-il de sa part de sang russe, plus précisément, de l'accent de son métissage :

De quel jeu, de quel feu,
de quel chant, de quel sang ?
Un monde qui se veut irresponsable, irremplaçable,
un monde avec ses plumes, ses fumées.
Qui pourra dire s'il est monde ?
Qui pourra dire : il faut qu'il dure ?
comme dans son cocon le scarabée sans forme,
comme dans son bourgeon le lilas sans couleur[3].

1. *Rythme*, p. 128.
2. *Les Dieux s'ennuient*, p. 191.
3. *De quel jeu ?*, p. 47.

Comment, en lisant, entendant ces vers, ne pas penser au poème *Papa Jabi* du griot Lalo Kéba Dramé ? On y retrouve tout : les assonances, mais aussi les mots qui se répètent sans se répéter, parce que placés dans un autre contexte. Et, par-dessus tout, le rythme, qui, comme chez le poète négro-africain, est fait de parallélismes asymétriques. Récapitulons seulement : « jeu » et « feu », « chant » et « sang », « irresponsable » et « irremplaçable », « cocon » et « bourgeon » ; et puis les répétitions des mots « monde » et « sans », des expressions « qui pourra dire » et « comme dans son »...

En finissant par Pierre Emmanuel, je voudrais dire que lui aussi, d'abord lui, est parvenu, avec *Tu*, à la pleine possession de ses moyens, dont il joue en maître-de-parole. Ces moyens qui étaient, au départ, comme étouffés par l'irruption des images mythiques, symboliques.

On trouve toutes les formes du vers dans son dernier recueil, depuis le vers apparemment classique à nombre fixe de syllabes jusqu'au verset claudélien, en passant par le « vers libre ». Je dis « apparemment », car Emmanuel ne se contente jamais de répéter. Et tous les styles : du style biblique d'*Achab* à celui, parfois populaire, de *Sanctification du Nom.* Et c'est souvent dans le même poème qu'on trouve des formes différentes, comme dans *Vent*, quand ce ne sont pas des styles différents, ce qui est le cas de *Sanctification du Nom.*

Avant de poursuivre sur l'écriture d'Emmanuel, je me permettrai de revenir sur l'*inspiration*, je veux dire la substance même des recueils de mes trois poètes – et tant pis pour l'ordonnance classique ! Car la substance engendre les images sinon la mélodie et le rythme, comme le suggère Jean-Claude Renard, qui, expliquant le titre de son recueil, écrit qu'il s'agit de « la parole sans mots d'une expérience, *à la fois intérieure et exté-*

rieure, à laquelle certaines propriétés du langage, dites “poétiques”, semblent seules permettre de s’exprimer ». C’est moi qui souligne. Ce que confirme Alain Bosquet, qui, dans ses *Variantes*, une préface au *Livre du doute et de la grâce*, avance : « Dieu n’existe que traduit par un verbe, qui dit combien Dieu est intraduisible. » Et, plus loin, il termine son poème intitulé « Langage » par :

Langage, ô divine grossesse.
Langage, ô saint enfantement.

Les deux idées ici suggérées – ambivalence, multivalence des substances de l’univers et fécondité créatrice de la Parole –, Pierre Emmanuel les a explicitées dans une sorte de préface, détachée, à *Tu*. Il me faut le citer assez longuement, car son œuvre poétique, dans la perspective et prospective où je me suis placé, est exemplaire : « L’humanité ne va pas de soi : c’est une aventure initiatique. Par des intuitions, des songes, des signes, *le dedans et le dehors s’y correspondent, s’y modifient l’un l’autre*, ébauchant ensemble une forme dont tout être humain porte en germe le pressentiment... Cette Raison *nue* est le Vent qui souffle dès avant l’origine sur la matière primordiale, les Eaux. Symboles élémentaires et mythes archaïques affleurent spontanément de moi et me donnent le substrat d’être où s’oriente et s’organise mon attention. Presque tout mon être en poésie parle de *leur étreinte sur le mode érotique, masculin et féminin étant deux principes en travail d’une seule unité.* Ayant pris chair, le Vent veut s’identifier, *se faire* homme. » Et Emmanuel de nous faire comprendre que c’est le Vent-Parole-Esprit qui s’incarne dans les prophètes : dans Moïse, Élie... enfin, dans « le Verbe né de la Vierge... Je, sans délégation, avec l’autorité de l’Absolu ».

S'agissant du premier thème, de la fécondité créatrice de la Parole et de son identification avec l'Esprit et Dieu lui-même, je viens de faire deux citations, caractéristiques, de Bosquet. J'en avais fait, auparavant, une, non moins caractéristique, de Renard, qui s'achevait ainsi :

... le dieu dans le dieu
miraculera en éternité
l'homme spirituel et l'homme fait verbe.

Il y a mieux, comme je l'ai suggéré déjà, la Parole poétique, c'est le thème même de *la Lumière du silence.* Le poème « Figure de l'Aire rouge » commence ainsi : « La parole n'imagine rien qui ne pose soi-même, à travers la mort, la question prophétique de l'espoir. »

Quant au deuxième thème, à la multivalence des choses et des êtres, des signes, je l'ai trouvé, souvent, chez Jean-Claude Renard, que j'ai noté. En voici deux exemples :

Qui s'effraierait du néant ?
Dans le rien loge le mystère – et l'impossible est à l'instant possible[1].

Et encore :

les mouettes suivent, piquent du bec
le mot semblable et différent écrit sur chaque coquillage[2].

Alain Bosquet n'est pas en reste. Il écrit, dans « Origine » :

1. *Dans le dédale blanc.*
2. *Noir – Mais pour initier.*

Toute origine est déchirure ;
et chaque lieu, métamorphose.

Plus loin, dans « Le Temps, le Lieu », il insiste :

Le même était multiple,
et celui-ci très seul.
En ce temps-là le temps était un lieu.
En ce lieu-ci le lieu allait naître du temps.

Au fond, quand on y réfléchit, ce double thème de la Parole créatrice et, partant, de la multivalence ou de la métamorphose des êtres, c'est la substance même des trois derniers recueils de mes trois poètes. Et c'est dans ce double thème que je choisirai, de préférence, mes exemples pour illustrer l'écriture de Pierre Emmanuel.

Celui-ci nous l'a dit tout à l'heure, sa poésie est nourrie de « symboles élémentaires et de mythes archaïques ». C'est un tissu striqué d'images analogiques :

Parole qui se lève avant l'homme. Non née
Mais émergeant de l'eau natale, s'y mirant
À la bouche encore mette qu'elle entend
À la source dont elle sort mais qui naît d'elle[1].

Ce qui caractérise les images du poète et marque sa francité, comme chez Bosquet au demeurant, c'est la symbiose des mots concrets et des mots abstraits, qui provoque, autant que l'éloignement des deux termes, le court-circuit poétique. Ainsi, dans ces vers qui chantent la beauté des gratte-ciel dans la lumière de New York :

1. *Vocation d'Élie.*

Ô hyperbole des façades de verre tu captais presque cette nudité
Tu célébrais ce néant architecte
Le Nom partout dont la cité était l'orgue jailli tout juste du sans fond des eaux
Ou submergé au miroir figé du silence[1].

Nous verrons, dans un instant, qu'Emmanuel n'est pas moins le poète du rythme que de l'image. C'est dire qu'il est également celui de la mélodie, car il n'y a pas de rythme sans mélodie, ne serait-ce que par la répétition, la vertu du mot-accoucheur. Comme dans ces cinq versets de *Vent* :

Que de temps *il faudra* pourtant *pour propager l'unique* instant
Que de temps *il faudra* pourtant *pour que s'allume un* mouvement
Que de temps *il faudra* pourtant *pour qu'enfin le* commencement
Fuse à travers tout son néant *sitôt innervé* s'éteignant
Que de temps.

« Temps » et « pourtant », répétés, font assonance à distance. Il y a mieux quand les accompagnent, y assonant toujours à distance, « instant », « mouvement », « commencement », « s'éteignant ».

C'est là un exemple extrême. Il reste que *Tu*, comme les recueils précédents d'Emmanuel, abonde en vers ou versets « plaisants » parce que mélodieux, où le poète, comme un dieu, joue merveilleusement avec les sens, bien sûr, mais, mieux, avec les sons, avec les mots. Encore une fois, parce que avec les rythmes.

1. *Sanctification du Nom.*

Paradoxalement, ce qui m'a le plus frappé en lisant *Tu* puis *le Livre du doute et de la grâce,* c'est la vertu du rythme qui les *animait* au sens étymologique du mot. Paradoxalement pour les Albo-Européens ; pas pour moi, qui suis fils du rythme. D'autant que j'y vois, chez Bosquet, l'effet, à distance, de la *slavitude* et, chez Emmanuel, de la Méditerranée, pour ne pas dire de l'*occitanité.* Le remarquable ici, pour m'en tenir à Emmanuel, ce n'est pas la répétition du mot-accoucheur, c'est sa mobilité, les asymétries qui, comme le *swing*, rompent les parallélismes :

Mais pourquoi T'ai-je suivi moi aussi ?
Pourquoi sinon de bon gré ton disciple, du moins de force ton attestateur ?
Pourquoi ne sais-je parler que de Toi ? Toi qui m'es inconcevable pourquoi
Lorsque je tente de penser jusqu'au bout m'orienté-je à tâtons vers Toi ?

Qu'on veuille bien le noter, le mot-accoucheur, ce n'est pas seulement « pourquoi », mais aussi « Toi », avec une majuscule, qui souligne le dialogue et la Majesté de l'Interlocuteur. Dans le premier cas, c'est le quatrième « pourquoi », parce qu'à la fin du troisième verset, alors qu'on ne l'attend pas, qui provoque le choc avec la rupture. Dans le deuxième cas, il y a un double choc, parce qu'une double rupture, avec le deuxième et le troisième « Toi », car, encore une fois, on n'attend ni l'un ni l'autre là, à ce moment précis.

*
* *

Je conclurai brièvement.

J'espère convaincre le lecteur qui aura lu les *Élégies majeures* après l'avoir fait de cette lettre. Si j'ai placé ce recueil, comme ceux qui l'avaient précédé dans son contexte – francophone, mais encore mondial, avec l'accent mis sur l'Afrique noire –, c'était pour les rendre à leur vérité du XXe siècle : à la Civilisation de l'Universel.

Ce n'est pas hasard, en effet, mes Amis, si, enracinés dans nos ethnies et cultures différentes, nous chantons, pourtant, les mêmes substances et de manière, je ne dis pas identique, mais convergente. Car que chantons-nous sinon les substances essentielles, les êtres qui sous-tendent les apparences sensibles et qui ont cette vertu majeure de se transmuter en transcendant leur être pour parvenir au *plus-être*, en devenant intégralement humains ? Et que chantons-nous sinon la Parole poétique, la parole féconde qui les transforment, en nous convertissant, nous-mêmes les poètes, en des êtres divins ?...

Jean-Claude Renard a donc raison quand il parle d'« incantation », revenant, en deçà des *carmina*, vers les Grecs et leur *thelgein*, comme nous, Négro-Africains, nous maintenons dans la magie du verbe. C'est là que nous nous rencontrons, vous et moi, vous et nous, poètes noirs de langue française. Nous avons, bien sûr, usé du « stupéfiant image » ; nous l'avons dépassé pour informer le « bien dire » : l'accord harmonieux du rythme et de la mélodie.

Pour quoi le problème majeur de cette fin de siècle n'est pas le « nouvel ordre économique international », comme on le clame depuis quelques années, qui ne sera pas réalisé si l'on ne rend, auparavant, leur parole à tous les hommes de tous les continents, de toutes les races, de toutes les civilisations. Je parle d'une parole *poïétique*, qui crée un nouvel ordre économique – il faut bien manger, bien sûr – parce qu'un nouvel ordre culturel mondial. Je parle d'une parole comme vision neuve de l'univers et création panhumaine en même temps : de la *Parole féconde*, une dernière fois, parce que fruit de civilisations différentes, créée par toutes les nations ensemble sur toute la surface de la planète Terre.

TRADUCTIONS

CHANT DU FEU

(chant bantou)

Feu que les hommes regardent dans la nuit, dans la nuit profonde,
Feu qui brûles et ne chauffes pas, qui brilles et ne brûles pas,
Feu qui voles sans corps, sans cœur, qui ne connais case ni foyer,
Feu transparent des palmes, un homme sans peur t'invoque.
Feu des sorciers, ton père est où ? Ta mère est où ? Qui t'a nourri ?
Tu es ton père, tu es ta mère, tu passes et ne laisses traces.
Le bois sec ne t'engendre, tu n'as pas les cendres pour filles, tu meurs et ne meurs pas.
L'âme errante se transforme en toi, et nul ne le sait.
Feu des sorciers, Esprit des eaux inférieures, Esprit des airs supérieurs,
Fulgore qui brilles, luciole qui illumines le marais,
Oiseau sans ailes, matière sans corps,
Esprit de la Force du Feu,
Écoute ma voix : un homme sans peur t'invoque.

L'OISEAU D'AMOUR

(chant bambara du Mali)

Mais laisse-moi, ô Dyambéré !
Toi qui portes l'écharpe aux franges longues,
Laisse-moi chanter les oiseaux.
Les oiseaux qui écoutèrent la Princesse en allée
Et reçurent ses confidences dernières.
Et vous, Jeunes Filles, chantez, chantez doucement
Iah !... Iah !... le bel oiseau.
Et toi, Maître-du-fusil-formidable,
Laisse-moi contempler l'oiseau que j'aime,
L'oiseau que mon ami et moi aimons.
Laisse-moi, Maître-du-boubou-éclatant,
Maître aux vêtements plus brillants que la clarté du jour,
Laisse-moi aimer l'oiseau d'amour.

DONGO LE VAUTOUR

(chant de guerre bambara)

Vous, Soldats, qui jamais n'avez eu peur,
Écoutez le chant du Vautour,
Le chant immortel.
Je chante Mansou, le Vautour de gloire.
Qui de vous osera dire « Non »
Si l'oiseau de gloire dit « Oui » ?
Qui osera tenir tête à Mansou ?
Malheur sur lui !
Il ne reverra la lumière du jour.

Au Roi de Diakourouna, je dis cela fut fatal.
Mansou-le-Glorieux a mandé vers lui
Samanial Ban Ana Baâ.
Le plaisantin lâcha une plaisanterie.
Le Vautour ne goûte pas les plaisanteries,
Il comprend mal le rire, Mansou-le-Vautour.
Dans Diakourouna, Mansou l'a saisi,
Et la tête de Baâ n'est plus sur son cou.

Je chante le Vautour dans sa gloire.
Quand il se pose, il ouvre un gouffre en terre.
Le Vautour plane haut dans l'espace,
Il a quatre ailes.
Quand il prend le vol, de ses griffes puissantes,
Le sol est mis à vif.
Le Vautour méprise les lâches.
Il ne mange le cœur des braves tombés dans le combat.

BALLADE TOUCOULORE DE SAMBA-FOUL

(traduit du peul)

Il est parti Samba !

Samba était de race noble, il descendait de Koli Satiguy, qui était saint homme en même temps que grand guerrier et qui possédait, à cause de sa ferveur religieuse, un talisman précieux qui le rendait invulnérable. Ce talisman lui permettait de prendre toutes formes d'animaux possibles pour surveiller les agissements de ses ennemis et le rendait invisible à son antagoniste dans les moments dangereux.

Il est parti Samba !

Samba était noble et généreux, il avait toutes qualités pour régner ; mais son père mourut cependant qu'il était tout enfant, et son oncle, Abou Moussa, lui ravit le commandement. Abou Moussa cherchait même à le faire périr. Mais Samba s'échappe et marche jour et nuit pour se soustraire à ses embûches. Tout le monde l'a abandonné, les partisans de son père sont découragés ; il n'a plus à sa suite que son griot et son chien, qui lui sont restés fidèles.

Il est parti Samba !

Samba est arrivé chez le Tounka de Ouandé, dans le Fouta Damga. Il se fait reconnaître et il est festoyé. Mais son oncle est puissant et le Tounka est faible, de sorte qu'il ne peut recevoir aucun secours d'hommes pour faire la guerre. Il confie au Tounka sa mère et ses sœurs, qu'il a sauvées de l'animadversion de son oncle.

Il est parti Samba !

Samba ne se laisse pas décourager par l'adversité. Ne trouvant pas d'appui à sa vengeance chez le Tounka de Ouandé, il traverse le Fleuve et va trouver El Kébir, l'Émir des Maures, qui a mille guerriers toujours prêts à se battre. El Kébir est dans son camp, entouré de ses femmes, de ses troupeaux, de ses chameaux.

Il est parti Samba !

« Je suis Samba, lui dit-il, donne-moi une armée pour combattre mon oncle et ressaisir le pouvoir qu'il m'a dérobé. Tu auras défendu la justice en donnant aide au faible contre l'oppresseur, et tout le monde dira que tu es un grand chef, sage, brave, équitable. »

Il est parti Samba !

El Kébir lui dit : « Sois le bienvenu. » Il lui donne l'hospitalité, mais il ne veut tenter la lutte contre Abou Moussa, qui est puissant ; et Samba veut cependant se venger. Samba mange le couscous de l'hospitalité, mais l'eau du désert est infecte et salée. Samba dit à la captive du Roi : « Donne-moi de l'eau douce et fraîche comme celle de mon pays. »

Il est parti Samba !

« Je le voudrais bien, lui répond la captive, mais je ne pourrais t'en donner qu'au prix de ma mort, car la source d'eau douce est en la possession du lion

M'Bardidalo, qui la garde jalousement et qui n'en laisse puiser qu'à ceux qui consentent à lui donner une jeune fille en sacrifice chaque année. Les pauvres captives comme moi sont bien malheureuses : elles lui servent de pâture. »

Il est parti Samba !

Samba prend l'outre de la captive et va droit à la source où se trouve M'Bardidalo. Le monstre veut le dévorer, mais Samba est grand guerrier, et la lutte s'engage entre eux deux. Les rugissements du lion jettent la terreur aux alentours. Chacun est terrifié pendant cette nuit noire. Seul, Samba a conservé son courage et il tue le lion. Il plante sa lance dans le sable, y attache son chien et laisse sur son ennemi mort une de ses sandales.

Il est parti Samba !

La nouvelle du combat formidable se répand dans le camp. Tout le monde veut voir le monstre abattu et les jeunes filles sont radieuses de la défaite de leur ennemi. El Kébir dit : « Que celui qui a remporté la victoire se fasse connaître pour qu'on l'admire. » – Le griot de Samba lui répond : « Celui qui a tué le lion est celui qui saura détacher le chien, brandir la lance et chausser la sandale. »

Il est parti Samba !

Tous les guerriers d'El Kébir viennent tour à tour, pleins d'ardeur et de confiance, pour détacher le chien, mais le fidèle animal leur montre les dents avec furie. Personne ne peut arracher la lance, qui reste plantée dans le sable comme un arbre inébranlable. Personne ne peut chausser la sandale. Quel est donc le guerrier redoutable qui a vaincu le lion ? Aucun d'eux ne peut dire : « C'est moi. »

Il est parti Samba !

Samba s'approche le dernier. Le chien le comble de caresses, se laisse détacher par lui. Samba brandit la lance, que personne n'avait pu arracher du sol. Samba met la sandale, qui est semblable à celle qu'il a à l'autre pied. Tous exultent. Les jeunes filles le bénissent, El Kébir lui dit : « Tu es un grand guerrier. »

Il est parti Samba !

El Kébir est ravi et dit à Samba : « Ma fille, mes richesses t'appartiennent désormais. » Mais Samba n'a qu'une pensée ; c'est de se venger de son oncle, et il répond : « Donne-moi une armée. » El Kébir hésite encore ; il ne la donnera que si Samba lui rend d'autres offices. Le roi des Peuls a des bœufs blancs que jamais personne n'a pu surprendre ; il faut que Samba les enlève pour les lui donner.

Il est parti Samba !

Samba n'est pas un voleur ; il attaque les hommes comme les lions : de face. Les Maures, qui sont lâches, détournent par ruse quelques misérables bœufs. Mais Samba, le descendant de Koli Satiguy, se bat corps à corps, en plein soleil, contre ses ennemis. Il monte sur un cheval fringant, au son du tam-tam de guerre et des chants des griots. Il fait dire au roi des Peuls : « Je vais te faire la guerre, défends-toi. »

Il est parti Samba !

Le combat est formidable, Samba est victorieux. Biram Gourour, le roi des Peuls noirs, est son prisonnier ; ses richesses, ses troupeaux sont à la merci de Samba. Mais le vainqueur est aussi généreux après la victoire qu'il est brave pendant le combat. Il ne prend que la moitié des bœufs blancs des Peuls, et il rend à Biram ses richesses, empêchant que les Maures, qui n'ont pas combattu, lui dérobent quoi que ce soit.

Il est parti Samba !

Les pillards maures, qui étaient partis pour voler après la bataille, rentrent les mains vides et crient trahison. El Kébir, qui est insatiable, n'est pas content d'avoir seulement la moitié des bœufs blancs, quand il pourrait avoir le troupeau tout entier, et il dit mort à « Samba-le-traître ». Sa tête roulera sur le sable, son corps servira de pâture aux vautours et aux hyènes du désert.

Il est parti Samba !

Les filles d'El Kébir ne veulent pas que celui qui les a délivrées du lion M'Bardidalo périsse, elles sautent sur les chevaux du camp, qui paissent en liberté, et vont lui dire : « Nous restons avec toi ; si tu quittes le camp, nous n'y reviendrons plus. » L'espoir de la nation part avec elles. Si Samba ne revient pas, El Kébir n'aura plus de descendants.

Il est parti Samba !

El Kébir se voyant abandonné par ses filles, est au désespoir, il regrette ce qu'il a fait contre Samba.

« Reviens, lui dit-il, reviens avec les filles du camp, l'espoir de l'avenir ; reviens sans tarder avec ces imprudentes, ces folles, qui nous abandonneraient tous, sans regret, pour te suivre. Reviens, je te comblerai de richesses, tu commanderas mes guerriers. »

Il est parti Samba !

Samba qui est bon autant que généreux, revient au camp et dit à El Kébir : « Donne-moi une armée pour me venger de mon oncle barbare et pour reconquérir mon royaume. » El Kébir ne résiste plus cette fois, il fait battre enfin le tam-tam de guerre ; les guerriers se rassemblent, les vœux de vengeance de Samba sont écoutés.

Il est parti Samba !

Les guerriers, joyeux et impatients de combattre, se pressent aux côtés du brave, qui est invincible et qui a déjà donné tant de preuves de sa valeur. Leurs armes reluisent au soleil, les cris des femmes les accompagnent ; et Samba, plein de joie de commander une grande armée, veut d'abord aller à Guellé pour remercier le vieux Tounka des soins qu'il a donnés à sa mère, à ses sœurs.

Il est parti Samba !

Les guerriers sont en marche, Samba ne se sent pas de contentement ; il songe à sa mère et à ses sœurs. Une vieille mendiante s'approche de lui, lui dit de s'arrêter pour écouter sa plainte. Samba la repousse doucement en lui disant : « Laisse-moi ! j'ai hâte d'aller revoir ma mère, qui sera bien heureuse de savoir que je vais reconquérir mon royaume dérobé par un oncle barbare. »

Il est parti Samba !

Mais la vieille lui répond : « Samba ! je suis ta mère. Pourquoi ne me reconnais-tu pas ? Si je suis si pauvre, si je suis si changée, c'est que le Tounka de Ouandé n'a pas été généreux ; il n'a pas tenu la promesse qu'il t'avait faite ; il a eu peur des menaces de ton oncle, il nous a chassées. Tes sœurs sont captives et moi je manque de tout. »

Il est parti Samba !

« Grand Dieu, est-ce possible ! Mère tu seras vengée. » Les guerriers passent le fleuve, le tata de Ouandé est pris d'assaut. Le Tounka est tué. Ses fils sont tués. Ses filles sont captives. La mère de Samba, qui a été la plus pauvre, la plus malheureuse du pays, est désormais la souveraine de Ouandé.

Il est parti Samba !

Les guerriers approchent des états de l'oncle de Samba. Abou Moussa, l'usurpateur, l'homme aux mauvais desseins, est dans le palais qu'il a dérobé à son suzerain légitime. Il est plein d'orgueil, personne n'ose le regarder en face. Samba arrête son armée sans que personne l'ait signalée à Abou Moussa, qui voit un chien maigre apparaître.

Il est parti Samba !

« Chien, dis-moi qui tu es. Es-tu une simple bête ou bien es-tu un génie, hâte-toi de disparaître de devant mes yeux ou crains ma colère », dit Abou Moussa. Le chien disparaît, mais en faisant face à Samba, qui apparaît, la figure courroucée. Il montre le talisman de Koli Satiguy et dit à son oncle : « Je viens pour te punir de tes mauvaisetés. »

Il est parti Samba !

L'armée s'approche dans la nuit et attaque la ville par surprise : le combat est formidable. Les partisans d'Abou Moussa sont nombreux, mais les guerriers de Samba sont vaillants. Samba est un foudre de guerre : il tue autour de lui tout ce qui lui résiste, il met à mort le tyran, Abou Moussa.

Il est parti Samba !

Samba victorieux se fait reconnaître ; on l'acclame avec amour comme le souverain du pays. Chacun dit : « Voilà le grand, voilà le noble, voilà le roi véritable. » Samba va régner avec bonté. Samba fera le bonheur de son peuple. Samba comblera ses griots de grandes richesses pour qu'ils chantent, tous les jours et devant tous les guerriers, les gestes de Samba, pour qu'ils gardent, toujours, la mémoire de ses prouesses.

BALLADE KHASSONKÉE DE DIOUDI

Jeunes filles, dont le regard sait si bien faire battre le cœur des hommes les plus froids, vous qui pouvez, d'un coup d'œil, faire plus de mal que le fusil chargé jusqu'à la gueule et plus de plaisir que la vue du Fleuve après une longue marche dans le désert, écoutez l'histoire de Dioudi, qui est morte d'amour.

Guerriers qui faites trembler l'ennemi, qui vous précipitez sur lui avec l'impétuosité du Fleuve après le premier orage, vous dont la valeur défend les jeunes filles de la servitude et des brutalités des envahisseurs, écoutez l'histoire de Séga, qui est mort d'amour.

Bakary était un grand roi, qui commandait à tout le Bakounou. Son nom était vénéré par les habitants de cent villages et faisait l'effroi de ses ennemis, parce qu'il avait grand nombre de vaillants guerriers dont la bravoure était irrésistible.

Le tata de Bakary était une grande forteresse dans laquelle il avait grand nombre d'esclaves, des armes, des tissus, des vivres et de l'or en quantité. Car Bakay était le chef le plus puissant du pays.

Bakary possédait toutes les richesses, mais ce qu'il avait de plus précieux, c'était sa fille, la belle Dioudi.

Guerrier ! toi qui n'as jamais tremblé devant la sagaie de ton ennemi, tu aurais tremblé devant l'œil de Dioudi. Tu aurais suivi son regard en tremblant. Tu aurais été le plus heureux des hommes si elle t'avait souri. Tu aurais voulu mourir si elle t'avait dédaigné.

C'est qu'elle était belle, Dioudi. Toutes les filles de son village étaient belles, mais, quand Dioudi apparaissait, personne ne les voyait plus. On ne regarde plus les étoiles quand s'est levé le soleil.

Tous les jeunes hommes du pays, et même de très loin à la ronde, étaient épris de Dioudi. Chacun aurait voulu son amour. Mais Dioudi est sévère ; elle n'aimera que le plus beau, le plus brave, le plus aimant.

Allons, jeunes guerriers ! quel est celui de vous qui sera aimé de Dioudi ?

Dioudi est belle comme le soleil levant. Dioudi est

agile comme la gazelle. Dioudi a le regard qui fait perdre la mémoire et qui fait trembler l'homme le plus résolu.

Quand Dioudi chante, chacun est dans le ravissement. Si Dioudi parle, tous les jeunes hommes se taisent et ne savent plus parler. Allons, jeunes guerriers, qui de vous sera aimé de Dioudi ?

C'est Séga que Dioudi aime ; elle qui fait trembler d'émotion tous les jeunes hommes, elle est émue quand elle le rencontre. Et Séga, qui est le plus beau, le plus brave, le plus aimant des guerriers, s'attache à ses pas.

Sans que sa voix lui dise rien, ses yeux lui disent des choses qui les plongent tous deux dans l'extase.

Séga aime Dioudi, Dioudi aime Séga. Guerriers, perdez l'espoir. Dioudi sera à Séga, Séga sera à Dioudi. Pendant la vie, pendant la mort.

Dioudi aime Séga, Séga aime Dioudi. Ils ne se sont jamais parlé, ils se sont vus une fois et ils savent tout ce qu'ils ont d'amour l'un pour l'autre.

Personne ne les a vus, personne ne sait qu'ils se connaissent et pourtant Séga passe de longues heures auprès de Dioudi.

Dioudi aime Séga, Séga aime Dioudi.

L'amour sait réunir les amants en même temps qu'il aveugle et rend sourds ceux qui gardent les jeunes filles.

Séga aime Dioudi, la fille du Roi. Mais lui est pauvre, il est de naissance obscure, il ne pourra prétendre être son époux. Qu'importe ! Séga et Dioudi n'y ont pas songé pour s'aimer. Leur amour est né sans qu'ils le sachent. Ils ne l'ont connu que lorsqu'il était immense et les dominait totalement.

Les amants ne songent pas à l'avenir, ils s'aiment et voilà tout. Quand ils sont ensemble, ils ne désirent rien ; tout le reste du monde leur est indifférent.

Séga aime Dioudi. Dioudi aime Séga.

Ils se voient chaque nuit. Ils sont heureux. Personne

ne connaît leur amour ; rien n'entrave leur passion ; ils ne songent pas à l'avenir.

Mais, hélas ! hélas ! le bonheur n'a qu'un jour, le malheur dure toute la vie.

Pleure Dioudi ! Pleure Séga ! Voilà le malheur qui va fondre sur vous. Votre amour est si grand qu'il vous fera mourir.

La guerre est déclarée. L'ennemi avance, brûlant les villages, tuant les hommes, emportant les femmes en esclavage, enlevant les récoltes et les troupeaux. Les vautours les suivent parce qu'ils ont à manger abondamment partout où ils passent.

Les Bambaras envahissent le pays. Bakary, prends garde ! la mort est proche si tu ne sais te défendre.

Les Bambaras sont cruels. Ils tuent les guerriers. Ils réduisent les enfants en esclavage. Ils violentent les femmes. Prends garde Bakary !

Bakary fait battre le tam-tam de guerre.

Accourez, jeunes guerriers. De tous côtés, vous arrivez avec ferveur, vous avez vos grigris, qui vous rendent invulnérables. Vous avez vos fusils chargés jusqu'à la gueule. Vous avez de la poudre à profusion.

Accourez, jeunes guerriers ! Il faut défendre le pays. Prenez-y garde !

Les Bambaras violentent les jeunes filles, mais vous, qui êtes plus braves que les Bambaras, vous saurez leur prendre leurs femmes, leurs filles.

Les Bambaras sont riches, mais vous leur prendrez leurs troupeaux, leurs armes, leur or.

Les guerriers accourent, et le premier de tous est Séga. Séga n'est pas reconnaissable. Il était doux, suppliant, tremblant d'émotion devant Dioudi. Mais, les armes à la main, il est formidable.

Séga est un simple et obscur guerrier par l'extraction ; mais il est si fort, il est si brave, il est si hardi que, bientôt, il est le chef. Il entraîne ses amis au combat. C'est le plus brave, c'est le plus hardi. Ses amis le suivent et lui obéissent. Séga est un grand chef.

Dioudi pleure, Dioudi tremble pour les jours de Séga, elle se désole et cherche à cacher sa douleur. Mais Bakary s'aperçoit que Dioudi est triste. « Dis-moi, Dioudi, quelles sont tes douleurs ? » Mais Dioudi reste muette. Dioudi ne dira à personne qu'elle aime Séga.

Le temps s'écoule ; la guerre dure, et Dioudi se désole. Elle tremble pour la vie de Séga, mais voilà que d'autres douleurs vont l'assaillir.

Dioudi, mets ton bracelet à la cheville. Dioudi, tu seras mère bientôt.

Dioudi, tu as un enfant qui ressemblera à Séga. Prends garde, Dioudi ! ton père, le roi Bakary, est courroucé. Bakary veut savoir quel est le téméraire qui a osé t'approcher.

Il mourra, ce téméraire ! La fille du Roi ne peut être aimée que par un roi. Celui qui l'a séduite doit mourir.

Dioudi, dis-moi, je te l'ordonne, quel est le ravisseur de ton cœur ? Je te jure qu'il mourra.

« Je saurai l'atteindre partout. Il a déshonoré ma fille, il mourra.

– « Dioudi, dis-moi son nom, dis-moi qui est cet homme. »

– Mon père, celui que j'aime est beau comme le soleil. Il est brave comme le lion. Il est sage comme un vieillard. Mais je ne vous dirai pas son nom. Il ne doit pas mourir ; il doit être votre fils aimé, en attendant d'être votre successeur.

– Dioudi, tu me diras son nom, je saurai t'y forcer. Je veux le faire mourir. On va t'enfermer ; tu souffriras toutes les douleurs. Je te priverai de nourriture. Je te ferai supporter toutes les tortures pour te forcer à me dire son nom, car je veux faire mourir celui qui a déshonoré ma fille.

« Dioudi, dis-moi le nom de ton séducteur. »

– Mon père, celui que j'aime est beau comme le soleil. Il est brave comme le lion. Il est sage comme un vieillard. Mais je ne vous dirai pas son nom. Il ne doit pas mourir, il doit être votre fils aimé en attendant d'être votre successeur.

– Dioudi, tu me diras son nom ; je saurai t'y forcer. Je te ferai mourir de privations et de tortures si tu ne me le désignes pour que je le fasse mourir.

Mais Dioudi ne dira pas son nom. Dioudi répète chaque jour : « Mon amant est beau comme le soleil, brave comme le lion, sage comme un vieillard. »

Dioudi souffre de la faim. Dioudi est enfermée dans un cachot obscur. Dioudi se désespère. Dioudi est morte en répétant : « Mon amant est beau comme le soleil, brave comme un lion, sage comme un vieillard. »

Mais Dioudi n'a pas révélé le nom de celui qu'elle aime.

Séga fait des prodiges. Les Bambaras reculent ; et il les poursuit avec ardeur.

Séga est un grand chef, c'est lui qui commande à tous. Il est brave de sa personne. Il est prudent dans le conseil. Il surprend toujours l'ennemi et ne se laisse jamais surprendre.

C'est Séga qui a vaincu les Bambaras. Séga est un grand chef.

La guerre est finie ; les guerriers reviennent au pays chargés de butin. Tout le monde acclame Séga. Séga est un grand chef.

Bakary félicite Séga, c'est Séga qui a vaincu les Bambaras.

Bakary est dans la joie, il embrasse Séga. « Dis-moi, brave guerrier, que veux-tu pour ta récompense ? Tu es un grand chef. Tu es mon égal. Dis-moi ce que tu désires ; je te jure que je te l'accorderai. »

– Grand Roi, j'aime quelqu'un que je ne vois pas ici. Grand Roi, je suis prêt à retourner au combat s'il faut tuer d'autres ennemis, courir de nouveaux dangers, remporter encore des victoires pour ta grandeur.

« Grand Roi, si tu veux me rendre heureux, donne-moi Dioudi en mariage.

« Dioudi que j'aime et qui est la plus belle, la plus douce, la plus aimante des jeunes filles. Grand Roi, j'aime Dioudi. »

– Hélas ! hélas ! Dioudi est morte. Elle est morte d'amour sans vouloir révéler le nom de celui qu'elle aimait ; de celui qui est beau comme le soleil, brave comme le lion, sage comme un vieillard.

« Séga ! Dioudi est morte, morte d'amour pendant que tu combattais les Bambaras, pendant que tu te couvrais de gloire, que tu remportais la victoire. Dioudi est morte d'amour. »

Séga se désole. Séga s'est évanoui comme une femme en apprenant la funeste nouvelle. Séga ne veut plus rien, il ne demande plus rien, il ne songe plus à rien qu'à Dioudi. Il jette ses armes, son butin, reste sourd à toutes les félicitations ; il n'entend plus les cris de joie. Il court sur la tombe de sa bien-aimée, et il y meurt de douleur en appelant Dioudi, sa chère Dioudi, qui est morte d'amour.

Guerriers qui faites trembler l'ennemi et qui vous précipitez sur lui avec l'impétuosité du Fleuve après le premier orage, vous dont la valeur défend les jeunes filles de la servitude et de la brutalité des envahisseurs, écoutez l'histoire de Séga, qui est mort d'amour.

(Poème traduit du khassonké.)

LEXIQUE

Certains lecteurs se sont plaints de trouver dans mes poèmes des mots d'origine africaine, qu'ils ne « comprennent » pas.

Ils me le pardonneront : il s'agit de com-prendre *moins le réel que le surréel – le* sous-réel.

J'ajouterai que j'écris, d'abord, pour mon peuple. Et celui-ci sait qu'une kora *n'est pas une harpe, non plus qu'un* balafon *un piano. Au reste, c'est en touchant les Africains de langue française que nous toucherons le mieux les Français et, par-delà mers et frontières, les autres hommes.*

Cependant, mon intention n'est pas de faire de l'exotisme pour l'exotisme, encore moins de l'hermétisme à bon marché. C'est pourquoi, ai-je pensé, il n'était peut-être pas inutile de donner une brève explication des mots d'origine africaine employés dans ce recueil.

J'y ajouterai quelques autres mots qu'on ne trouve pas, même dans de bons dictionnaires français, comme le Robert.

adéra : arbrisseau du Sahel à fleurs rouges.

Almadies : on trouve généralement le mot dans l'expression « la Pointe des Almadies », qui désigne le cap situé à l'extrême ouest du continent africain. Le mot en portugais, d'où il vient, aurait désigné une formation de caravelles.

balafong (*bala* en *manding*) : sorte de xylophone.

banakh : c'est un mot onomatopéique, qui imite le bruit du baiser.

bolong : mot d'origine *mandingue*. C'est un bras de mer ou chenal, bordé de palétuviers le plus souvent.

dyâli : mot d'origine *mandingue*. C'est un troubadour d'Afrique de l'Ouest, dans la zone soudano-sahélienne.

dyoung-dyoung : tam-tam royal de la cour du Sine, d'origine *mandingue*.

filao : arbre d'Afrique appartenant à la famille des conifères.

gongo : parfum musqué qu'emploient les femmes sénégalaises.

gorong : tam-tam court au timbre grave.

guelwâr (ou *guélowar*) : mot *sérère* qui désigne le noble, descendant des conquérants *mandingues*.

guimm : chant, poème. Mot qui vient du *sérère gim*, « chant », poème. C'est la traduction exacte du grec *ôdê*.

Kaya-Magan : titre que portait l'empereur dans une ancienne dynastie du Mali.

khakham : mot d'origine *wolofe*. C'est une sorte de ronce tropicale avec de petites boules de piquants.

khalam : sorte de guitare tétracorde. C'est l'accompagnement ordinaire de l'élégie.

kori : ligne mince de verdure qui, dans le désert, dessine le lit d'une rivière, le plus souvent à sec.

lamarque : mot forgé sur la racine *lam* qui, en *sérère* et en *peul*, exprime l'idée de commandement. Le mot, ici, est synonyme de « père de famille ».

mâbo : mot d'origine *peule* désignant le griot qui chante les poèmes généalogiques ou épiques.

maska : c'est une sorte de bijou.

Mamelles : on appelle « Mamelles » les deux collines dressées sur la presqu'île du Cap-Vert, à Dakar, et dont l'une porte un phare.

mbalakh : long tam-tam évasé au son clair.

Médina : c'est un quartier de la ville de Dakar. Le mot sert également à désigner, par extension du sens, les quartiers périphériques d'une grande ville.

nanio : mot *sérère* qui signifie « écoutez ! » (du verbe *nan* : écouter, entendre).

ndëïssane : mot *wolof* qui a tous les sens de *pécaïre*. Exprime aussi bien l'attendrissement que l'admiration.

ndeundeu : tam-tam.

ouzougon : arbre tropical dont on tire un beau bois d'ébénisterie.

poto-poto : mot *wolof*, qui signifie « boue ».

prosopis : arbre tropical qui pousse dans les terrains pauvres.

rîti : sorte de viole monocorde. Accompagne ordinairement le poème satirique.

sabar : long tam-tam au son clair. C'est le coryphée que les autres accompagnent.

saudade : mot portugais qui exprime une certaine tristesse, une nostalgie. Le mot s'emploie aussi pour désigner un genre de chanson.

signare : mot sénégalais qui vient du portugais *senhora*, « dame ». Il désignait, autrefois, la dame de la bourgeoisie métisse.

sopé : chérie (du verbe *wolof sôpa* : aimer, chérir).

sorong : mot employé chez les Peuls du Fouta Dyallong pour désigner une sorte de *kôra*.

tabala : tam-tam de guerre.

taga : éloge, genre de poème.

talmbatt : gros tam-tam au son mi-grave.

tama : petit tam-tam d'aisselle dont s'accompagnent les griots pour l'éloge ou l'ode.

tann : terre plate, que recouvre la mer ou le bras de mer à l'époque des grandes marées.

Tondibi : c'est le nom d'un village de l'Afrique soudano-sahélienne où les troupes de l'empereur du Songhaï furent défaites par celles du sultan du Maroc grâce aux renégats espagnols.

waï : interjection de surprise, d'indignation ou d'admiration.

warf : appontement sur la mer.

woy : chant, poème. C'est la traduction exacte de l'*ôdê* grecque.

TABLE DES POÈMES

HOSTIES NOIRES
1948

ÉTHIOPIQUES
1956

NOCTURNES
1961

POÈMES DIVERS

LETTRES D'HIVERNAGE
1972

ÉLÉGIES MAJEURES

POÈMES PERDUS

DU MÊME AUTEUR

Chez le même éditeur

Chants d'ombre
1945, 1956

Hosties noires
1948

Ethiopiques
1956

Nocturnes
1961

Pierre Teilhard de Chardin
et la politique africaine
1962

Poèmes
1964, 1974

Liberté I
Négritude et humanisme
1964

Élégies des alisés
1969

Liberté II
Nation et voie africaine du socialisme
1971

Lettres d'hivernage
1973

Liberté III
Négritude et civilisation de l'Universel
1977

Élégies majeures
1979

Liberté IV
Socialisme et planification
1983

Discours de remerciement
et de réception à l'Académie française
1984

Liberté V
Le dialogue des cultures
1993

Chez d'autres éditeurs

Premiers jalons pour une politique de la culture
(avec Aimé Césaire et Jacques Rabemananjara)
Présence africaine, 1968

La Parole chez Paul Claudel et les négro-africains
NEAS (Dakar), 1973

La poésie de l'Action
Conversations avec Mohamed Aziza
Stock, 1980

Anthologie de la nouvelle poésie nègre et malgache
de langue française
Presses Universitaires de France, 1948, 1977

Ce que je crois
Négritude, Francité et Civilisation de l'Universel
Grasset, 1988

RÉALISATION : NORD COMPO À VILLENEUVE-D'ASCQ
IMPRESSION : NORMANDIE ROTO IMPRESSION S.A.S. À LONRAI
DÉPÔT LÉGAL : MARS 2020. N° 145387-2 (2103175)
Imprimé en France